검황도제

임무성 신무협 장편소설

ORIENTAL FANTASYSTORY & ADVENTURE

9

dream
books
드림북스

검황도제(劍皇刀帝) 9

초판 1쇄 인쇄 / 2014년 12월 22일
초판 1쇄 발행 / 2014년 12월 29일

지은이 / 임무성

발행인 / 오영배
책임편집 / 편집부
펴낸 곳 / (주)삼양출판사 · 드림북스

주소 / 서울특별시 강북구 솔샘로67길 92
대표 전화 / 02-980-2112 팩스 / 02-983-0660
편집부 전화 / 02-980-2116 팩스 / 02-983-8201
블로그 / blog.naver.com/dreambookss

등록번호 / 제9-00046호
등록일자 / 1999년 3월 11일

ⓒ 임무성, 2014

값 8,000원

ISBN 978-89-542-4745-0 (04810) / 978-89-542-4437-4 (세트)

* 지은이와 협의하에 인지는 생략합니다.
* 잘못된 책은 구입한 곳에서 바꾸어 드립니다.

이 도서의 국립중앙도서관 출판시도서목록(CIP)은 서지정보유통지원시스템홈페이지
(http://seoji.nl.go.kr)와 국가자료공동목록시스템(http://www.nl.go.kr/kolisnet)에서
이용하실 수 있습니다. (CIP제어번호: 2014037086)

검황도제

임무성 신무협 장편소설

ORIENTAL FANTASYSTORY & ADVENTURE

dream
books
드림북스

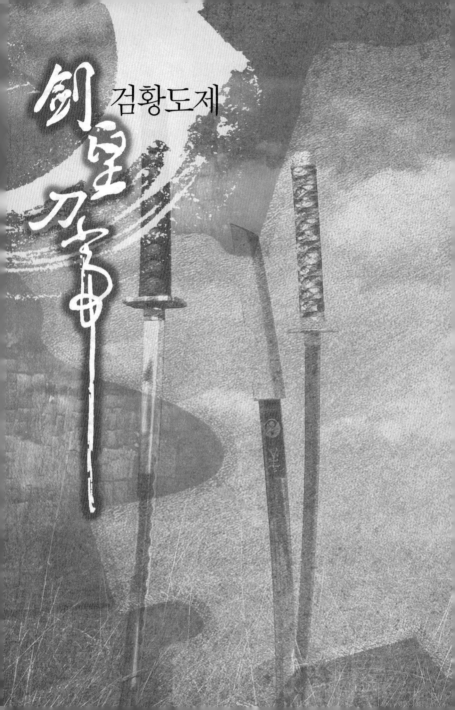

劍皇刀帝

검황도제

목차

제1장
어떤 만남

  악초림은 길길이 날뛰지 않았다.

  화낼 만한 일이 없는 사람처럼 고요하게 승룡전 태사의
를 지키고 있었다.

  턱을 괴고 깊은 생각에 골몰하고 있는 석상 같았다.

  태사의 근처에서 숨죽이고 있던 마령 일호는 고개를 들
어 주군의 얼굴을 살폈다.

  "휴우."

  악초림의 입술을 비집고 자그마한 한숨 소리가 새어 나
왔다.

  돌연 태사의에서 몸을 일으킨 악초림은 쓰러져 있는 구

적룡에게 다가갔다. 안색이 창백했지만 고른 호흡을 하고 있었다. 의식을 되찾지 못했을 뿐 몸에 이상이 있는 건 아니었다.

악초림은 구적룡의 몸을 발끝으로 뒤집었다.

천장을 향해 똑바로 누운 구적룡의 얼굴을 악초림은 팔짱을 낀 채 내려다보며 미소 지었다.

"믿지 않았는데…… 그의 말대로 흘러가고 있지 않은가? 마령 일호. 너는 어찌 생각하느냐?"

"속단할 일은 아닌 줄 아옵니다. 하오나…….

잠시 숨을 고른 마령 일호는 침을 한 번 삼키고 다시 말을 이어갔다.

"그가 한 경고가 근거 없는 허무맹랑한 얘기는 아닌 것 같습니다."

마군들 중 수좌에 오른 마령 일호는 아직 이름조차 가지지 못한 상태였다. 악초림에게 마군은 소모품 같은 존재였다. 그 이상도 이하도 아니었다. 앞으로도 이름을 가지지 못할 가능성이 높았다.

"역시 그러한가?"

태사의로 돌아가 앉은 악초림은 두 팔을 깍지 끼고 앞으로 쭉 뻗으며 기지개를 켰다.

"흐아압. 머리를 굴리는 건 피곤한 일이야. 일호 마령단을 즉시 철수시켜라."

마령 일호는 고개를 들고 지시사항을 재차 확인했다.

"지금 말입니까?"

"아니다. 지금 당장 철수시키는 건 문제가 좀 있겠어. 찾는 시늉이라도 해야겠지. 연극이라는 걸 들키면 곤란하니깐. 어쨌든 시기가 절묘했어. 완전체를 이루지 못한 대마령이 때마침 등장해 준 건 다시 생각해도 기가 막혔어. 이런 걸 보면 내가 그리 운이 없는 사람은 아니야."

잠시 뒤 악초림의 수하들이 하나씩 돌아왔다.

그들은 악초림의 지시를 하나도 이행하지 못한 채 빈손으로 돌아왔다. 그런데도 악초림은 화내지도, 나무라지도 않았다.

마령단은 순서대로 보고했다.

"왕부 내에서 침입자로 의심되는 자는 찾지 못했습니다."

"밀종과 검계의 전력이 합비를 완전하게 빠져나간 것이 확실합니다."

악초림은 거기에 대해선 애초부터 관심이 없었던 사람처럼 더 이상 언급조차 하지 않았다.

"깼군."

악초림의 시선은 죽은 듯 누워 있는 구적룡을 향했다.

마령단이 하나씩 대전으로 들어올 즈음에 구적룡의 의식은 돌아와 있었다. 정신을 차린 구적룡은 제 몸에서 대마령이 빠져나갔고 원래의 자신을 되찾았음을 깨달았다. 기쁨도 잠시, 제 목숨을 위협할 매우 위험한 인물 앞에 던져져 있다는 사실에 마음을 졸였다.

악초림의 한마디에 구적룡은 정신이 번쩍 났다.

"우리가 아마 구면이었지? 내 기억이…… 맞나?"

더 이상 눈감고 시침 떼고 있을 수 없게 된 구적룡은 부스스 몸을 일으켜 세웠다.

긴장한 기색이 역력한 구적룡의 모습이 재미있는지 악초림의 미소가 한층 짙어졌다.

"그리 겁낼 필요 없다."

영문은 모르지만 자신을 대하는 악초림의 태도가 다소 수상쩍다는 생각을 했다.

"나만큼 잘생긴 사람도 드물 텐데 왜 무서워하는지 모르겠군."

구적룡은 제 귀를 의심했다. 다른 사람도 아닌 대마령의 완전체인 악초림의 입에서 농담 비슷한 말이 흘러나왔기 때문이다.

"나, 나를 살려줄 겁니까?"

"내가 왜 자네를 죽여야 하지? 난 살인마가 아닐세. 내게 손해를 끼치지 않는 한 죽일 이유가 없지. 왜 안 믿기나?"

"이유가 뭡니까?"

"거참 이상한 사람이로군. 살려준다는데도 싫다고 마다하다니."

구적룡은 당황했다.

"아니 싫은 게 아니라……."

"기억을 되살려봐. 대마령이 네 몸을 빠져나가기 직전 상황이 기억나지 않는가?"

형태가 분명치 않던 조각들이 제자리를 찾아가며 합쳐지고 있었다.

어둠이 걷히고 흐릿하던 눈앞이 선명해지는 것 같았다. 대마령이 제 몸과 정신을 장악하고 있던 그 마지막 순간의 상황이 또렷하게 떠올랐다.

허공에 매달린 채 괴로워하던 구적룡에게 한줄기 전음이 파고들었다. 대노하여 수하들에게 지시를 내리고 있던 악초림이 전달한 전음이었다.

입 밖으로 온갖 악담과 저주를 퍼부으면서 정작 악초림은 구적룡에게 전음으로 딴소리를 했다. 그리고 그 사실은 하늘 아래 오직 두 사람만 아는 비밀이었다.

'맞아. 대마령이 내 몸을 빠져나간 건 악초림의 제안이었다.'

"이제 기억났나보군."

구적룡은 아직도 상황 파악이 제대로 되지 않아 얼떨떨할 따름이었다.

"궁금한 게 많겠지만 질문 따위를 받아 줄 생각은 없으니 참는 편이 좋을 거야. 그보다…… 부탁이 하나 있다. 솔직히 너를 살려두는 건 내게 아무런 이득이 없는 일이야. 내가 지금부터 할 부탁을 들어주는 대가라고 해두지. 이제 부탁을 해도 되겠나?"

"말해 보시오."

"휘륜에게 내 얘기를 전달해. 빠르면 빠를수록 좋다. 나는 그와 진지한 대화를 나누고 싶다. 내 존엄과 명예를 걸고 휘륜의 안전을 보장하지. 함정이나 속임수 따위는 없으니 의심하지 말고."

구적룡은 궁금했다.

"그분과 당신은 적이 아닙니까? 굳이 왜 만나려고 하십니까?"

"이 세상에 단정 지을 수 있는 건 얼마 안 돼. 그와 내가 어찌 적이라고 단정 짓지? 적이 아닐 수도 있어."

"네? 그런 얼토당토않은 말을 나더러 믿으라고……."

"나도 아직 확신하는 건 아냐. 일단 전해 줘. 결정은 네가 아니라 그가 하는 것이다. 그리고 진실은 차차 밝혀지겠지."

그 뒤로 악초림은 입을 다물었다. 밤이 어두워지길 기다려 구적룡을 대전 밖으로 내보냈다. 수하를 시켜 은밀하게 왕부 밖으로 내보냈다는 사실조차 구적룡은 수상쩍었다. 하나부터 열까지 의문투성이였다.

구적룡은 우선 천선루로 갔다. 루주를 만났다. 그녀에게서 정보를 얻으려 했지만 쉽지 않았다.

루주는 구적룡의 말을 곧이곧대로 믿어주지 않았다. 대마령이 제게서 빠져나갔다고 아무리 설득해 봐도 의심의 눈초리로 바라보는 건 달라지지 않았다.

밀종과 검계의 고수들 전원이 합비를 벗어난 건 확실했다. 단지 그 사실만 확인해 줬을 따름이었다. 그들이 어디로 향했는지 알 길 없는 구적룡은 답답했다.

바로 그때 의외의 인물이 두 사람 앞에 모습을 드러냈다.

잠자리 날개처럼 수를 놓은 청라 저고리와 치마를 입은 아리따운 여인이었다. 얼굴의 태반을 검은색 면사로 가리고 있어 용모를 알아볼 순 없었다. 천선루주는 절차에 따르지 않고 별실로 몰래 잠입한 여인의 등장에 놀라며 경계했다.

"누구냐?"

"루주, 나예요. 적이 아니니 경계하지 않아도 좋아요."

청라의를 입은 여인이 얼굴을 가리고 있던 면사를 걷어냈다. 면사 아래에 숨겨져 있던 얼굴이 불빛 아래 드러났다. 소혜군주였다.

"군주님! 군주님께서 여긴 어찌 오셨습니까? 더군다나……."

"궁금한 게 많겠지만 지금은 그런 한가한 얘기나 나누고 있을 때가 아니에요. 속히 륜 오라버니를 만나야 해요."

소혜군주의 다그침에 천선루주는 당황했다.

"저도 그분이 어디 계신지 알지 못합니다."

"일행들이 어디로 향했는지도 몰라요?"

"전혀 모릅니다. 자리를 잡으면 소식을 주기로 했습니다. 군주님 대체 무슨 일이기에 그러십니까? 다급한 일입니까?"

소혜군주는 대답하지 않았다. 대신 한쪽에 어정쩡하게 몸을 일으킨 채 고개를 살짝 떨어뜨린 구적룡에게 시선을 주었다.

구적룡은 잠깐 동안 눈앞이 아찔한 느낌을 받았다. 제남에 있는 동안 소혜군주를 여러 번 보긴 했지만 이처럼 가까운 곳에서 눈을 마주친 건 처음이었다. 세상 사람들로부터 천하제일 미녀로 칭송받고 있는 설리와 견줄 수 있을 정도의 미색이었다.

과거 제남에 있을 때와 비교도 안 될 정도로 성숙하고 아름다워진 소혜군주의 미색에 구적룡은 충격을 받았다. 구적룡은 소혜군주의 눈을 마주 보지 못하고 시선을 바닥으로 내리깔고 말았다.

"루주, 잠시 자리를 비워줄 수 있나요? 이 사람과 긴히 할 얘기가 있어요."

"네, 알겠습니다. 멀지 않은 곳에서 대기하고 있겠습니다. 필요하면 언제든 부르십시오."

천선루주를 밖으로 쫓아낸 소혜군주가 구적룡을 똑바로 바라보며 말문을 열었다.

"적룡, 악초림이 뭐라고 했지?"

구적룡의 꺾였던 고개가 번쩍 쳐들렸다. 소혜군주의 입에서 나왔다고 믿기 힘든 말이 흘러나왔기 때문이다.

"왕부 내에서 벌어지고 있는 일을 내가 모를 리 없잖아. 그런 의심스러운 눈초리를 하다니 상당히 불쾌하군."

"죄, 죄송합니다, 군주님. 너무 뜻밖의 하문인지라 저도 모르게 그만……."

"악초림이 뭐라 했는지 말해 줄 수 있어?"

"딱히…… 별말은 없었습니다."

"나를 경계하는군."

"아, 아닙니다, 군주님. 다만……."

"다만?"

"뭐가 뭔지 확실치가 않아서…… 혼란스러워서 그렇습니다. 군주님은 어디까지 알고 계십니까?"

"악초림이 왕부를 장악했고 군권까지 손아귀에 넣었

어. 왕부 내에서 그 모르게 무언가를 모의하거나 획책하는 건 불가능해. 아바마마 침전에 악초림이 드나들며 떠들어댄 소리가 내가 알고 있는 전부야."

"그런데 어찌 제가 악초림을 만났다는 사실을 알고 계십니까?"

"그야 그가 대마령을 찾는답시고 아바마마 침전뿐만 아니라 내 침실까지 뒤졌기 때문이지."

그제야 구적룡은 의심을 거둬들였다.

"휘 호법님을 만나고 싶다 하더군요. 정말입니다. 그 말뿐이었습니다."

"무슨 일로?"

"그야 저도 모르지요. 절 살려주는 대신…… 휘 호법님께 그 말을 전하라 했습니다. 군주님은 호법님께 무슨 용무가 있으십니까?"

"더 이상 답답해서 왕부에 있을 수가 없어. 오라버니 따라 어디든 떠나려고."

구적룡은 내색하진 않았지만 속으로 철없는 군주라는 생각을 먼저 했다.

소혜군주는 목적을 이루지 못하고 천선루를 떠났다. 천선루주는 구적룡에게 쉴 방을 하나 마련해 주곤 사라졌다.

혼자 남게 된 구적룡은 빈방에 불도 밝히지 않고 어둠

속에 웅크린 채 고민에 빠져들었다.

'호법님을 유인해 살해하기 위한 속임수일까? 아니다. 그리 보기엔 억지스러운 부분이 너무 많아. 그는 진심인 것 같았다. 무엇보다 대마령에게 보낸 전음이 결정적이다. 대마령의 완전체인 악초림이 다른 누군가의 감시를 받고 있는 걸까? 이걸 믿어야 하나? 호법님과 자신은 적이 아닐지도 모른다고 했다. 아 모르겠어. 너무 혼란스러워.'

구적룡은 제 머리를 감싸며 세차게 흔들었다.

다시 침상에 드러누운 구적룡은 잠을 청해 보려고 눈을 감았지만 잠이 올 리가 없었다.

혼란스럽고 불안했다.

한편으로는 이토록 빨리 대마령에게서 벗어났다는 사실에 기뻐했고 마음이 놓였다.

대마령에게 제 몸을 내어 줄 때의 좌절감이 컸던 만큼 지금 느끼는 해방감도 컸다. 몸 안을 가득 채운 형용할 길 없는 뿌듯함과 격정의 감정은 새로운 삶이 시작되었다는 안도감에서 비롯되었다.

경황이 없는 탓에 구적룡이 미처 간과한 사실이 하나 있었다. 소혜군주는 수행인 하나 없이 홀로 천선루까지 찾아왔고 또한 언제든 다시 벗어날 수 있는 사람처럼 왕부로 다시 돌아갔다. 그녀는 고강한 무공을 습득하지 못했다. 설사 무림의 고수라 할지라도 악초림의 졸개들인 마군들의 눈길을 이처럼 쉽게 속이는 건 불가능한 일이었다.

왕부의 높은 성채를 바람처럼 뛰어넘어 사라진 그림자는 틀림없는 소혜군주였다. 뿐만 아니라 소혜군주는 자신의 처소가 있는 전각까지 가는 동안 밤 고양이보다 더 은밀하고 신속했다.

제 방에 당도한 소혜군주는 그제야 안도의 한숨을 내쉬었다. 그렇지만 어둠 속에서 흘러나온 한마디에 소혜군주는 심장이 덜컹 내려앉을 정도로 놀랐다.

"어딜 다녀오는 것이냐?"

소혜군주는 긴장을 늦추지 않은 채 빠르게 목소리의 주인공을 찾았다. 침상 옆 의자에 석상처럼 고요하게 앉아 있는 사람을 그제야 소혜군주는 발견할 수 있었다.

"아, 아바마마."

어둠에 동화되어 이질감을 느낄 수 없는 신비인은 다름 아닌 왕부의 주인인 보국왕이었다.

"어딜 다녀오는 길이냐고 물었다."

"아바마마, 소녀 잠시 산책을 하고……."

소혜군주는 말을 끝맺지 못했다. 보국왕의 언성이 다소 높아졌다.

"변명치고는 궁색하기 그지없구나. 네가 내 딸인 소혜가 맞느냐?"

"아바마마 무슨 말씀이신지……."

"마지막 대마령이 하필이면 내 딸아이에게 들어올 줄은 정녕 몰랐구나."

"아, 아바마마……."

절반쯤 열린 창문을 통해 방 안으로 쏟아져 들어오는 옅은 달빛 아래 소혜군주의 얼굴이 당혹감에 물들었다.

"소혜를 강제로 취한 것이냐, 아니면 그 아이의 허락을 받았더냐?"

놀라운 말이 아닐 수 없었다.

구적룡에게서 나간 대마령이 소혜군주에게 간 사실도 놀라운 일인데 악초림도 아직 파악하지 못한 그 사실을 보국왕이 어찌 꿰뚫고 있단 말인가.

어쩔 줄 몰라 하던 소혜군주의 태도가 돌변했다.

"어찌 아셨습니까?"

침착할 뿐만 아니라 대담하기 그지없는 태도만 보아도 그녀가 소혜가 아님은 명확했다.

"내가 하나밖에 없는 딸자식을 몰라볼 정도로 바보천치는 아니다."

"이렇게 된 마당에 거짓말을 할 필요는 없겠지요. 저는 소혜가 맞습니다. 강제로 취한 건 아니고 허락을 받았습니다."

"소혜가 뭐가 아쉬워 너를 받아들였다는 말이냐."

"제가 달라진 건 곧바로 알아보면서 소녀가 그동안 어떤 고통에 시달려 왔는지, 거기에 대해서는 관심조차 없었군요."

"무엇이라!"

"그것보다 아바마마는 누구신지요? 정녕 제가 알던 아바마마가 맞습니까?"

소혜는 보국왕의 모든 것이 수상쩍었다.

자신의 눈을 속일 정도로 보국왕은 뛰어난 능력을 보유한 사람이었다. 뿐만 아니라 마주 보고 있는 지금도 소혜는 보국왕의 능력을 가늠할 수 없었다. 은연중 흘러나오는 위엄은 대마령인 소혜군주가 경계심을 품을 정도로 대단했다.

'있을 수 없는 일이다. 아바마마가 아무리 뛰어난 왕재(王才)라 해도 그것만으로 설명할 수 없는 일이다.'

보국왕에게도 자신만의 비밀 하나쯤 있다 해서 이상한 일은 아니겠지만 문제는 수위였다. 이건 정도를 지나친 감이 있었다.

*　　　*　　　*

소혜군주가 보국왕에 대한 의문을 풀고 있던 그 시간, 다른 곳에선 연거푸 발생하는 의문스러운 사건들에 휘륜이 혼란스러워하고 있었다.

구적룡이 경고했던 마군의 출현을 휘륜도 알아챘고 그 순간 그는 애초의 계획에서 변경이 불가피하다고 판단했다.

휘륜은 안전거리를 확보한 채 동태를 살피는 정도에 만족했다. 구적룡이 제 발로 승룡전 안으로 들어갔다가 악초림에게 사로잡힌 채 참혹한 꼴로 끌려나오는 광경까지 낱낱이 목도했다.

다음 순간, 대마령이 구적룡의 몸에서 빠져나가자 휘륜은 쾌재를 불렀다.

왕부를 벗어난 구적룡의 뒤를 은밀하게 뒤따르는 신비인이 있었다. 그가 다름 아닌 소혜군주라는 사실을 확인하고 휘륜은 머리가 어지러워졌다.

구적룡과 소혜군주가 차례로 천선루로 들어간 것을 확인하고 휘륜은 헝클어진 머릿속을 정리하느라 시간을 지체하고 있었다.

휘륜이 혼란한 심중을 수습하고 천선루로 들어가려는 순간 그의 앞을 막아서는 그림자가 하나 있었다. 신비한 등장 때문에 휘륜이 놀란 건 아니었다. 의외의 인물이 휘륜의 앞을 막아섰다.

낯이 익은 단우림이었다.

천명회의 부회주였으나 사형제들에게 치명적인 상처를 안기고 마교의 품을 찾아 떠나버린 바로 그였다. 천명회의 척살 명단 제일 첫머리를 장식하고 있는 단우림이 합비를 어슬렁거리고 있다는 사실도 놀라운데 겁도 없이 휘륜의 앞에 나타난 것이다.

"형님, 오랜만에 뵙는군요. 예나 지금이나 늠름하시군요."

"단우림?"

휘륜은 오늘 여러 차례 예기치 않은 상황에 직면하고 있었다. 하루에 일어난 일이라고 믿겨지지 않을 만큼, 꿈속에서나 일어날 법한 이상스러운 사건들의 연속이었다.

"저를 알아봐 주시니 영광입니다. 미천한 저를 잊지 않고 기억해 주시다니 형님은 역시 멋지십니다."

자신의 처지를 모르는 건지, 아니면 수치를 모르는 뻔뻔함을 선천적으로 타고난 건지 헷갈릴 지경이었다.

"바쁘신 줄 알지만 형님께 긴한 용무가 있어 감히 앞을 막았습니다."

"나는 너와 마주할 일이 없다."

단우림은 얼굴에 웃음기를 지우지 않은 채 천연덕스럽게 대꾸했다.

"저 역시 사적으로 형님께 볼일이 없습니다."

"그런데?"

"태사께서 보내셨습니다."

오늘의 이상스러운 사건들의 정점이라 할 만한 순간이었다. 증지산이 보냈다는 건 여러 가지 의미를 함축하고 있었다. 이제 놀랄 일도 없다고 여겼거늘 그렇지가 않았다.

태사라는 말이 단우림의 입에서 흘러나온 순간 휘륜은 온몸을 감싸는 소름에 전신을 떨었다.

"태사? 방금 태사라고 했느냐?"

"맞습니다. 태사께서 형님께 전하란 소식을 가지고 왔습니다."

"네가 말하는 태사가…… 내가 알고 있는 증지산, 그 사람이 맞느냐?"

"이 하늘 아래 그분 말고 어느 누가 태사라 불리겠습니까?"

"그가 합비에 있나?"

"저와 잠시 동행해 주시겠습니까? 다른 사람의 이목을 끌어서 좋을 게 없습니다."

휘륜은 천선루로 들어가려던 생각을 접었다.

갑자기 행방을 감춘 증지산이 사람을 보내 자신을 초대했다는 사실이 놀라웠다. 어쩌면 제 신변이 증지산에게 모조리 노출돼 있었을지도 모른다고 생각하니 께름칙했다.

'증지산, 역시 대단한 사람이다. 도무지 끝을 짐작할 수 없는 인물이다. 이쯤 되니 과연 내가 그에 대해 얼마나 알고 있는지, 그 알고 있다는 믿음조차 과연 진실일지 의심이 되는구나.'

단우림이 휘륜을 안내해 간 곳은 합비의 외곽지역에 위치한 허름한 장원이었다.

경비 무사도 없고 시중드는 하인도 없었다. 반쯤 허물어진 외벽이 흉가를 연상시키는 건물로 쑥 들어간 단우림은 내실 깊은 곳까지 휘륜을 이끌었다.

초롱불 몇 개가 주변을 밝히고 있을 뿐 주변에는 사람의 것이라 여겨질 만한 그 어떤 기운도 포착되지 않는다.

내실 안쪽에는 탁자 하나와 의자 둘만 덩그러니 놓여 있었고 나머지는 성한 게 하나도 없었다. 벽에 걸어둔 그림 액자도 기우뚱 기울어져 있었으며 청소도 오랫동안 하지 않았는지 바닥에 먼지가 수북하게 쌓여 있었다.

"죄송합니다. 이런 누추한 곳으로 형님을 뫼시게 되어 송구합니다."

단우림이 손으로 가리킨 의자에 앉긴 했지만 휘륜의 표정은 딱딱하게 굳어 있었다.

"태사가 보냈다고 하지 않았더냐? 나를 기만한 것이냐?"

"아닙니다. 그럴 리가 있겠습니까. 틀림없이 저는 태사의 명을 수행하는 몸입니다. 그건 절대 거짓이 아닙니다."

휘륜이 앉고 나자 단우림도 그 앞에 착석했다.

"태사는 어디 있지?"

"그분은 여기 안 계십니다. 단지 형님께 전해드릴 밀봉된 서찰이 있을 따름입니다."

탁자 가운데 나무 상자 하나가 있었는데 방 안의 기물 중 오직 그것만이 먼지 한 톨 없이 깨끗했다. 단우림은 상자 안에서 밀봉된 서찰을 꺼내 두 손으로 조심스럽게 휘륜에게 내밀었다.

휘륜은 단숨에 서찰을 읽어 내려갔다. 그의 표정이 수시로 바뀌는 것을 단우림은 놓치지 않고 주의 깊게 살폈다.

서찰을 다 읽은 휘륜은 삼매진화로 불꽃을 만들어 재 하나 남기지 않고 태워 버렸다.

휘륜은 잠시 눈을 감고 생각에 잠겼다.

심사숙고 중인 휘륜을 단우림은 방해하지 않고 지켜보기만 했다. 잠시 후 마침내 눈을 뜬 휘륜이 단우림에게 물었다.

"태사가 이걸 네게 주며 달리 뭐라 하더냐?"

"만약 성사시키지 못하면 죽으라고 하셨습니다. 그 말

씀 외에는 하지 않으셨습니다."

"여전히 냉정한 사람이구나. 그런 명령을 내렸는데
도…… 너는 태사를 원망하는 마음이 조금도 없느냐?"

"없습니다."

"천명회의 형제들을 배신한 이유가 고작 이렇게 허망
하게 목숨을 버리기 위함이었더냐?"

"저는 누군가를 배신한 적이 없습니다. 형님께서 오해
하셨습니다."

"천명회의 사형제들이 네 말을 들었다면 분통을 터트
리겠구나."

"저는 천명회에 몸을 담기 전부터…… 태사를 섬겼습
니다. 그러니 배신이란 말은 적절치 않습니다. 애당초 저
는 태사의 마군으로 선별되었고 때를 기다리고 있었습니
다. 저는 장차 태사의 영광스러운 마군이 될 것을 알고
있었고…… 그 상태로 천명회에 가입했습니다."

망치로 후두부를 강타당한 기분에 휘륜은 눈앞이 아찔
했다.

잠시 뒤 휘륜의 입에서 허탈한 웃음소리가 흘러나왔다.

"허허허……허허허허. 그랬군. 태사는 제자들뿐만 아
니라 세상 사람들 모두를 완벽하게 속였던 게로군. 나 또
한 마찬가지고."

휘륜은 자신이 태사에게 조롱당했다는 사실을 솔직히

인정하지 않을 수 없었다.

'내가 해남도에 갔을 그 당시에 태사는 완전체를 이뤘을지도 모르겠군. 적어도 그는 마군의 존재에 대해 알고 있었다는 소리로군. 그는 무엇 때문에 이토록 철저하게 주변을 속여야 했을까?'

거기에 대한 해답은 태사가 남긴 서찰에 담겨 있지 않았다. 태사는 휘륜이 진실에 접근하길 원했고 그 길을 제시했을 뿐이었다.

'그를 만나보면 알겠지. 태사는 끔찍하게 무서운 사람이다. 그런데 그토록 무서운 사람조차 두렵게 만드는 일이 그의 주변에서 일어나고 있다. 그는 뭐가 무서워 자신을 숨기고 세상을 속여야 했을까?'

휘륜이 천선루에 도착했을 때는 소혜군주가 왕부로 돌아간 뒤였다.

천선루주는 휘륜에게서 구적룡에게 안내해 달라는 말을 듣고 나서야 구적룡에 대한 의심을 지웠다.

불 꺼진 깜깜한 방에서 잠들지 못하고 뒤척이고 있던 구적룡은 휘륜의 얼굴을 보자 막혔던 숨통이 트이는 기분이었다.

휘륜은 구적룡이 무사하게 귀환한 사실을 먼저 반겼다. 그간의 자초지종을 묻는 일은 그다음이었다.

구적룡이 쏟아 내기 시작한 생생한 전언들은 그렇지 않아도 복잡한 휘륜의 심경을 더 뒤숭숭하게 들쑤셔 놓았다.

"악초림이 전음으로 한 마지막 말을 정확하게 기억하고 있습니다. '나나 증지산은 완전체여서 숨을 데도 없고 속일 수도 없다. 너라면 변수를 만들 수 있고 너라면 우리를 도와줄 수 있다. 자세한 사정은 나중에 들려줄 테니 지금 당장 거기서 나와 다른 숙주에게로 들어가라. 우리 모두의 미래가 결부된 아주 중요한 사안이다. 안착한 뒤 아무도 모르게 은밀하게 날 찾아와다오.' 이렇게 말했습니다. 대체 악초림이 한 말이 무슨 뜻일까요? 완전체를 이룬 그가 다른 무언가를 신경 쓰고, 심지어 두려워한다는 것이 납득이 안갑니다. 호법님은 짐작 가는 바라도 있으십니까?"

휘륜이 담담한 신색으로 고개를 젓자 구적룡은 답답한지 뒷머리를 벅벅 긁었다.

"혹시 호법님을 유인하기 위한 고도의 술책이 아닐까요?"

"그건 아닐 거야. 완전체를 이루지 못한 대마령도 처음엔 나를 만만하게 여겼는데 그럴 리가 없지. 네게서 떠난 대마령이 어디로 갔는지 모르느냐?"

"네. 제가 왕부를 떠나기 전까진 별다른 징후가 없었습니다. 은밀하게 찾아오라고 했으니 설사 둘이 접촉을 했다 해도 외부에서 파악하긴 어렵겠지요. 호법님 어쩌실 겁니까? 정말 악초림의 초대를 받아들일 겁니까?"

"그래야 하지 않을까?"

"그와는 악연이라 할 수 있는데…… 괜찮을까요?"

"어차피 한 번은 부딪혀야 할 상대다. 피하는 게 능사는 아니다."

"그렇긴 하지만…… 아 그리고 악초림이 호법님과 자신이 적이 아닐 수 있다는 말을 했습니다. 확신이 안 서는지 자신 없어…… 하며 말끝을 흐리긴 했습니다."

"뭔지 모르지만 대마령들만 알고 있는 진실이 더 있는 건 분명하군. 그들 주변에서 모종의 사건이 벌어지고 있는 듯해. 그게 뭐든 대마령은 처단해야 할 적이란 사실은 변함이 없지. 대마령들이 서로 공조하면 그것 자체가 큰 일이야. 손잡고 마수를 내게로 뻗치면 감당하기 힘들어져."

*   *   *

시간을 오래 끌 일이 아니라고 판단한 휘륜은 곧장 왕부로 향했다. 악초림의 제안에 따라 은밀하게 잠입하기로 했다.

악초림의 마군들이 휘륜의 잠입을 눈치 못 챈 건지 아니면 알면서도 모른 척해 주는지 확인할 길이 없었다. 어찌됐든 휘륜은 들키지 않고 잠입하는 데 성공했다.

승룡전 안까지 들어가는 동안 휘륜의 앞을 막는 인기척은 하나도 없었다.

곳곳에 악초림의 졸개들이 숨어 있는 게 휘륜의 예민한 감각에 포착되었다. 악초림은 늦은 밤인데도 불구하고 아직 잠자리에 들지 않고 대전에서 마령 일호와 대화를 나누고 있던 중이었다.

휘륜이 대전에 잠입해 막 전음을 보내려는 순간 악초림이 먼저 지시를 내렸다.

"너는 이만 나가 봐도 좋다. 승룡전을 철통같이 지켜라. 쥐새끼 하나 드나들게 해선 안 된다. 알겠느냐?"

"명심하겠습니다."

마령 일호는 악초림이 대화를 중단하고 갑작스럽게 자신을 내보내도 일말의 의문조차 품지 않았다. 명하면 즉각 이행하는 조련된 사냥개 같았다.

마령 일호의 기운이 대전 안에서 사라지자마자 악초림은 자리에서 일어나 두 팔을 활짝 벌리며 과장된 몸짓을 했다.

"어서 오게. 반갑군. 이게 얼마만의 재회인가."

악초림이 마군을 내보낸 순간 제 등장을 감지했나 싶었

는데 막상 들통난 게 확인되고 나니 휘륜은 씁쓸함을 감추기 힘들었다.

휘륜이 신형을 드러내자 악초림의 표정도 조금씩 굳어가기 시작했다.

대면하고 보니 휘륜이 뿜어내는 압박감이 예상 범위 밖이었기 때문이다. 악초림의 표정은 속마음이 그대로 다 드러나 보였다.

'원영신을 완성했다더니…… 이 정도였던가?'

악초림이 경각심을 가지게 되었다는 자체가 휘륜에게는 손해였다.

설리를 사이에 둔 연적으로 서로에 대한 좋지 않은 기억을 품고 있는 두 사람이 오랜만에 재회하는 순간이었다. 그때와 모든 게 달라졌다. 시간도 흘렀고 두 사람이 점하고 선 위치와 입장도 바뀌었다. 특히 악초림의 경우가 더 심했다.

"예나 지금이나 자신만만한 태도는 똑같군."

"그러는 너도 마찬가지다."

"설리를 차지한…… 승자의 소감을 물어봐도 될까?"

"미련한 놈. 너는 아직까지도 머릿속에서 설리를 지우지 못했느냐?"

"쿳. 과연 네가 내 입장이라면 어땠을까? 너라면 쉽게 지울 수 있었을까? 상처를 준 사람은 쉽게 잊어버리지만 상처받은 사람은 오랜 세월 간직하는 법이지."

"애처럼 칭얼대려고 날 보자고 했나?"

휘륜의 그 한마디가 가슴을 후벼 파고 뒤집어 놓았지만 악초림은 초인적인 인내심을 발휘해 분노를 억눌렀다.

둘은 아무 일 없었던 사람들처럼 웃는 낯으로 서로를 대하긴 불가능한 사이였다. 그 사실이 다시 한 번 확인된 셈이었다. 그렇다곤 해도 감정을 못 다스려 몸짓으로 말을 대신해야 할 만큼 단순한 사람들도 아니었다.

"자, 거기 앉지. 피차 껄끄러운 사이긴 하지만 오늘은 내가 초대를 했으니 예의를 지키도록 하마."

악초림이 가리킨 손끝을 따라 시선을 따라가던 휘륜은 어이가 없어 코웃음을 쳤다.

그것도 의자라면 의자였다.

십여 세 동자의 앉은키를 참조한 듯 보이는 자그마한 의자 하나가 대전 가운데에 덩그러니 놓여 있었다. 진의를 따질 것도 없이 명백한 조롱의 의미였다.

악초림의 유치함이 상상을 불허하는 수준이라 판단한 휘륜은 기가 찼다.

"대체 머릿속에 뭐가 들었는지 모르겠군."

"무슨 뜻이지?"

"관두자."

"혹시 의자 크기가 작아서 그러나?"

"아니다."

"수하들이 눈치가 없어서 실수를 한 것 같군. 네 체구를 모르고 급하게 준비하느라 좀 작은 걸 가져다 놓은 듯싶다. 내가 봐도 좀 작긴 하군. 바꿔줄까?"

휘륜은 어금니를 꽉 깨물었다.

"아니다. 서 있는 편이 낫겠어. 오래 머물 생각이 없으니 용건만 간단히 하자."

휘륜은 원래의 자리에 서서 미동도 하지 않았다. 의자에 앉을 생각조차 않는다. 그걸 본 악초림은 가소롭다는 듯 보일락 말락 미소를 지어 보였다.

"나를 보자고 한 용건이나 털어놔 보지."

"네가 원영신을 완성했다는 건 사실인가?"

"그걸 굳이 내 입으로 확인해 줘야 하나? 척보면 대충 느낌이 올 텐데."

"금강신이니 뭐니 떠들어대더니…… 별게 아니었군. 전설은 역시 과장되기 마련이었어."

"말장난이나 하자고 날 오라고 한 거였으면 이만 돌아가고."

"원영신이 된 걸 축하하고 싶진 않군. 원영신을 이뤘다는 건 천신이나 신장의 도움을 받았다는 말이니 차라리 위로를 하마. 모든 일에는 대가가 따르기 마련이지."

별로 중요한 얘기가 아니어서 휘륜은 따져 묻지 않았

다.

악초림의 표정이 갑자기 싹 돌변했다.

조금 전까지 얼굴에 가득하던 익살스러움은 자취를 감추고 싸늘한 냉기가 가득했다.

"너는 나를 어찌 생각하지?"

"생각해 본 적이 없어서 잘 모르겠는걸. 존재감이 워낙에 없어놔서."

"대마령에 대한 네 입장이 궁금하단 뜻이다."

"그걸 굳이 물어볼 필요가 있을까? 사람이라면 다 똑같은 대답을 하겠지. 세상을 피로 씻을 불길한 존재를 곁에 두고 싶은 사람이 있을까."

"고작 그게 전부는 아니겠지?"

"뭘 기대했는지 모르겠지만 목숨을 걸고 대마령을 이 땅에서 소멸시키기로 맹세한 사람이 바로 나다."

휘륜의 눈빛은 악초림의 살을 찢고 뼈를 부수고 피를 말려버릴 것 같이 강렬했다. 그 눈빛에 호의를 찾을 길이 없다는 사실을 악초림은 순순히 인정하기로 했다. 적대감은 본능인 것 같았다.

악초림은 어디서부터 이야기를 풀어나갈까 고민했다.

길지 않은 고민이 끝나고 다시 입을 열었을 때 악초림은 진실이 가진 힘을 의지하기로 했다.

"너는 천신들이 주입하고 세뇌시킨 의식을 그대로 받

아들인 상태다. 선입견을 버리고 마음을 열고 내 얘기를 들어줬으면 좋겠다. 그렇지 않으면 우리가 공유하는 이 시간은 무의미하다."

한 번도 다른 존재에게 세뇌되었다 생각해 본 적 없는 휘륜은 악초림의 말에 반발심이 생겼다. 가까스로 참아낸 휘륜은 악초림이 무슨 소리를 지껄일지 더 지켜보기로 했다. 뚱딴지같은 소리가 계속되자 휘륜은 미간을 찡그렸다.

휘륜의 표정이 어떻게 변하든 관계없이 악초림은 제 관심사만 일방적으로 털어놓기 바빴다.

"하등하다 여겼던 인간들에게 천신과 마왕이 호되게 당한 적이 있지. 자신들이 계측한 기준점을 절대 넘지 못하리라 여긴 인간이 경계선을 수시로 넘는 걸 불쾌하게 여겼다. 특히 마왕들이 심했지. 나 같은 대마령이 인세에 출현하는 주기가 짧아진 것도 그 때문이었고."

"잠깐 지금 네 말은 이전에도 대마령의 출현에 마왕들이 관여했다는 뜻이냐?"

"마왕뿐이 아니고 천신들도 힘을 보탰지. 내가 지금 거짓말을 한다고 여기나?"

휘륜의 눈에 의심이 가득한 걸 보고 악초림은 혀를 찼다.

"너는 대마령이 최초로 출현하는 장소가 어디라고 여

기느냐? 처음 대마령이 생겨났을 때 성체를 유지하고 자신을 보호하기에도 벅찰 정도로 힘이 미약하다. 그런 상태로 이승, 즉 인세로 침범하기엔 역부족이다. 그런 우리를 이 세계로 유도하고 유인하며 때로는 강제로 밀어 넣는 존재들이 있다."

"그럼?"

"이승이 아닌 저승에 대마령의 성체가 출현했을 때 천신이든 마왕이든 이승으로 대마령이 침범하는 걸 막고자 한다면 얼마든지 막을 수 있다. 그런데 그들은 한 번도 그러질 않았다. 우리들이 인세에 등장할 수 있는 건 마왕과 천신들이 묵인하고 방조하고 때로는 조장하기 때문에 가능했던 일이지."

휘륜은 이런 사실을 들어본 기억이 없었다. 지령신녀조차 이와 비슷한 얘기를 들려준 적이 없었다. 그 때문에 휘륜은 악초림의 말을 곧이곧대로 믿지 않았다.

"네 표정을 보아하니 오늘 너와의 대화가 별 소득이 없을지도 모르겠구나. 좋아. 그럼 잡다한 얘기는 집어치우고 본론만 간략하게 전달하지."

악초림은 제 진심이 의심받고 있는 상태에서 어떤 말을 해도 소용이 없다고 여겼다.

"원래대로라면 우리 대마령들은 완전체를 이루자마자 서로를 찾아 대결을 벌이고 최후의 승자를 가리게 된다.

그중 하나가 남을 때까지 우리의 싸움은 중단되지 않는다. 그 과정에서 사람들에게 상당한 피해가 발생하겠지. 아마 너는 우리가 반드시 세상을 피로 씻고 인세를 멸망시킬 존재로 인식하고 있을 것이다."

"아니라고 부정하고 싶은가?"

"물론 그럴 가능성이 매우 농후하긴 하지. 다만 내가 말하고 싶은 것은 너희 인간과 마찬가지로…… 대마령 역시 결정되지 않은 존재다. 우리에게도…… 우리의 삶이 존재한다. 우리가 숙주로 삼게 되는 인간에게 영향 받기에 상황은 얼마든지 바뀔 수 있다. 지금 내가 말하고자 하는 본론은…… 현재 나나 증지산은 서로를 경계하지만 끝장을 보려고 하지 않는다. 서로를 경계하긴 하지만 그 이상의 적극적이고 강경한 태도를 취하진 않고 있다. 왜 일까?"

"나도 그게 궁금해. 혹 새로운 적이라도 출현했나? 그래서 두려워하고 있는 것이냐?"

악초림은 휘륜의 말에 발끈했다.

"두려워해? 내가? 뭔가 오해하고 있군. 나를 두려움에 떨게 할 적은 없다. 단지…… 주의를 기울이고 신중을 기하는 것뿐이다."

"어쨌든 너를 성가시게 하고 부담스럽게 만드는 존재가 출현한 건 사실이로군."

"단지 상황이 좀 복잡하게 꼬였을 뿐이다. 부담스러운 적이 출현한 것도 사실이고."

막상 악초림이 순순히 인정하고 나자 휘륜은 더 의아해졌다.

'대체 이들, 대마령들마저 위축되게 만드는 새로운 적이 있단 말인가? 도무지 짐작도 안 간다.'

"증지산이 나보다 먼저 진실에 접근했지. 나도 얼마 전에야 심중의 혼란을 정리할 수 있었다. 이 시대에 대마령이 셋이나 출현하도록 획책한 자들은 마왕들이지. 그리고 인세로 침입한 우리들을 금마궁에 가둔 자들은 천신들의 환생인 삼선이었다. 당시 우리는 간신히 성체를 유지할 정도의 힘밖에 없었고 삼선에 대항할 엄두도 못 냈지. 그리고 오랜 세월 우리는 금마궁에 갇힌 채 대마신체가 나타나길 기다리며 힘을 키워왔다."

이야기를 풀어나가는 악초림의 태도가 전에 없이 진지했다.

"천신들은 자신들이 다스리는 영역을 천계라 하고 마왕들이 다스리는 세계를 마계라고 부른다. 천신과 마왕의 대립과 전쟁은 수억겁 동안 중단되지 않고 이어져오고 있다. 그들은 지금까지 서로를 제외한 두려워할 만한 적수를 가져본 적이 없다. 있다면 딱 한 번의 예외가 있었다."

악초림의 얘기는 휘륜이 예상하지 못한 더 오랜 과거로

거슬러 올라가고 있었다.

"이 땅에 인간들이 항상 번성하고 넘쳤던 건 아니다."

휘륜이 악초림의 말을 중단시켰다.

"잠깐, 잡다한 얘기들은 빼고 본론만 간단하게 말한다고 하지 않았더냐?"

"꼭 필요한 얘기만 간추려서 하고 있다. 억지로 들으라고 한 적 없으니 듣기 싫으면 언제라도 돌아가도 좋다."

"알았으니 계속 해."

"천신들과 마왕은 이 땅에 인간 외에 고도로 발전된 지성체가 또 하나 더 존재한다는 사실을 알게 되지. 심지어 그 생명체는 인간들 위에 군림하는 상위 포식자였다. 그런 그들을 천신과 마왕은 그때까지 알아채지 못한 것이지. 그 이유는 너무도 간단했다. 혼과 백으로 되어 있어 죽어 혼이 저승으로 넘어오는 인간과 달리 그 생명체는 혼이 없이 백만 지니고 있었다. 그러니 그들에게 죽음은 소멸일 뿐 다른 의미가 아닌 것이지."

휘륜은 코웃음 쳤다.

"귀신 얘기라도 하려는 것이냐?"

"그들이 바로 요괴다."

"픗."

휘륜의 입술을 비집고 결국 비웃음이 흘러나오고 말았다.

"이것 봐, 악초림. 나는 검황이다. 이 땅의 역사에 대해 나보다 더 많이, 상세히 알고 있는 사람도 드물어. 요괴는 민담이나 설화에 가끔 등장하긴 하지만 그 모두가 허구에 불과해. 이 땅 어디에도 요괴는 존재하지 않는다. 코 찔찔 흘리는 꼬맹이들에게 통할 수작을 내게 하다니…… 대체 너는 무슨 의도로 그런 허무맹랑한 말을 얼굴색 한번 바뀌지 않고 지껄여대는 것이냐?"

"너를 포함한 사람들이 요괴를 만난 적은 없겠지. 그들은 땅속 깊은 곳으로 쫓겨났고 저주의 봉인석이 가로막고 있어 밖으로 나오지 못하고 있으니깐. 그런데 봉인석에 갇혀 있던 요괴의 왕이 풀려났다. 자력으로 푼 게 아니라 외부에서 풀어줬다는 게 무서운 일이지. 과연 누가 갇혀 있던 요왕을 풀어줬을까? 증지산과 내가 서로를 공격하지 않는 이유가 그것 때문이다. 내가 왜 네게 이런 말을 하는지가 핵심이다. 요왕을 유인해 봉인석에 가둔 건 천신과 마왕이었다. 그들이 힘을 합해 요왕을 봉인했지. 대마령인 우리들도 그 위치를 모를뿐더러 설사 알고 있다 해도 봉인을 풀 수 있다고 장담하지 못한다. 그럼 답은 뻔하지. 이제 좀 감이 잡히나?"

"그러니깐 네 말은 천신인지 마왕인지 모르지만 누군가가 힘들게 가둔 요왕을 일부러 풀어줬다고? 왜?"

"그야 나도 모르지. 그걸 알아보려고 증지산은 요왕을

찾아 떠난 듯 보이고."

"그럼 지하에 갇혔다는 요괴들이 땅 위로 올라오겠군."

"그건 또 아닌가 보더라. 요왕은 봉인석에서 빠져나오긴 했지만 그걸 파괴하는 건 불가능한지, 아니면 일부러 안하는 건지 모르지만 봉인석을 그대로 뒀다. 그 바람에 입구는 여전히 막혀 있는 셈이지."

"네 눈으로 직접 본 걸 얘기해 주는 거겠지?"

"아니다. 나는 들은 얘기를 해 주는 것이다."

"증지산에게서 들었겠군."

"그가 아니다. 증지산도 나도 다른 사람에게 이와 관련된 얘기를 접했다."

제2장
계약자 한태성

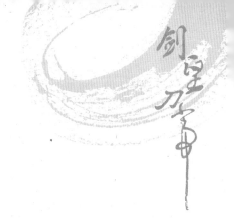

　악초림 앞을 물러 나온 휘륜은 여러 가지 의문을 품은 채 또 다른 사람 앞에 서 있었다. 증지산이 서찰로 만나 보라고 했던 바로 그 사람, 보국왕이었다. 보국왕은 휘륜이 누군지 알고 있음에도 갑작스러운 방문에 별반 놀라지도 않았다. 마치 휘륜을 기다려왔던 사람처럼 반겨줬다.

　"검황, 어서 오게. 많이 놀란 눈치로군."

　마교의 지배 아래 있던 왕부를 해방시키며 몇 차례 보국왕을 대면했었다. 소혜군주의 부친이기도 해서 휘륜도 비교적 예의를 갖추는 편이었다.

　"전하. 제가 이 야심한 시각에 찾아온 걸 전혀 이상하

게 여기지 않으시는군요. 제가 올 줄 짐작하고 계셨던 것
같습니다."

"잘 봤네. 나는 자네가 언젠가는 이전과 다른 목적을
갖고 날 찾아올 날이 있을 거라 예상했네. 생각보다 좀
이른 감이 있지만 한 번은 이런 시간을 가져야겠지."

"대체 전하께서는 어떤 분이십니까? 증지산이 왜 전하
를 만나면 모든 의문이 해결될 거라 한 겁니까? 또한 악
초림에게 들려준 얘기들…… 그 사실을 어찌 알게 되셨
습니까? 왕부가 마교의 지배를 받았던 건 모두가 거짓이
었습니까?"

"나는 요괴의 왕, 요왕과 계약했다. 믿겨지지 않겠지.
나도 마찬가지네. 당시의 나도 지금 자네의 표정과 별반
다르지 않았으니깐."

보국왕의 얘기는 길었다. 젊은 시절 전장에 나갔다가
패주하고 돌아오던 길에 적에 쫓겨 절지로 숨어들었는데
그곳에서 보국왕은 믿기 힘든 괴사를 겪게 된다.

스스로를 요괴들의 왕이라 자처한 존재를 대면하게 된
것이다. 봉인석에서 완전히 자유롭게 놓이지 않은 상태
였던 요왕은 과거에 그들이 인간에게 했던 것처럼 계약을
청했다. 인간들에게 초인적인 힘을 부여해 줄 수 있는 요
괴의 유혹은 거부하기 힘들 정도로 자극적이었다. 계약을
받아들인 보국왕은 요왕에게서 강력한 힘뿐만 아니라 요

괴와 천신, 마왕이 얽힌 과거사의 지식도 전수받았다.

"요괴들은 인간들의 피와 살을 먹을수록 더 강해지네. 또한 중독성이 매우 강력해서 어지간한 요괴들은 참지를 못한다네. 그 때문에 요괴들이 갇히기 전에는 인간들은 항시 죽음을 곁에 두고 살아야 했지. 천신과 마왕들은 인간과 요괴와의 관계를 탐탁지 않게 여겼지. 자신들이 독점해야 할 경외를 요괴들이 뺏어가고 있다고 본 거지. 거기다 예전에 인간이 멸종에 가깝게 급격하게 줄어든 것도 요괴들 때문이라고 단정 짓게 되었지. 그건 사실이 아니었네. 요괴들은 상위 포식자가 분명했지만 무분별하게 인간을 사냥하진 않았어. 요괴들에게는 다섯 명의 왕이 있었고 그들은 무서운 독재자였으며 그들의 통제는 엄격했어. 항시 문제는 인간들의 욕망 때문에 시작되곤 했지."

요괴의 존재를 알고 접촉하던 일부의 인간들은 그들과 계약하고 일정한 수의 인간을 제물로 바치는 대신 초인적인 능력을 갖게 되었다. 고대국가의 왕들은 대부분 요괴와 계약을 체결한 자들인 경우가 많았다.

"천신과 마왕들은 요괴들을 멸종시키는 편이 자신들에게 좋다고 판단하게 되지. 그런데 문제는 요괴들이 마왕들과 천신들이 생각한 것보다 훨씬 더 막강한 존재였다는 점이야. 다섯 요왕들은 마왕, 천신과 대등하게 싸울 수 있을 정도였고 다른 요괴들도 마군과 신장에 압도되지 않앉어. 그러다 보니 전쟁은 쉽게 끝나지 않았다. 무엇보다 천계와 마계의 군대를 두렵게 한 사실은 요괴는 죽이는 것에 그치지 않고 포로로 사로잡아 두었다가 배가 고프면 잡아먹었지. 요괴에게 먹힌 존재는 인간이든 신장이든 마군이든 예외 없이 혼이 저승으로 넘어가지 못했어. 그 요괴가 죽어야만 혼이 풀려나는 거야. 무서운 일이었지. 시간이 지날수록 지쳐가는 쪽은 오히려 천계와 마계 쪽이었어. 누구도 상상하지 못했던 놀라운 결과였지.”

위기를 느낀 마계와 천계는 최초로 완벽하게 힘을 합하게 된다.

“그전에는 그럼 천신과 마왕들이 힘을 합하지 않았습니까?”

“그들은 물과 기름 같아서 합쳐질 수 없다는 걸 알고 있었지. 그런데도 힘을 합하게 된 결정적인 계기는 인간들의 참전 때문이었다. 요괴들은 수적인 열세를 만회하기 위해 인간들을 적극 활용하기로 결정했고 계약자들의 수를 늘려가기 시작했다. 그러자 마왕들도 맞불을 놓았어. 인간을 노예로 삼아 군대 앞에 세우기 시작했네. 요괴들이 인간들에게 선택할 수 있도록 기회를 준 것과 달리 마왕들은 무자비했어. 전쟁의 결과는 요괴들의 항복으로 끝나고 말았네.”

“요괴들이 항복한 이유는 뭐죠?”

"다섯 요왕 중 하나는 인간과 혼혈이었어. 반인반요인 그는 이 땅의 인간들이 전쟁으로 인해 멸종하는 걸 원치 않았어. 그렇다고 요괴들을 죽음으로 내몰 수도 없었지. 그의 간곡한 청을 다른 요왕들이 먼저 받아들였고 천신들 마저 설득해 휴전을 성사시켰지. 자신들이 지하로 내려가 인간들과 접촉을 삼가겠다는 조건을 내걸었네. 천신들은 끝까지 가봤자 서로에게 이득이 없다고 보았고 휴전에 찬동했어. 문제는 마왕들이었어. 천계가 전쟁에서 빠지겠다고 하니 어쩔 수 없이 휴전을 승인하긴 했지만 이대로 물러나는 것에 자존심이 상한 거지. 언제 다시 불붙을지 모를 불씨를 남겨두는 것 같아 찜찜했던 거야. 마지막 요왕 하나만 남기고 모두 지하 세계로 들어가고 난 뒤, 마왕들은 힘을 모아 저주의 봉인석을 설치하고 지상에 남아 있던 요왕을 가뒀어. 그 봉인석이 깨지지 않는 한 지하 세계로 들어간 요괴들은 밖으로 나오지 못하고 봉인석에 갇힌 요왕은 영원토록 고통을 당해야 했어. 약속을 어겼을 뿐만 아니라 잔인무도한 짓을 한 거지. 천신들이 후에 알고 봉인석을 철수하려고 했지만 그래선 안 된다는 걸 알게 되지."

"봉인석을 파괴하면 분노한 요괴들로 인해 다시 전쟁이 시작될 걸 알았겠군요."

"물론이지."

"그럼 외부에서 봉인석에 갇힌 요왕이 탈출하도록 도운 자는 누구란 말입니까? 요왕은 알고 있을 것 아닙니까?"

"그 역시 모르고 있었네. 요왕이 자력으로 봉인석을 탈출할 수 있을 정도만 해체했으니…… 그럴 만도 하지. 최소한 사람 중에는 없어. 나는 처음에 대마령의 소행인줄 알았지. 하지만 그것도 아니더군."

"천신과 마왕 중에 있겠군요."

"맞아. 지금으로써는 그리 생각할 수밖에 없네. 누군지 모르지만 과연 그가 원하는 게 무엇일지가 중요하지."

"풀려난 요왕은 봉인석을 왜 깨지 않았습니까?"

"오랜 세월 갇혀 있었기 때문에 힘을 회복할 시간이 필요했고 무엇보다 시기적으로 지금 당장 봉인석을 해체하는 건 위험하다고 본 거지."

"지금 지상에 남겨진 요왕이 그럼 반인반요입니까?"

"맞아."

"부모 중 하나가 사람이겠군요. 어찌 그럴 수 있죠?"

"요괴는 사람뿐만 아니라 각종 짐승들의 혼혈이 모두 존재하네."

"괴이한 존재로군요. 대마령들이 왕야의 말만 듣고 믿어줬다는 사실이 저는 신기하군요."

"오히려 그들은 쉬웠지. 이미 그들은 요괴와 천신, 마왕에 얽힌 지식을 가지고 있었네. 과거에 이 땅에서 어떤 일이 있었는지 모두 알고 있더군. 게다가 내 말이 거짓인지 진실인지 판별하는 건 그들에게 너무나 쉬운 일이었어. 단지 내 몸을 잠시 맡기면 되었으니깐. 그들은 내 몸을 통해 과거의 일을 모조리 파악했고 자신들의 입장을 다시 정리하더군. 오히려 의심이 많은 사람에게 진실을 알릴 때가 힘들지."

뼈 있는 말이었다.

"그…… 렇군요."

"자네는 이제 어찌할 텐가? 지금도 대마령을 처단하려는 계획은 유효한가?"

"고민을 좀 해 봐야겠습니다."

"요왕이 그러더군. 다시 전쟁이 벌어질 경우…… 이전과 달라진 두 가지 변수를 꼽더군. 그 하나는 대마령들이야. 지금 당장 증 태사만 해도 그래. 그는 마령으로 인간들의 능력을 향상시켜 미래를 대비하기 시작했지. 거기다 그들이 조직한 마군 역시 무시 못 할 전력을 갖췄네."

"그럼 증지산이 그런 짓을 한 이유가……."

"또 하나의 변수는 바로 자네라고 하더군. 악초림이 자네에게 친절하게 대하는 이유가 바로 그것 때문이지."

"요왕이 저를 언급했다는 말씀이십니까?"

"물론이네. 그는 자네가 원영신을 이룬 순간부터 이번

전쟁의 핵심은 자네라고 단언하더군. 자네가 어느 편에 서느냐에 따라 이 전쟁의 향방이 바뀔 수 있다고 했네. 묻겠네. 자네는 어느 편에 설 것인가? 천신의 꼭두각시로 남아 있을 텐가?"

"저는…… 저는 인간의 편일 따름입니다."

"그럼 되었네. 나는 자네를 믿네."

"대마령들은 그럼 지금 인간을 지키기 위한 전쟁을 준비 중이란 말입니까? 도무지 믿기 힘든 일이군요."

"단순히 그렇게 볼 건 아니지. 그들은 천신과 마왕을 태생적으로 싫어하네. 거기다 매우 오만하지. 자신들보다 강력한 존재를 인정하지 않네. 이참에 전쟁이 난다면 누가 최고인지를 증명하겠다는 생각이 더 강할 걸세. 그것이 인간의 편에 서서 싸우는 모양새가 되더라도 그들에게 그다지 중요한 문제는 아닌 게지. 어차피 그들은 현재 인간의 모습을 하고 있으니 굳이 애착을 가진 쪽을 고르라면 인간이겠지만."

"좀 황당하군요. 숙적이라 여겼던 대마령과 한편이 되어서 싸움을 준비해야 할지도 모른다고 생각하니 말입니다."

"생존을 위한 싸움이라 생각하게. 그런 생각 외에는 사실상 사치야."

"요왕을 만날 수 있는 방법은 없습니까?"

"때가 이르면 그가 자네를 찾을 거야."

"제게 해 줄 말은 다 하셨습니까?"

"대충 다 한 거 같군. 아, 하나가 남았군. 완전체를 이루지 못한 골칫덩이 대마령을 자네가 데려오지 않았나?"

"그렇습니다만 지금은 행적을 잃어버렸습니다."

"그놈이 소혜에게 들어갔어. 그렇지 않아도 그것 때문에 지금 골치야."

오늘 들은 많은 얘기들 중 단연 최고로 충격적인 말이었다. 휘륜은 너무 놀란 나머지 입이 슬그머니 벌어진 지도 몰랐다.

"군주를 숙주로 삼았습니까?"

"맞아."

"허."

두 사람은 서로를 바라보며 아무 말도 못 하고 있었다.

휘륜은 보국왕의 침전에서 물러 나오자마자 소혜군주를 찾아갔다.

군주는 침상에 누워 잠을 청하려고 하던 참이었다. 휘륜은 별 인기척도 내지 않고 침실로 쑥 들어갔는데 소혜군주는 얇은 침의를 입은 채 반가워하며 휘륜의 품 안으로 뛰어들려고 했다.

휘륜은 기겁하며 한쪽으로 몸을 피하더니 소혜군주를 향해 손가락질하며 말을 제대로 잇지 못했다.

"너, 너, 너……."

"오라버니 어서 와. 아바마마를 만나고 오는 길이야?"

"너 감히 소혜군주를…… 당장 거기서 나와."

"왜?"

"나오라면 나와."

"싫은데. 또 다른 숙주를 물색하는 것도 귀찮고 예전에도 말했다시피 거듭할수록 내 수명은 줄어들어. 내가 왜 그런 손해를 감수하면서 이 몸을 포기해야 하지?"

할 말 없게 하는 대답이었다.

"너 남자 아니었냐?"

"우리에게 성별은 무의미하지. 숙주의 성별에 따라 결정될 뿐."

"군주가 허락을 했다는 걸 믿기 힘들다. 강제로 취한 것 아니야?"

"천만에. 이전에 너무 고생을 해서 다시는 그런 짓 안 하기로 했어. 그리고 자꾸 헷갈려하지 마. 나는 여전히 소혜야. 약간 달라지긴 했지만 원래의 나라고. 오라버니 이러는 거 나 상당히 불쾌해."

"뭐라고? 기가 차서."

소혜군주는 이전처럼 휘륜을 대하고 있었다. 구적룡의 경우엔 약간 이질감이 있었는데 이번에는 그런 점이 오히려 덜 한 편이었다.

"그나저나 마음의 결정은 내렸어? 어쩔 거야?"

"뭘?"

"악초림과 증지산 말이야. 나와 힘을 합해서 처단하겠다는 계획…… 여전한가 해서."

휘륜은 머리를 짚었다. 눈을 동그랗게 뜨고 바라보는 모습은 영락없이 소혜군주였다. 머릿속이 복잡해진 휘륜은 대답도 하지 않고 밖으로 나와 버렸다. 애타게 부르는 소혜군주의 목소리를 뒤로하고 휘륜은 밤공기를 가르며 왕부를 벗어났다. 그는 단 한 순간도 멈추지 않고 전속력으로 공중을 가로질러 갔다.

모든 것이 변했다. 인간의 삶이란 시시때때로 변하는 것이 당연하지만 하루아침에 그간의 관점이나 생각이 변해 버린다면 견디기 힘들 것이다. 그런 점에서 휘륜도 비슷한 혼란을 느끼고 있었다.

어제의 적이 오늘의 동지가 되거나, 될 가능성이 생겼다는 사실만으로 휘륜이 머리를 싸매는 건 아니었다. 애초에 강호로 재출도하며 가졌던 포부와 원대한 계획들을 모조리 재수정하는 것쯤 얼마든지 할 수 있는 일이었다.

지금 휘륜의 심중을 괴롭히는 핵심은 천신과 지령신녀 등에게 생기기 시작한 의혹과 의심이었다. 굳이 선과 악으로 나누었을 때 휘륜에게 그들은 선한 위치를 점하고 있었다.

'천신이야 내 알 바 아니지만 적어도 지령신녀는 거짓 없이 순수했다. 그리고 헌신적이었다. 그것마저 부정할 순 없다. 이건 속단할 문제가 아니다.'

지금 휘륜은 우선 합비를 탈출한 지인들과 합류할 생각 이었다.

회남(淮南)에서 자신을 기다리고 있을 사람들을 대동하 고 악양 인근에서 정도련의 주력과 합류해 마교 총단을 공격하기로 계획돼 있었다. 하지만 이제는 그 모든 계획 을 전면적으로 수정해야 했다.

휘륜과 마찬가지로 그의 전언을 들은 사람들 역시 반 응들이 비슷했다. 처음에는 의심의 눈길을 보내다가 점차 혼란스러워하는 반응들이 대동소이했다.

결국 정도련과 합류한 밀종과 검계 북파의 대군세는 말 머리를 돌려 제남으로 향했고 옛 정도련의 총단에 자리를 잡았다.

*   *   *

황도인 북경은 마교에 의해 가장 심각하게 파괴된 곳이 기도 했다. 안장하거나 소각하지 못한 시체의 수가 너무

많아 일대에 전염병이 창궐했고 북경 인근 삼백 리 이내
엔 살아 있는 사람이 하나도 없다고 할 정도로 인적이 드
물었다.

가장 사람이 많이 살던 지역이 졸지에 대륙에서 가장
황폐한 지역으로 화해버리고 만 것이다.

북경 인근에서 생존한 사람들은 남쪽으로 피난을 떠났
는데 하남성 경계 지역에서 가까운 감단(邯鄲)에 무리를
이루고 정착했다.

나라가 망하고 국법이 무용지물인 세상에서 사람들이
모여 있다 보니 자연스럽게 그곳을 지배하고 다스리는 세
력이 대두되기 마련이었다.

초반에는 여러 세력이 경쟁하며 다툼을 벌였지만 몇 년
이 지나는 사이에 단일 세력으로 통합되면서 절대 권력
을 휘두르게 되었다. 그 세력의 중심을 지탱하고 있는 주
력은 하북의 신흥 군벌로 떠오른 천위군(天威軍)과 북양표
국의 생존한 표사들이었다. 일 년 전만 해도 감단과 하북
남서지역의 패권을 두고 각 권문세가들이 사병을 앞세우
고 치열하게 대립했지만 난립하던 세력들을 일거에 정리
해 버린 천위군의 등장으로 인해 감단은 한시적인 평화를
구가하고 있었다.

소문은 빠른 법이고 안정되어 있는 지역으로 사람들이
몰리는 것은 자연스러운 일이었다. 그다지 유명하지도 않

던 자그마한 성읍이 하북 일대에서 가장 사람이 많이 모 여든 지역으로 변모한 건 시대의 단면을 보여 주는 일례 라 할 수 있었다.

천위군의 대장군 한태성은 올해 나이 스물셋에 불과한 청년이었다. 권문세가의 자제도 아니고 군벌의 후계자도 아니며 무림의 명문제자는 더더군다나 아닌 이 젊은 청년 이 하북을 한 손에 거머쥔 영웅담은 감단에 거주하는 사 람들의 입에서 하루도 거론되지 않는 날이 없을 정도로 유명했다.

감단의 중심가 객잔으로 막 들어서는 노인이 하나 있었 다.

눈처럼 새하얀 백의에 대나무 지팡이를 짚은 백발의 노 인은 눈을 감은 듯 눈동자가 보이지 않았다. 그 주변에는 사람들의 시선을 단번에 뺏어버릴 정도로 절륜한 용모의 세 청년이 따르고 있었다. 객잔 이 층에서 간단하게 식사 를 끝마친 일행은 차를 마시며 창문 밖으로 시선을 주고 있었다. 일체의 대화 없이 침묵을 지키고 있었다.

노인은 다름 아닌 마교 태사 증지산이었다. 대마령의 완전체기도 한 증지산이 악양 총단을 떠나 이곳 하북성까 지 오게 된 것은 요왕을 찾기 위함이었다. 세상을 굽어보 는 절대자 증지산의 능력으로도 요왕의 종적을 찾기란 여 간 어려운 일이 아니었다.

증지산의 눈에서 세상의 시간은 정지된 듯싶었다. 그 눈에는 불안감도 없었고 혼란도 의심도 보이지 않는다. 반대로 뜨거운 열정이나 굳은 결의도 찾을 수 없었다.

빈 공간을 무엇이라 정의하기 어렵듯 그의 눈은 허공을 닮아 있었다. 과거 휘륜이 해남도에서 증지산을 처음 대면했을 때만 해도 검은색 마기로 가득 찼던 눈동자가 지금은 회색이라는 것이 달라진 점의 전부였다.

잠시 뒤, 증지산의 곁으로 한 명의 아리따운 미녀가 다가왔다. 그녀 역시 증지산의 수행인 중 하나였는데 증지산 앞에 앉자마자 소리 낮춰 보고를 했다.

"천위군의 대장군 한태성의 거처를 확인했습니다."

"너는 정녕 네 뒤를 따르는 자가 있다는 사실을 알아채지 못했더냐?"

미녀는 놀라 주변을 돌아봤다. 그때 마침 객잔 이 층으로 올라서는 한 사람이 눈에 띄었다. 증지산은 빙긋 웃었다.

"이번에는 헛걸음이 아닌 것 같구나."

증지산의 짐작대로 객잔 이 층에 등장한 장한은 증지산이 있는 곳까지 곧장 다가오더니 망설임 없이 입을 열었다.

"당신이 이 무례한 여자의 주인이오?"

"맞네."

"당신은 누구며 목적이 뭐요? 대체 무슨 목적을 갖고 대장군의 처소를 염탐한 거요?"

"나는 증지산이란 사람이며 대장군을 만나려고 왔네. 나를 대장군에게 안내해 주겠나?"

태산이 무너져도 꿈쩍하지 않을 것 같던 장한이 처음으로 뒤로 주춤 물러섰다. 자신도 모르게 나온 본능적인 반응이었다.

마교 태사 증지산의 위명을 모르는 사람이 누가 있으랴. 그를 직접 본 사람은 얼마 없겠지만 그의 이름을 들어보지 못한 사람은 드물었다. 장한의 눈동자가 잠시 불안정하게 흔들리는 것 같더니 이내 동요를 가라앉혔다.

"좋소. 따라오시오."

상대가 누군지 알았는데도 불구하고 장한의 태도는 별반 달라지지 않았다. 돌아선 장한의 너른 등을 가로지르고 있는 대도가 유독 크게 보였다.

장한의 이름은 유공소라고 하며 한 해 전까지 인근 야산에서 사냥으로 연명하던 평범한 사람에 불과했다. 고작 한 해 남짓 흘렀을 뿐인데 그는 한태성만큼이나 이곳 감단에서 유명한 사람이 되었다. 현재 천위군 우장군에 봉해져 있으며 한태성의 최측근으로 대표적인 충신이었다.

객잔 밖으로 나오니 약 오십 기의 기마대가 대기하고 있었다.

유공소 장군은 마차를 급하게 준비하여 중지산을 오르게 했으며 그의 일행들에게도 말을 내주었다. 천위군의 군영이 있는 곳은 감단의 서북면에 위치했으며 호화로운 건물은 하나도 없고 목재와 천으로 간단하게 조립하여, 언제든 해체와 이동이 용이하도록 설치했다는 점이 특이했다.

군영 가운데 가장 큰 군막이 있었는데 그곳이 바로 천위군 대장군 한태성이 머무는 곳이자 장수들의 회의가 소집되는 장소였다.

군막 안으로는 중지산 한 사람만 들어갈 수 있었고 나머지 일행들은 주변의 다른 군막으로 안내되었다.

한태성과 마주앉은 중지산은 눈을 가늘게 뜨고 상대를 찬찬히 살폈다.

최근에 감단과 하북 남서 지역을 장악한 신흥 군벌이라고 해도 그 규모는 아직 그리 큰 편은 못됐다. 그렇지만 장차 대륙 전체를 호령하고도 남을 영웅이라며 민간에서 칭송이 자자했으며 수하 장수들의 그에 대한 충성심만은 의심의 여지가 없었다.

중지산은 지금까지 숱하게 많은 영웅호걸들을 대해 왔으며 그 주변에는 무림 최고의 고수들이 즐비했다. 그런 그의 눈에 들기란 참으로 어려운 일이며 더군다나 감탄할 만한 인재는 손으로 꼽을 정도에 불과했다. 그런 그가 오랜만에 탐낼 만한 인재를 발견한 것이다.

"자네…… 내 밑으로 올 생각이 없나?"

증지산의 말에 한태성은 웃었다.

"증태사께서는 명나라를 멸망시키고 천하를 가지신 분인데 저 같은 소인배를 탐내시다니 의외십니다. 주변에 영웅호걸이 즐비할 터인데 저 같은 사람이 눈에 차겠습니까?"

"본교에 고수가 많다지만 자네보다 뛰어난 자는 없네."

"과찬이십니다."

"본좌가 그리 시간이 많지 않으니 찾아온 용건부터 말하지. 요왕은 어디에 있나?"

한태성은 침착하게 찻잔에 차를 채웠다. 추호의 떨림도 없었다. 내심으로 비록 놀라긴 했지만 어느 정도는 짐작한 일이기도 했다.

차 주전자를 한쪽에 내려놓으며 한태성은 담담하게 말했다.

"그분을 왜 찾으십니까?"

"부정하지는 않는군."

"이미 알고 오신 분 앞에서 거짓을 말해 본들 통할 리가 없겠지요."

"어디 있나?"

"저도 모릅니다."

"그럼 다시 묻지. 마지막으로 요왕을 만난 것이 언제인가?"

"석 달하고 스무날쯤 됩니다."

"어디로 간다는 얘기는 못 들었나?"

"못 들었습니다."

"자네가 혹 몇 번째 계약자인지 알고 있는가? 요왕이 그에 대해서 말하지 않던가?"

"그런 말씀은 없으셨습니다. 단지 때가 되기까지 준비를 철저히 하라는 말씀만 하셨을 뿐입니다."

증지산은 잠시 눈을 감았다.

'요왕이 봉인석에서 자력으로 탈출을 시도하기 시작한 초기 때 보국왕을 만났다. 보국왕이 가져다준 짐승의 피와 살을 취하며 힘을 회복했고 그 힘을 바탕으로 탈출 시기를 앞당겼다. 그런 뒤 보국왕과 첫 계약을 체결했다. 그 뒤로 과연 몇 명의 계약자가 더 나왔을까. 그는 왜 봉인석을 파괴하지 않는가. 거기에 내가 모르는 다른 비밀과 사연이라도 있는 것인가? 요왕을 속히 만나야 한다. 그가 세상 밖으로 나온 것을 안 이상 모든 계획은 전면 재조정해야 한다.'

문제는 요왕을 어찌 찾느냐는 것이었다. 요왕은 충성스러운 계약자에게조차 자신의 행선지를 알리지 않았다. 그런 자를 찾기란 백사장에서 생선의 비늘 한 조각을 발견하는 것만큼이나 힘든 일이었다.

한태성과의 만남은 별 성과 없이 끝나고 말았다. 단지 소득이라면 보국왕을 제외한 또 다른 계약자를 만나 봤다는 정도였다.

'한 가지는 확실해졌군. 요왕은 계약자의 수를 늘여가고 있다. 전쟁을 준비하고 있다.'

감단을 빠져나오는 증지산의 눈에 노을빛 하늘보다 더 붉은 혈기가 잠시 머물다 사라진다.

*　　　*　　　*

올해 쉰다섯 살인 장대발은 세가 동맹에서만 이십 년 넘게 일해 온 숙수였다. 요리 솜씨가 좋은데다 성실하기까지 해서 세가 동맹의 주방을 총책임지는 대숙수가 되었고 유명한 객잔에서 초빙해 숙수들을 대상으로 강연을 열기도 하는 성공한 삶을 살아왔다.

세가 동맹이 다시 정도련으로 변경되었지만 여전히 같은 주방을 사용했기에 위치는 달라지지 않았다.

정도련 소속 각 문파들의 숙수들과 합류하며 애매한 권한과 지위가 초반에는 불거지고 충돌을 일으켰지만 이 바닥은 경력과 실력으로 서열이 깔끔하게 정리된다.

장대발을 위협할 만한 숙수가 두어 명쯤 있었지만 경력과 경험의 차이에서 우위를 점했고 그 바람에 숙수들의 추대를 받아 정도련의 대숙수 자리를 유지할 수 있었다. 장대발은 가문의 영광이라 생각하며 건강이 허락할 때까지 이 훌륭한 직장에서 물러날 생각이 없었다. 그런 그에게 첫 번째 위기가 찾아왔으니 그건 바로 마교의 침공이었다.

마교의 공격을 받고 숱한 사람들이 죽어 나갈 때도 숙수들은 전력 외였기 때문에 항시 가장 후방에 배치되었다. 그렇지만 예고 없이 찾아오는 전투로 인해 숙수들 중에 급사한 사람들이 많았고 그때부터 장대발은 이 영예로운 직책을 그만둬야 하는 게 아닐까, 심각하게 고민했었다. 그렇지만 그게 쉽지 않았다.

청성산까지 이르는 여정 동안 살펴본 결과 천하 전체에 난리가 안 난 곳이 없고 성하고 멀쩡한 지역이 드물었다. 차라리 정도련 주력의 보호 아래 있는 편이 살아남기 좋을 것 같았다. 그렇게 험한 피난길을 전전하다 오랜 세월 머물렀던 제남 총단으로 다시 오게 되니 만감이 교차했다.

허물어진 주방의 일부는 공방의 기술자들이 고쳐 주었고 주방기구도 신속하게 교체되었다. 식재료도 청성산에 있을 때와 비교할 수 없이 풍족했다.

주방에 가득한 열기와 수증기 사이를 바삐 오가며 숙수들을 독려하고 나무라는 장대발의 음성에 젊은이 못지않은 열정이 넘쳤다.

"자, 다들 조금만 더 서둘러. 거기 잡담이나 하고 있는 두 사람, 물볼기를 맞아야 정신 차릴 텐가!"

주방에서는 장대발이 왕이었다. 그의 눈 밖에 나면 아무리 실력 좋은 숙수라도 물이나 길어 와야 한다.

배식까지 마친 뒤에야 장대발은 휴식을 취할 수 있었다. 한가해진 숙수들이 모여 한담을 나누는 곳으로 갔다.

연차가 좀 된 숙수들이 모여 잡담을 하고 있었는데 일부는 장 대숙수를 보고 부리나케 일어나고 나머지는 누가 오든 상관없는지 꿈쩍도 하지 않았다. 주방 아닌 곳에서는 장대발도 사람 좋은 아저씨에 불과했다. 자신과 고작 두 해 차이밖에 안 나는 강 숙수가 장대발의 어깨를 툭 치며 물었다.

"형님, 동방세가의 총관 말을 들어 보니깐 전쟁이 거의 막바지라고 하는 것 같던데 거기에 대해 뭐 아는 바 없소?"

"난들 아는 게 있겠느냐."

"아니 형님은 높은 분들하고 안면도 트고 지내는 편이 잖소."

옆에 있던 젊은 숙수가 넌지시 말을 섞었다.

"막 장로님과 막역하지 않으십니까?"

"그야 그렇긴 하지만 지금 다들 하루가 어떻게 가는지 모르게 바쁜 형편인지라……."

강 숙수가 마침 생각이 난 일이 있는지 장 대숙수에게 다시 물었다.

"아 참, 형님 어제 구 대협이 따로 불러서 뭐라 한 겁니까? 아주 중요한 얘기를 하는 것 같아 보이던데."

"아 맞다. 그걸 잊어버릴 뻔했네. 네가 아주 제때에 맞춰 얘기를 잘해 줬구나."

"뭔데 그러시오?"

"오늘이 호굉 대협의 생신이라는군. 구 대협과 호굉 대협이 각별한 사이잖은가. 오늘 특별한 요리를 좀 준비해 달라고 하시더군. 재료 준비부터 좀 해놔야겠군."

"제남에도 그간 떠났던 사람들이 다시 돌아오고 닫았던 객잔들도 다시 문을 여는가 보던데 웬만하면 거기 가서 사 먹을 것이지 바쁜 형님더러 요리를 해달라는 건 지나친 거 아니오? 장로님쯤 되면 또 모르겠지만 호굉 대협이면…… 과거 사람들이 함께하길 기피하던, 죽음과 불운을 몰고 다니던 그 단주 아니오?"

강 숙수 옆에 있던 들창코의 숙수가 침을 튀기며 입을 열었다.

"강 숙수님 거 모르는 말씀 하지 마쇼. 지금 정도련의 실세 중의 실세가 누구라고 생각하시우? 구 대협과 호꾕 대협은 련주님과 통령님 직계라고 알려져 있소. 웬만한 장로들보다 영향력이 더 있을게요."

"에이 그래도 그 정도는 아니지."

"허 거참 나가서 아무나 붙잡고 구적룡, 구 대협 아느냐고 물어보시오. 요즘 젊은 무사들 사이에서 떠오르는 신성으로 불리는 분이시거늘."

"구 대협이야 그렇다지만 호꾕 대협은 아니지."

"두 분이 친구 사이시니 마찬가지라고 봐야죠."

장대발은 숙수들의 잡담을 한 귀로 흘리며 자리에서 일어나 주방으로 향했다. 특별하게 요리를 부탁받는 경우가 간혹 있는데 대부분은 아래 숙수들에게 맡기지만 이번 경우는 그러고 싶지 않았다.

다른 숙수들에게 얘기하지 않았지만 청성산에 오르기 전 마지막 전투에서 장대발은 마교도의 칼 아래 죽을 뻔했었다. 그 위기의 순간에 자신을 구해 준 사람이 바로 구적룡이었다. 그 순간을 장대발은 잊을 수가 없었다. 생명의 은인이 처음으로 사적인 부탁을 했으니 가진 재주를 다 뽐낼 작정이었다.

제3장
계약자들

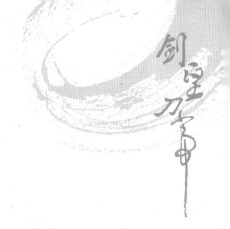

　장대발이 직접 준비한 요리들을 숙수 두 명과 함께 가
지고 간 곳에는 구적룡 혼자서 기다리고 있었다.

　"장 숙수님 고생 많으셨습니다. 너무 무례한 부탁을 드
린 게 아닌지 모르겠습니다."

　"아이고 그런 말씀 마십시오. 구 대협께 구명지은을 입
은 거에 비하면 이런 일쯤 평생을 해 달라 하셔도 기쁜
마음으로 할 수 있습니다."

　준비된 좌석을 보아하니 최소한 스무 명 넘는 인원이
모이기로 한 것 같았다. 장 대숙수는 가져온 음식들을 차
례로 늘어놓고 한쪽에서 뜨거운 물을 끓여 시간이 지체되

어 요리가 식을 것에 대비했다.

장 대숙수가 자리를 지키는 사이에 나머지 두 숙수들은 나머지 요리들을 가지러 주방으로 뛰어갔다.

음식과 술이 푸짐하게 차려질 즈음 구적룡이 초대한 손님들이 한 사람씩 등장하기 시작했다. 장대발과 그를 따라온 두 명의 숙수는 눈이 휘둥그레지기 시작했다.

정도련의 련주와 통령이 나타났기 때문이었다. 그들을 시작으로 높으신 분들이 연달아 들어오자 숙수들은 어리둥절해지고 말았다.

호꿩의 생일을 핑계로 휘륜의 측근들이 모조리 한자리에 모였다. 술이 몇 순배 돌고 요리가 조금씩 비워지는데도 휘륜의 표정은 그리 썩 밝지가 않았다. 그도 그럴 것이 합비에 있어야 할 소혜군주가 제남까지 따라왔기 때문이다.

예전 같으면 의남매나 다름없는 소혜군주의 방문을 반겨야 정상이겠지만 지금은 이전과 같을 수 없었다. 그녀가 다름 아닌 대마령이라는 사실을 알게 되었는데 어찌과거와 같을 수 있겠는가. 구적룡에게서 나간 대마령이 소혜군주를 숙주로 삼았다는 사실은 휘륜의 측근이면 다아는 사실이었다. 신기한 일은 구적룡의 경우와 다르게그들은 이질적으로 느끼지 않았고 금방 대마령이라는 사실을 잊어버리고 예전처럼 어울린다는 사실이었다.

심지어 설리마저 과거와 마찬가지로 의자매처럼 돈독했다. 이런 상황이고 보니 자신만 이상한 사람이 된 것 같았다.

　더 이상 요리를 추가할 필요가 없게 되었을 때 숙수들을 내보냈다. 구적룡은 밖에까지 따라 나와 장 대숙수의 노고를 치하했으며 미리 준비한 수고비를 손에 쥐어 주었다. 장 대숙수는 한사코 거절했지만 구적룡의 고집을 꺾진 못했다.

　구적룡이 원래 자리로 돌아와 보니 한창 심각한 대화가 오가고 있는 중이었다.

　"그리 장담할 수는 없지. 증지산의 의지와 별개로 그들이 독자적으로 공격을 해올 수도 있으리라 보는데."

　"맞습니다. 증지산은 사실상 마교에서 손을 뗀 상태고 검계의 남파 지도부가 마교를 장악하고 있으니 어떤 짓을 벌일지는 모르지요."

　합비에서 온 어르신들까지 참여해 열띤 토의를 진행하고 있었다. 구적룡은 휘륜 옆에 얌전하게 앉아 오가는 얘기에 귀를 기울였다.

　옥불이 휘륜 쪽을 보며 의향을 물었다.

　"네 생각은 어떠냐?"

　"우리가 먼저 나서서 마교를 공격할 필요는 없겠지만 감시는 게을리하지 않아야겠지."

태공악은 다소 심드렁하게 말했다.

"증지산이 힘을 보태지 않는다면 마교의 잔당들은 그다지 위협이 될 게 없소. 우리는 그저 대비만 하면서 전력을 보강하는 데만 주력하면 될 것 같구려."

그의 말이 정답이었다.

휘륜은 좀체 대화에 집중하지 못하고 있었다. 소혜군주와 설리가 소곤거리며 귀엣말을 주고받는 장면이 신경 쓰였기 때문이다. 휘륜은 청력을 돋워 두 사람의 대화에 집중하고 있는 자신을 발견하고는 흠칫했다.

"언니 정말이야. 얼마나 잘 생겼다고. 게다가 나이도 어려서 귀엽기까지 하다니깐."

"마음에 쏙 들었나 보네."

"뭐 그 정도는 아니어도 좀 눈이 가더라고."

"얘기라도 걸어보지 그랬어?"

"명가의 규수가 그랬다가는 무슨 뒷말을 들으려고. 나는 마음이 여려서 상처를 많이 받을 거야."

휘륜은 그저 기가 막힐 따름이었다. 속으로는 오만가지 생각이 다 들었다.

'여자에게 들어가니 대마령이 저렇게 달라지는 건가? 남자와 여자의 차이가 이처럼 크다니 거참 직접 듣고 보지 않았다면 믿지 않았을 거야.'

제 입으로 한 말처럼 대마령이 아닌 소혜군주로 보아줘

야 할지도 모르겠다는 생각을 휘륜은 어렴풋이 하게 되었다.

그때 구적룡이 휘륜의 한 팔을 조심스럽게 흔들었다.

"어 왜?"

구적룡이 반대쪽으로 시선을 주며 눈짓을 하는 것이었다. 구적룡의 눈길이 향한 곳에는 사조인 구상화가 두 눈을 부릅뜨고 노려보고 있었다. 재빨리 상황 파악을 한 휘륜이 다급하게 입을 열었다.

"부르셨습니까, 사조님."

"너는 정신을 어디다 두기에 몇 번을 불러야 간신히 대답을 들을까 말까하냐?"

"죄송합니다. 잠시 딴생각을 좀 하느라. 말씀하십시오."

"증지산과 악초림에게는 마군이 있고 요왕은 계약자가 있다고 하는데 너는 우리만으로 좀 부족하지 않으냐고 물었다. 그들을 마냥 믿을 수는 없지 않겠느냐. 우리도 뭔가 대책을 세워야 하지 않을까?"

"사조님은 어찌 생각하십니까? 우리의 전력이 많이 부족하다 여기십니까?"

"내가 그들을 직접 겪어보진 못했지만 아마도 그렇지 않을까?"

"저도 실은 그 부분에 대해 생각 안 해본 건 아닙니다만 현재로서는 딱히 묘책이 없습니다."

바로 그때 고해 노완동이 소혜군주의 의견을 물어봤다.

"군주는 어찌 생각하시오? 이중에 답을 가진 유일한 사람인 것 같은데."

소혜는 용케 설리와 귓속말을 주고받는 와중에도 좌중의 대화를 신경 쓰고 있었는지라 지체하지 않고 곧장 대답했다.

"속수무책이란 말이 이 경우에 가장 적합하겠네요. 저와 오라버니가 힘을 합하면 증지산이든 악초림이든 한 명은 최소한 상대를 할 수 있다고 봐요. 문제는 그들이 보유한 마군이죠. 여기 계신 분들 중에 마군을 상대로 일각을 버틸 수 있는 분이 과연 있을지, 저는 솔직히 의문입니다."

"그 정도로 현격한 차이가 난단 말이오?"

좌중의 인물들이 동요하는 것도 무리는 아니었다. 무림 역사상 이처럼 강력한 고수들이 한자리에 모인 경우가 있었을까 싶을 정도의 위용을 갖췄다. 자그마치 삼대의 검황이 모조리 한자리에 있었던 경우가 어디 있겠으며 마교를 대비한 두 세력의 수장들도 있다. 거기다 마교 역사에서 특별한 존재였던 태공악이나 신비문파 밀종의 종주이자 사파 사상 최강 고수인 노완동도 고작 일각도 못 버틴다고 하니 말이 되는 소리인가 싶었다.

"일각이란 시간도 여러분의 체면을 생각해서 넉넉하게 잡은 것이고 실은 비교 대상 자체가 될 수 없습니다. 안타깝게도 이게 현실이에요."

모두가 침음하며 탄식하고 있는데 오직 한 사람, 구적룡만 반응이 달랐다. 아무도 보지 못한 희망의 불빛을 그 혼자 본 것 같이 밝은 표정이었다. 그 점을 이상하게 생각한 휘륜과 구적룡의 눈이 딱 마주쳤다.

구적룡은 머리를 긁적이더니 조심스럽게 입을 뗐다.

"실은 제가 며칠 동안 혼자서 끙끙 앓고 있던 문제가 있습니다. 그동안 확실하지 않아 아무에게도 발설하지 않고 보류했지만 거의 확실한 것 같아 이제 밝히려고 합니다."

다들 의문의 눈길로 구적룡을 주시했다.

"저는 대마령이 제 몸에 머물던 때의 기억을 전부 다 가지고 있습니다. 제가 가진 능력이 어느 정도였는지, 어떤 힘을 발휘하고 받아낼 수 있는지…… 예측할 수 있었습니다. 그래서 저는 현재 군주님의 능력도 대충 짐작할 수 있습니다. 그런데…… 제게 이상한 일이 벌어졌습니다. 대마령이 제 몸을 떠났는데도 불구하고 잠시 동안 가지고 있던 힘의 일부가 그대로 남아 있는 것 같습니다."

처음에는 사람들이 구적룡의 말을 제대로 이해하지 못했다. 막부가 눈을 끔벅이며 재차 확인했다.

"힘이 남아 있다고? 무슨 힘이 남아 있다는 게냐?"

"제가 대마령이었을 때의 힘, 그 가공할 능력의 꽤 많은 부분이 그대로입니다."

그제야 구적룡의 말을 이해한 사람들은 입을 딱 벌렸다.

휘륜과 소혜군주가 서로의 얼굴을 바라봤다. 소혜군주는 힘차게 고개를 저었다. 그럴 리가 없다는 뜻이었다.

휘륜이 다급하게 물었다.

"확실해? 혹시 마령의 기운 때문에 늘어난 능력과 착각하고 있는 건 아니고?"

"아닙니다. 그것과는 별개일뿐더러 아예 수준이 다릅니다. 저도 믿기지 않는 일이라서 일시적인 현상인가 했습니다. 그렇지만 시간이 지나도 사라지지 않는 걸로 보아 아마도 완전히 제 것이 되었나 봅니다."

좌중의 시선이 일제히 소혜군주에게로 향했다. 소혜군주는 확실히 당황한 눈치였다.

"나도 몰라."

"정말 몰랐던 사실이야?"

"전혀 예상도 못했던 일이지."

"사람들이 마령의 기운을 접하고 체질이 바뀌고 능력이 향상된 것처럼 그와 같은 이치가 아닐까? 더군다나 적룡은 대마령을 받아들였으니 오죽 자극이 강력했겠어."

"그런가? 그럴 수도 있겠지만…… 모르겠는걸. 여기에
대해서는 나도 전혀 짐작조차 못 해본 일이라서."

"그럼 다른 두 대마령도 이런 사실을 모르겠군."

"물론이지. 그들은 더군다나 완전체를 바로 찾았으니
더더욱 모를 수밖에."

휘륜이 회심의 표정을 지었다.

"비밀병기 하나를 가진 셈이로군. 거기다 네가 좀 도와
주면 이건 어마어마한……."

휘륜이 지금 무슨 말을 하려는지 눈치챈 소혜군주가 손
을 뻗어 휘륜의 입을 털어 막았다.

"그만, 그만해. 오라버니 그건 기대도 하지 마. 나 분
명 싫다고 말했어."

소혜군주의 손을 떨쳐 낸 휘륜이 하다 만 얘기를 마저
끝냈다.

"네가 몇 번 만 숙주를 옮겨 다니기만 해도 우리 측 전
력이 급상승할 수 있다는 얘기잖아. 어때? 이건 우리만을
위한 게 아니고 우리 생존에 관한 문제기도 해. 너와 나
의."

"그래도 안 돼. 벌써 세 번째야. 나중에 정말 필요할
때를 위해서라도 남발하는 건 허락할 수 없어. 내가 분명
말했지. 횟수가 늘어날수록 수명이 줄어든다고."

"너도 그게 정확히 얼마씩 줄어드는지 모르잖아? 알

아?"

"어쨌든 안 돼. 생각해 볼 것도 없어. 더 이상 강요하지 마. 자꾸 그 소리 하면 나 먼 곳으로, 아무도 못 찾는 곳으로 떠나버릴 거야."

워낙 완강해 더 이상 소혜군주를 설득할 순 없었다. 휘륜의 머릿속은 지금 다른 방향으로 전개되고 있었다.

'내 힘을 활용할 방안을 찾을 수도 있겠어. 연구해볼 만한 가치가 있어. 아예 생뚱맞은 일은 아닌 것 같거든.'

과연 구적룡의 능력이 어느 정도인지를 확인해볼 필요가 있었다. 다들 궁금해 하는 형편인지라 구적룡을 앞세우고 밖으로 우르르 몰려나갔다.

다른 사람의 눈을 피하기 위해 정도련 총단에서 좀 떨어진 장소를 물색했다. 인적이 드문 야산 공터까지 간 사람들은 구적룡을 가운데 두고 빙 둘러서 있었다. 구적룡은 자신감에 차 있었다.

"예전 같으면 제가 여러 어르신들의 공격을 감당할 수 없었을 것입니다. 누구라도 좋으니 저를 공격해 보십시오. 전력을 다하셔도 좋습니다."

만약 구적룡이 착각한 거라면 목숨을 잃을 수도 있는 실험이었다. 그 정도로 이 자리에 있는 사람들의 무공은 고강했다. 초절한 고수가 전력을 다 쏟아 낸다면 그 위력은 상상을 불허할 지경이었다. 절정의 고수가 입신의 경지에 든 고수의 일격을 감당한다는 건 불가능한 일이었다.

"내가 해 보지."

나선 사람은 태공악이었다.

무정한 태공악은 정말로 사정 봐주지 않고 전력을 다 기울일 사람이었다.

휘륜은 염려가 되었다.

"정말 괜찮겠어?"

구적룡은 자신 있게 고개를 끄덕였다.

"문제없습니다."

구적룡의 자신 있어 하는 그 말이 태공악을 자극했다. 태공악은 간격을 벌리고 선 채 구적룡을 잠시 바라봤다.

"검법을 쓰면 회수조차 안 된다. 검법 대신 장공으로 대신할까?"

"어느 것이든 상관없습니다만 이왕이면 성명절기인 암흑밀검을 받아보고 싶습니다."

구적룡이 암흑밀검을 운운한 것은 전력을 펼친 태공악의 무위를 견식해 보고 싶은 마음 때문이었다. 구적룡은 지금 근심은커녕 긴장도 별로 되지 않았다. 이런 자신의 변화는 확실히 이전과 비교할 수 없는 일이었다.

"그래? 그토록 자신 있어 하니 그럼 암흑밀검을 받아

보게나. 조심하게. 여태 암흑밀검 앞에서 무사했던 사람은 단 한 명뿐이었네."

그가 말한 한 사람은 검황 구상화였다. 뒤에 멀찍이 떨어져 있던 구상화가 제게로 사람들의 눈길이 모아지자 겸연쩍어 하며 헛기침을 했다.

관전하고 있는 사람들이 오히려 더 긴장하고 있었다. 마교 사상 최강의 검사라고 일컬어지는 마검 태공악의 암흑밀검을 제대로 구경할 수 있는 기회기도 했다.

태공악이 허리춤에 매달아 놓은 검을 빼 들었다. 두 사람의 간격은 삼 장, 초고수들 사이에서 그다지 멀다고 할 수 없는 거리였다.

과거 휘륜이 해남도를 탈출할 때 추격했던 교주들의 협공을 받은 적이 있었다. 그때 삼교주가 암흑밀검을 선보였다. 당시 일이 너무도 생생한 휘륜은 암흑밀검의 위력을 다시 상기해냈다.

창시자인 태공악의 손에서 직접 펼쳐지는 암흑밀검 아래 구적룡이 무사할 수 있을지 염려되었다.

태공악의 손에 검이 들린 순간 그 압박감은 주변 사람들에게까지 생생하게 전달이 될 정도였다. 검봉뿐만 아니라 검신 전체에서 뿜어져 나온 흑색기류는 주변 공간을 완벽하게 차단시켰다.

구적룡은 눈뜬 소경이나 다름없었다. 강기의 폭발 따위

는 없었다.

예고도 없이, 예상하지 못한 순간에 갑작스럽게 태공악의 검봉은 구적룡의 왼쪽 가슴에 닿아 있었다. 시야를 차단했던 흑색 기류가 걷히고 상황이 일목요연하게 드러났다. 어찌 보면 시시할 정도로 맥 빠지는 공격이 아닐 수 없었지만 막상 당하는 사람 입장에서는 대비할 새도 없이 저승문을 넘게 만드는 소름 끼치도록 무서운 검법이었다.

그런데 이상했다. 분명 태공악의 승리처럼 보이는데 표정은 정반대였다.

구적룡은 빙긋 웃으며 말했다.

"하마터면 당할 뻔했군요. 역시 명불허전입니다."

태공악의 입에서 침음성이 흘러나왔다.

"막아 낼 줄은 몰랐군."

태공악의 검봉과 구적룡의 가슴 사이에 두툼한 손바닥 하나가 가로막고 있었다. 놀랍게도 전력으로 펼친 태공악의 검이 구적룡의 맨손을 뚫지 못하고 막혀 버린 것이었다.

사람들을 더 경악하게 만든 일은 그다음에 일어났다. 구적룡은 손을 활짝 펼친 채로 검봉을 힘으로 밀어냈다. 여전히 검강이 서려 있는 검봉을 손바닥으로 밀어낸다는 것은 상식적으로 있을 수 없는 일이었다. 그렇다고 구적룡이 호신강기를 펼친 것 같지도 않았기 때문에 모두는 의아해했다.

태공악은 검을 거두고 순순히 물러났다.

"패배를 인정하지 않을 수 없군. 자네가 이겼네."

"놀라운 검법이었습니다. 제가 운이 좋았습니다."

승부의 결과는 가려졌지만 뭔가 찜찜했다.

좀 더 확실한 걸 원하는 사람들이 차례로 나서서 구적룡을 시험했다. 강력한 장공과 지공이 구적룡을 향했지만 그의 옷자락 하나 찢어 놓지 못했다. 구적룡은 너무도 간단하게 손 하나만을 이용해 모조리 막아냈으며 상대의 요혈을 눌러 패배를 인정하도록 만들었다.

금강신을 이룬 역사라도 되는 양 손쉬운 승리를 연달아 거두니 믿지 않을 수가 없게 된 것이다.

모두가 축하를 보냈지만 오직 한 사람, 소혜군주만은 툴툴거리며 불만을 토로했다.

"이건 뭔가 좀 억울한데. 씨, 세상에 이런 법이 어디 있어."

*　　　　*　　　　*

무림에, 강호에 새바람이 불고 있었다. 천하에 일기 시작한 변화는 역사상 한 번도 없었던 거대한 격랑을 예고하고 있었다. 천하 각지에서 갑작스럽게 초강자들이 등장하기 시작했다. 거짓말처럼 그들은 나타나자마자 일대를 장악했고 세력을 구축했다.

어디에도 매이지 않고 정처 없이 떠돌던 강자들이 속속 새로 등장한 영웅들 휘하로 예속되었다. 고작 석 달 사이에 일어난 일이었다. 기존에 무림을 양분하고 있던 양대 세력, 마교와 정도련이 장악하고 있는 지역을 피해 신진 세력들은 정착했고 서로 충돌을 피하며 세력을 키워나갔다.

보고를 받고 있던 대교주는 듣는 둥 마는 둥 다른 생각에 골몰하고 있었다. 대교주 태사문의 손바닥 위에서 낭취금묘가 재롱을 부리고 있었다.

"사람들은 그들을 가리켜 합비의 보국왕까지 포함해 팔왕이라고 부르고 있는 실정입니다. 천하에 등장한 영웅호걸들이 앞 다투어 그들에게로 가서 충성을 맹세하고 있고 지금 이 순간에도 급속도로 세력이 불어나고 있습니다. 이대로 견제하지 않고 둔다면 금세 전세가 역전될지도 모르는 일입니다."

대교주가 초점 없는 눈으로 딴생각에 잠겨 있다는 걸 안 삼교주가 보고하는 수하를 다그쳤다.

"그 일곱 놈의 면면을 자세하게 읊어봐라."

"정도련이 있는 산동 제남과 저희가 점하고 있는 이곳

낙양 사이의 호북 무창에는 대력신왕 냉위종이란 자가 있으며 수하에 삼만의 병사를 모았다고 합니다."

"삼만이나 된다고?"

"그것도 한 달 전의 일이니 지금은 더 늘어났을 것입니다. 자그마치 십만 근의 바위를 공깃돌 다루듯 한다는 위인입니다."

"픔. 그게 사실이면 삼만의 병사가 무슨 필요가 있겠느냐. 그 혼자 천하를 거머쥐면 될 것이지. 또?"

"강서 남창에는 적안왕 갈천소란 인물이 등장했는데 눈알이 붉어서 그리 불리는 것 같습니다. 아름다운 미녀를 모으는 걸 좋아해서 그 주변에는 늘 미녀들이 들끓는다고 합니다. 그런데 특이한 건 보길 즐겨할 뿐 손가락 하나 대지 않는다고 합니다."

"고자인가 보군."

"그것까지는 저도 잘……."

"다음은?"

"절강 항주에는 팔왕 중에 유일하게 여자인 장미여왕 백검향이 지배자로 군림하고 있습니다. 그녀의 미모는 천하최고의 미녀라는 우문설리를 오히려 뛰어넘을 정도라고 합니다. 백검향의 얼굴을 보기 위해 청년들이 구름처럼 모여들고 있다고 합니다. 적안왕 갈천소가 백검향에게 청혼했다가 거절당했다는 소문도 돌고 있지만 진위여부는 확인되지 않았습니다."

"미색 하나로 천하를 거머쥐려고 하는 계집인가보군."

"하북 감단에는 천위왕 한태성이란 용장이 신처럼 군림하고 있습니다. 원래 천위군이란 군벌로 하북 일대를 장악했으며 수하엔 유독 군벌 출신들 장수가 많습니다. 거기다 대륙상벌의 지원까지 받고 있는 실정이라 가장 빠르게 세력이 커지고 있는 곳입니다. 무서운 점은 재물과 미색에 초연하고 민초들을 보살피는 선정을 펼치는지라 백성들의 존경을 한 몸에 받고 있다는 점입니다. 천위왕이라 불리는 지금까지도 그는 군막에서 생활한다고 합니다."

"정신 나간 놈이로군. 아니면 천하제일의 위선자거나. 그러려면 뭐 하러 생고생해서 천하대업에 뛰어들었는지 모르겠군."

"다음은 철검왕 맹초량이란 자로 사천성 성도에 웅크리고 있습니다. 녹슨 철검으로 산을 쪼갠다는 믿기 힘든 허무맹랑한 얘기가 떠돌고 있습니다. 수하들 중 뛰어난 검사들이 많은데 그 모두가 맹초량에게 직접 훈련을 받은 자들이라고 합니다. 천 명의 검사가 채워지면 천하를 발 아래 둘 수 있다고 호언장담한다고 합니다."

"그놈도 미쳤군. 고작 천 명으로 천하제패를 운운하다니."

"그러게 말입니다."

"하나같이 멀쩡한 놈이 없군."

"섬서 서안에는 비룡왕 문익잠이란 놈이 자리를 잡았습니다."

"비룡왕? 왜, 그놈은 비룡이라도 타고 다니느냐?"

"그건 아니고 날아다니는 용 같은 인물이라서 그리 불린답니다. 자그마치 삼천 장 밖에서 창을 던져 표적을 맞추는 불가사의한 능력을 지녔고……."

"하, 기가 막혀서. 삼천 장이면 보이지도 않을 거리거늘."

"만 보 밖에서 활을 쏘아 산사태를 막았다고 합니다."

삼교주는 입을 놀리는 것도 귀찮은지 손가락으로 대신했다.

"마지막으로 혈왕왕 귀진악이란 자가 있사온데 이자는 현재 산서 태원에 실제로 왕궁을 짓고 있습니다."

"왕궁을?"

"네. 이자는 과거 정도련 소속으로 있던 혈영마종 귀진악이란 사람이온데 배신자로 낙인찍혀 척살명단에 올라가 있는 위인입니다. 그가 어떤 연유로 그런 위치에까지 올라갔는지 모르나 수하엔 엄청난 마도의 고수들이 즐비하다고 합니다. 그중 상당수가 수백 년 내 실종되었던 마두들이란 소문이 파다합니다."

"별 해괴한 소문이 다 떠도는군."

"합비의 보국왕까지 합쳐서 팔왕이라고 하며 이들로 인해 천하가 안정된 것은 사실입니다. 각지에 들끓던 산적, 수적들이 현저하게 줄었으며 각 지역의 패권을 탐하던 군소세력들이 깡그리 복속하거나 뿔뿔이 흩어졌습니다. 중요한 점은 새로 등장한 일곱 명의 왕들이 서로 교류하며 서로를 적대하지 않는다는 사실입니다."

"그건 좀 심각하군. 같은 패거리란 소리가 아니더냐?"

"그걸 모르겠습니다."

삼교주는 대교주를 보며 심각한 어조로 말했다.

"이들을 그냥 두실 겁니까? 너무 오래 웅크리고 계신 게 아닙니까? 마교천하에 잡배들이 설치는 걸 둔다면 세상 사람들의 비웃음을 살 것입니다."

"저 삼교주님 한 가지 더 중요한 보고가 남았습니다."

나가지 않고 남아 있던 수하가 머뭇거리며 마지막 보고를 했다.

"하남 개봉에 자리를 잡은 구마존 측에서 산서 태원의 혈영왕부를 공격했다가 패퇴했다는 소식입니다."

"뭣이라!"

"태원까지 당도도 못하고 교성 인근에서 맞닥뜨려 삼분의 일이 죽고 나머진 도주했다고 합니다. 여기 구마존이 보내온 서찰이 있습니다."

수하에게서 신경질적으로 서찰을 뺏어든 삼교주는 손을 떨며 읽어 내려갔다. 서찰에는 자세한 내용이 기록돼 있었다. 서찰을 다 읽은 삼교주는 대교주를 바라봤다. 대교주가 그제야 정신을 차렸는지 손을 까닥거렸다.

잠시 뒤 서찰이 대교주의 손에서 바닥으로 떨어졌다.

삼교주는 심각해진 목소리로 말했다.

"이거 만만한 세력이 아닙니다. 여섯 마존과 마혼대라면 저희도 무시할 전력이 아닙니다. 그런데 이처럼 무참하게 패배했다는 걸 보면 저놈들의 전력이 우리와 엇비슷하단 소리인데…… 어디서 갑자기 이런 놈들이 튀어나온 것일까요? 혹시 이놈들도 증 태사의 솜씨가 아닐까요?"

대교주는 고개를 저었다.

"그가 인간의 범주를 벗어나 있긴 하지만 짧은 시간에 이처럼 많은 강자들을 배출하는 건 불가능하다. 더군다나 이놈들은 대부분 근본조차 분명치 않은 자들이다. 태사의 성향을 짐작하면 이건 그의 작품이 아니다."

"총단을 경계하느라 지금껏 가만있었는데 지금은 총단 쪽과 다툴 때가 아니지 않습니까? 그래도 우리는 뿌리가 같지만……."

"누가 뿌리가 같다는 말이냐. 지금 마교가 검계의 배신자들 손에 떨어진지 오래거늘. 그놈들은 이단자들일 뿐이다."

"그렇긴 해도……."

"쓸데없는 소리 집어치우고 너는 지금 당장 구마존 쪽에 지원 병력을 보내라. 네가 직접 이끌고 합류해."

"제가 자리를 비워도 괜찮겠습니까?"

"왜? 네가 없으면 내가 밥이라도 굶을 줄 알았더냐?"

"아, 아닙니다. 그럼 다녀오겠습니다."

대전을 나가는 수하들을 잠시 바라본 대교주는 천장을 올려다보며 눈을 감았다.

"증지산, 결국 그를 넘어서지 못하는 한 모든 것이 물거품인 것을. 정녕 방법은 없다는 말인가?"

마교 대교주 태사문은 오직 그 생각에만 골몰해 있었다.

잠을 자도 태산에 깔리는 악몽을 꾸고, 깨어 있어도 증지산이 주는 압박감에 숨이 막힐 지경이었다.

태사문은 밖으로 나갔다.

수하 하나 대동하지 않고 홀로 나선 길이었다. 낙양의 거리는 북적거리는 사람들로 떠들썩했다. 낙양에 마교의 대교주가 수하들을 이끌고 자리를 잡은 이후 잡배들이 얼씬거리지 않아 오히려 양민들은 살기 좋아졌다.

마교의 고수들이 낙양 시내 전역을 순찰 지역에 포함시킨 이후로 과거 국법이 지엄할 때보다 오히려 더 치안이 안정되었다.

마교 무사들은 심지어 주먹다짐을 하는 것만 봐도 잡아갔다. 병기를 지니고 다니는 건 단속하지 않았지만 병기를 뽑는 순간 잡혀갈 각오를 해야 했다. 이런 실정이다 보니 낙양은 법 없이 살 수 있는 안전한 도시가 되어 있었다.

태사문을 알아보는 사람은 하나도 없었다. 길에 오가는 사람들은 그가 설마 마교의 대교주일 줄 꿈에도 몰랐다.

태사문은 길에서 파는 전병을 몇 개 사먹고 골목 어귀에 웅크리고 앉아 골목에서 뛰어노는 아이들을 멍하니 바라보고 있었다. 그 모습은 할 일 없이 볕을 쪼이고 있는 노인의 행색이나 다름없었다.

두 무리의 아이들이 힘겨루기를 하다가 무엇이 틀어졌는지 서로 몸싸움을 하기 시작했다. 한쪽 무리에서 가장 덩치가 큰 아이가 먼저 주먹다짐을 했고 그때를 기해 뒤엉켜 패싸움으로 번졌다.

주변을 지나던 어른들이 그 모습을 보곤 웃고 지나가기 마련이었는데 유독 한 사람이 참견하여 아이들을 뜯어말리는 것이었다. 멍하니 그 장면을 바라보고 있던 태사문의 눈에 이채가 서렸다.

태사문은 고개를 갸웃거렸다.

'내가 잘못 보았나?'

십수 명이 엉켜 싸우고 있었는데 순식간에 양 무리로

나누어진 소년들은 아직 분이 안 가시는지 씩씩거리며 서로를 노려보고 있었다. 몇 명은 코에서 피가 나는 걸 확인하고 서럽게 울기 시작했다.

"이 녀석들 친하게 지내야지 싸우면 되느냐? 어서 사과하고……"

청년이 말하는 사이에 소년들은 다시 서로에게 달려들어 뒹굴기 시작했다. 그걸 본 청년은 피식 웃고 말았다.

"개구쟁이들 같으니라고. 하긴 싸우면서 커야 정상이지."

청년은 잠시 팔짱을 끼고 아이들이 싸우는 장면을 지켜보다가 그 자리를 떠났다. 태사문은 청년의 뒷모습을 물끄러미 바라보다가 무슨 생각을 했는지 뒤를 쫓았다.

제4장
요왕, 그리고 태사문

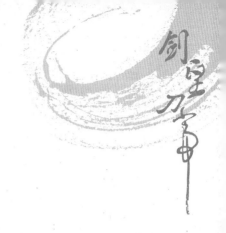

　낙양을 벗어난 관도를 터벅터벅 걷던 청년은 기지개를
켜더니 뒷짐을 지고 흥얼거리기 시작했다. 무슨 노랫말인
지 모를 소리를 중얼거리던 청년은 길바닥에 툭 튀어나와
있는 돌부리를 걷어찼다.

　누가 봐도 저 돌은 땅속 깊숙하게 묻혀 있는 것이란 걸
짐작할 수 있었다.

　돌이 쪼개진 것도 아니고 청년이 발목을 잡고 뒹군 것
도 아니었다. 거짓말처럼 돌이 부스스 가루가 되어 사라
져 버렸다. 여전히 청년은 흥얼거리며 터벅터벅 걷고 있
었다.

십 리쯤 더 갔을 때였다.

유유자적 팔자걸음을 내딛던 청년이 돌연 멈췄다. 그러더니 뒤를 돌아봤다. 일정한 거리를 두고 그때까지 청년의 뒤를 따르던 태사문도 동시에 멈춰 섰다.

태사문이 여기까지 청년을 따라온 데에는 나름대로 분명 이유가 있었다.

낙양 골목에서 꼬마아이들이 싸우는 걸 말리던 청년의 손짓을 보았기 때문이다. 바로 눈앞이었는데도 불구하고 태사문은 청년의 손이 움직이는 걸 제대로 알아보지 못했다. 무언가가 휙휙 지나간다는 느낌만 받았을 뿐 형체조차 알아보지 못했다.

천하의 마교 대교주인 태사문에게 일어날 수 없는 일이 일어난 것이다. 태사문이 청년을 따라오는 동안에도 충격의 연속이었다. 청년의 발은 단 한 번도 바닥에 닿은 적이 없었다.

공중을 휘적휘적 걷고 있었다. 그것이 전부였다면 마교의 대교주가 충격을 받진 않았을 것이다. 허공답보의 경공술을 펼쳐도 높낮이가 다르기 마련이었다. 출렁이는 물결 위에 선 것처럼 아래위로 흔들리기 마련인데 어찌 된 영문인지 청년은 똑같은 높이로 앞으로 나아가고 있었다.

상식 밖의 일을 목도한 태사문은 넋을 놓고 십 리가 다 되도록 청년을 따라가기만 했던 것이다.

청년이 멈춰 서서 자신을 돌아보자 태사문은 절로 긴장했다.

두 사람의 간격이 점차 좁아졌고 이내 몇 걸음 차로 가까워졌다. 청년의 얼굴을 처음으로 자세히 보게 된 태사문은 다시 한 번 침음을 삼켰다. 청년의 눈동자가 뭔가좀 이상했다. 눈동자의 색이 수시로 바뀌는 것 같은 착각이 일어났다.

자세히 보면 틀림없는 검은색 눈동자이거늘 거기서 아지랑이 같은 기운이 피어나며 환각을 일으켰다. 그것 때문에 다양한 색조로 보이게 만들었다. 붉은색에서 다시푸른색으로 바뀔 때쯤 청년이 입을 열었다.

"내게 용무가 있느냐?"

태사문은 상대를 노려보며 천천히 말했다.

"너는 대체 뭐지?"

"후후후. 흥미로운 인간이로군. 흠 보자. 꽤 괜찮은 정도가 아니라 아주 드물게 훌륭한 몸을 가졌구나. 좀 나이가 들긴 했지만 단련도 잘한 것 같고. 기초가 아주 튼튼하군. 지금껏 만난 인간들 중에서 단연 최고라 할 만하구나. 내가 오늘 보물을 얻은 것 같군. 너는 소원이 없느냐?"

태사문은 자신 가까이 다가와 주변을 빙글빙글 돌며 살펴보는 괴이한 청년을 경계했다. 한편 그가 지껄여대는 말을 듣고 어이없어 하는 중에도 태사문은 식은땀을 흘리고 있었다. 중요한 건 평소의 태사문이었다면 손을 써도 진작 썼을 것이란 사실이었다. 그런데 그럴 수가 없었다. 무슨 연유인지 모르지만 그래선 안 될 것 같았다.

"말해 보라. 너는 현재의 네 삶에 만족하는가? 원하는 게 있다면 무엇이든 말해 보라."

"말하면……."

태사문의 입꼬리가 씰룩거렸다.

"말하면 들어줄 수 있나? 그것이 무엇이든?"

"내가 누구라 생각하느냐?"

"평범한 인간은 아닌 것 같군."

"나와 계약을 하면 너는 원하는 모든 걸 쟁취할 수 있을 것이다. 하늘이 닫히고 이 땅이 사라지지 않는 한 내 약속은 지켜질 것이다."

호기심 때문에 여기까지 따라왔다. 그런데 가만 생각해 보니 자신을 지목하여 데려온 건 오히려 상대방인 것 같았다.

'귀신에 홀린 기분이군. 이자는 뭐지?'

정신을 차리려고 애써보아도 자꾸만 전신의 맥이 풀리는 것이 제 몸이 마음대로 제어가 안 되었다. 우선 손과 팔에 힘이 모이질 않았다. 가위 눌리면 겪게 되는 그런 답답함이 느껴졌다.

"저항하지 마라. 너는 내게 속한 자, 네 피와 살은 원래부터 내 것이니 저항하면 할수록 고통을 느낄 뿐이니."

"나…… 나는 마교의 대교주. 나는, 나는 태사문……이다. 나는 그 누구에게도 고개를 숙이지 않으며…… 설사 네가 마왕이라 할지라도 나를 가질 순 없다. 나는 위대한 마교의 대교주, 태사문이다!"

태사문의 목소리는 점차 커져가더니 급기야 마지막에는 외침이 되었다. 그리고 자신을 결박하고 있던 신비한 힘이 사라지고 홀가분해지는 걸 느낄 수 있었다.

태사문은 이때를 놓치지 않았다. 전신의 공력을 한꺼번에 일으켜 장심에 모아 일시에 폭발시켰다. 그리고 그의 전신에는 은은한 붉은색 기류가 감싸기 시작했다.

섬광처럼 터진 강기는 관도 옆의 애꿎은 거목을 부러뜨렸을 뿐이었다.

거기 있어야 할 괴청년은 사라지고 없었다. 무언가 불안한 생각에 몸서리를 치던 태사문은 뱀의 껍질처럼 서늘한 감촉이 목덜미를 타고 스며드는 걸 느꼈다.

"헉!"

"인간의 능력치고는 확실히 놀랍다만 근원적인 힘의 차이를 극복할 순 없지. 인간의 몸에 내재된 잠재력을 해방시키지 않는 한 한계의 벽을 깨트릴 수 없다."

"크, 크윽."

"내가 널 원한 이상 죽지 않고는 내게서 벗어날 수 없다. 그걸 바라느냐?"

태사문은 굳이 눈으로 확인하지 않아도 괴청년이 제 뒤에 서 있다는 걸 느낄 수 있었다. 한 손은 목을 감싸 쥐고 있었고 나머지 한 손은 옆구리를 파고들었다. 조금씩, 조금씩 살을 가르며 이질적인 무엇인가가 몸 안으로 파고드는 고통에 태사문은 이를 앙 다물었다. 태사문의 동공은 터질 듯 부풀어 올랐다.

"마, 말도 안 돼. 환혼불괴마공이…… 이처럼 허무하게…… 깨지다니."

증지산을 상대하기 위해 마교 역사상 누구도 연성하지 못한 환혼불괴마공의 연성에 도전했고 오랜 폐관을 통해 간신히 완성할 수 있었다. 그것 때문에 자신은 증지산을 이기진 못해도 그에게 죽지 않을 수 있었다. 그런데 괴청년은 너무도 간단하게 환혼불괴마공의 호신강기를 깨트리고 살을 가르며 목숨을 위협하고 있었다.

"마지막으로 기회를 한 번 더 주지. 나와 계약을 한다면 네가 원하는 걸 주마. 그렇지만 거부한다면 너는 영원토록 내게 예속되어 고통을 당하리라. 너의 피와 살은 내게 합쳐져 영광에 동참하게 될 것이다. 결정하라. 어찌할 테냐?"

태사문은 괴청년의 말대로 되리라 확신했다. 기적 따위

는 벌어질 수 없었다.

"이대로, 이대로…… 죽고 싶지 않다."

"살고 싶으냐?"

"살고 싶다. 살려 다오."

"계약을 원하나?"

"계약…… 뭔지 모르지만…… 그 까짓것 해 주마."

"푸하하하."

괴청년은 태사문을 놓아주었다. 그는 허리를 꺾으며 하늘을 올려다보며 파안대소하고 있었다. 한참을 미친 사람처럼 웃던 괴청년은 빙긋 미소 지으며 태사문에게 부드럽게 말했다.

"재미있는 녀석이로군. 마음에 들었다."

그게 끝이었다. 괴청년의 손이 이마 쪽을 스친 순간 태사문은 참을 길 없는 졸음에 빠져들고 말았다. 세상 전부를 눈꺼풀에 매달아 놓은 것처럼 도저히 인력으로 감기는 걸 막을 길이 없었다. 눈앞에서 이빨을 드러낸 채 활짝 웃고 있는 괴청년의 모습이 점차 흐려지며 완전히 어둠 속에 잠기고 말았다.

태사문이 다시 정신을 차렸을 때는 어딘지 모를 장소에 자신이 옮겨진 뒤였다.

사방에 은은한 빛이 감싸고 있었다. 원형의 동굴 광장

같은 곳이었다. 자신은 그곳 중앙 석대 위에 누워 있었다. 석대 주변은 연못이었는데 물속이 환했다. 금사를 뿌려놓은 것처럼 반짝이는 빛이 수면을 신비하게 만들었다.

'이곳은 어디지?'

태사문은 의식이 돌아왔지만 함부로 움직일 수 없었다. 몸은 천근만근 무거웠고 속은 울렁거려 금방이라도 토할 것 같았다.

"깼느냐?"

태사문은 대답 대신 소리가 들려온 방향으로 고개를 돌렸다. 태사문은 헛것을 보고 있다고 믿고 싶었다. 뭔지 알 길 없는 괴이한 생명체가 자신을 바라보고 있었다. 몸의 대부분을 연못에 담그고 있었지만 태사문은 분명하게 그 모습을 알아볼 수 있었다.

'용인가? 이무기? 대체 뭐지? 저 요사스럽고 끔찍한 괴물의 정체가 뭐란 말인가.'

상반신은 인간의 몸이고 하반신은 다리 대신 길고 매끈한 뱀의 몸통을 지니고 있었다. 얼굴은 깨끗하고 준수하게 생긴 미청년이었다. 귀는 물고기의 아가미처럼 비늘로 덮여 있었다. 하반신이 얼마나 긴지 석대를 몇 겹으로 칭칭 감고도 남았다. 하반신의 끝은 연못 속에 잠겨 있었다. 머리가 천장에 거의 닿을 정도로 상반신을 곧추세우고 있었다. 기억에 있던 괴청년의 모습과는 확연히 달랐다.

"본모습인가? 네 정체가 대체 뭐지? 용인가?"

"나는 요괴의 왕, 인간과 요괴 사이에서 태어난 반인반
요, 호륵이다."

"요괴? 요괴의 왕? 호륵?"

"너희 인간은 우리의 지배를 받았었다. 우리가 너희를
보호했고 너희 중에 왕을 세워 세상을 다스렸다. 모든 지
혜는 우리에게서 나왔으며 너희가 자랑하는 지식 또한 우
리가 준 것이다."

"나를 이제 어찌할 생각이지?"

"나와 계약, 계약을 하자. 원래 이 세계는 우리의 것이
었다. 천신과 마왕들이 이 세계와 인간들을 뺏어갔다. 그
걸 원래대로 돌려놓으려고 한다. 천신과 마왕이 이 세상
을 넘보지 못하도록 징계할 것이다."

요왕 호륵은 이어 인간에게 전달되지 못하고 단절된 역
사를 설명했다. 긴 이야기가 끝났을 때 태사문은 한 가지
짚이는 것이 있었다.

"혹시 근래에 등장한 각 지역의 왕들이 모두 계약자인
가?"

"그들은 나의 충실한 계약자들. 때를 기다리며 세상을
구하기 위한 용사들로 선택된 자들이다."

"그랬군. 이제야 의문이 좀 풀리는군. 증지산, 혹 증지

산을 아나?"

"대마령의 이름이로군."

"쿳. 역시 증지산은 유명했군. 당신마저 신경을 써주는 인물이었다니. 그런데 대마령이라니 그게 뭐지?"

호륵은 다소 신경질적인 반응을 보였다.

"너는 아는 게 대체 뭐냐?"

툴툴거리면서도 호륵은 대마령에 대해 친절하게 설명을 이어갔다. 설명을 다 듣고 난 태사문은 정말로 기뻐했다.

"그러니깐 그놈, 증지산이 순수한 인간이 아니라 대마령이었다는 말이지? 그래서 그렇게 말도 안 되게 강했던 거고. 크크크. 그런 줄도 모르고 열등감에 시달려 왔으니."

"그게 그토록 기쁜 소식인가?"

"그럼 내가 계약을 하면 증지산을 이길 수 있나? 그놈을 넘어설 수 있나?"

"그건 나도 모른다. 대마령은 천신과 마왕도 거추장스러워하는 존재. 네가 계약을 한다 해도 그를 넘어서긴 어려울 것 같다. 만약 네 자질이 최상의 것이라면 그럴 가능성도 있다."

절망과 희망을 반반씩 담은 내용에 태사문은 짜증을 냈다.

"어느 쪽이 진실이냐. 사실대로 말해 다오. 이길 수 있는가, 없는가. 아니면 혹 모르나?"

"과거에 계약자 중에 우리보다 뛰어난 자도 있었다. 그는 계약자들 중에 우두머리였고 왕들을 심판하는 자였다. 그렇지만 그는 그 뛰어남으로 인해 교만해졌고 마왕의 꾐에 넘어가 인간과 우리를 배신했다. 그가 그렇게 허무하게 죽지 않았다면…… 최초의 전쟁은 우리의 승리로 끝났을 것이다."

"왜 질문에 답은 않고 엉뚱한 말을 늘어놓느냐."

"너도 그럴 수 있다는 뜻이었다. 확실하지 않다. 네가 뛰어나 보여서 계약을 청했지만 네 본질이 어떤지는 나도 모른다. 네 잠재된 능력이 어디까지 열리고 닿을지는 아무도 모른다. 그러니 속단하거나 좌절할 필요 없다."

어차피 여기까지 끌려온 이상 자신이 선택할 길은 둘 중 하나였다. 죽거나 계약하거나.

태사문은 이렇게 된 마당에 적극적으로 운명을 수용하기로 작정했다.

"계약을 하자. 이왕 하는 것 속히 마무리 짓자. 어떻게 하면 되지?"

"계약은 매우 간단하다. 내 살과 피를 먹으면 된다."

"뭐, 뭐라고?"

"다시 말해 주랴?"

"그러니깐, 그러니깐 그 계약이란 것이…… 당신 고기를 먹으면 된다고? 그렇게 간단한 거였어? 그게 뭐 어렵다고 그리 뜸을 들여. 당장 먹어주겠다."

"후후후. 시원해서 좋군. 그럼 시작하지."

*   *   *

팔왕 중 대도시를 거점으로 삼지 않은 사람은 오직 한 사람, 한태성 뿐이었다. 그 스스로는 아직도 천위군의 대장군을 자처하지만 강호에서는 그를 팔왕 중 하나인 천위왕으로 부르고 있었다.

그 역시 요왕의 계약자 중 한 사람이었다. 비록 요왕을 만나 새사람이 되고 새 힘을 얻었지만 원래 가지고 있던 성품이 바뀌진 않았다. 오히려 여유가 생기면서 더 너그러워지고 대범해졌다. 한태성의 사내다운 풍모에 반해 수하되기를 자처하는 사람들이 눈덩이 불어나듯 증가했다.

하북의 초입에 해당하는 감단(邯鄲)은 한태성의 의지와 상관없이 하루가 다르게 번성하고 풍요로워졌다.

한 해 전만 해도 감단에는 객잔과 주루를 합해 세 개가 전부였다. 그런데 지금은 열 개가 넘었고 현재 신축하거나 수리 중인 객잔도 세 곳이나 되었다. 이것만 봐도 감단이 얼마나 빠른 속도로 성장하고 있는지 알 수 있었다.

휘륜은 정도련이 안정되고 별 위협이 없다고 판단해 천하 곳곳을 돌아보고자 길을 떠났다. 그가 가장 먼저 목적지로 삼은 곳은 감단이었다.

휘륜은 밀종의 첩자들을 통해 각 지역의 패자로 부상한 팔왕에 대해 비교적 상세한 정보를 얻긴 했지만 직접 부딪혀보고 만나보는 게 가장 정확하다고 판단했다.

문성객잔 일 층 구석에서 간단한 요기를 끝낸 휘륜은 차를 마시고 있던 참이었다. 감단은 휘륜이 태어나서 처음 와보는 고장이었다. 첫인상은 정착민들의 표정이 무척 밝고 소박해 보인다는 점이었다. 객잔에 잠시 앉아 있는 중에도 여기저기서 천위왕에 대한 대화들이 오가고 있었다.

"이게 다 천위왕 전하 덕분이지. 그분이 아니셨으면 어림도 없는 일이지."

"그러게 말이야. 천하 전역을 다 다녀보게. 여기보다 살기 좋은 곳도 없네."

"그런가? 합비가 천하의 수도라고 소문이 자자하던데 거긴 어떤가?"

"물론 합비야 좋지. 눈이 휘둥그레질 정도로 화려하고 사람도 많고. 특히 거대 상회들이 아마 전국에서 가장 많이 모여 있을 걸세. 그래도 나는 왠지 합비보다는 감단이 푸근하고 좋은 것 같네. 한 십 년만 더 장사해서 종자돈 좀 모이면 감단에 정착할 생각이야."

상인들이 주고받는 대화에도 천위왕은 빠지지 않고 등장했다.

한 사람에 대한 평가가 이처럼 호평 일색인 경우를 처음 보기 때문에 휘륜은 천위왕이 어떤 사람일지 무척 궁금했다.

객잔을 나선 휘륜은 곧장 천위왕의 군영으로 길을 잡았다.

감단의 서북 외곽에서 감싸는 형태로 설치된 군영은 이색적이었다. 목책과 감시탑이 곳곳에 설치돼 있어 외부인의 접근을 엄금하고 있었으며 군영 뒤쪽에는 깎아지른 험준한 단애가 접근을 어렵게 만들었다.

군영은 눈대중으로 보아도 만 명 이상이 족히 머물고 있을 정도의 규모였다. 천위왕을 어찌 만날까 고심하다가 잠입하면 괜히 오해를 살 거 같아 정식절차를 밟아보기로 했다. 그런데 워낙 면담신청한 자들이 많아 차례가 오려면 족히 열흘은 걸릴 것이라고 한다.

휘륜은 되돌아 나올 수밖에 없었다.

천위왕이 하루 한 차례 수하 장수들을 대동하고 직접 주요 거점을 점검한다고 하니 차라리 그때를 노리는 게 나을 것 같았다. 시내 객잔으로 가서 시간을 보내다가 다시 기회를 엿보기로 했다.

얼마 전에 낙엽이 지기 시작했는데 기온은 벌써 한겨울이 온 것처럼 추워졌다. 사람들의 옷차림이 두꺼워지고 밤이면 화톳불을 피우는 것만 보아도 계절의 변화를 알아챌 수 있었다.

객잔에 들어간 휘륜은 이번에는 술과 안주를 시켰다. 술을 따라 목을 축였다. 술을 마시다 무슨 생각을 했는지 휘륜은 피식 웃고 말았다.

'내게도 많은 변화가 있었군. 제남에 처음 왔을 때만 해도 술은 입에도 대지 않았는데 이젠 술맛도 알게 됐으니. 돌아가는 길에 두 분 조부님과 두 분 사부님 좋아하시는 향과 맛이 좋은 술이나 구해서 가야겠어.'

휘륜에게는 두 할아버지와 두 분의 스승이 있다. 나이 많은 노인분들이라 휘륜에게 바라는 소망은 하나였다. 속히 설리와 혼례를 올려 떡두꺼비 같은 아이를 낳아 품에 안아볼 수 있도록 해달라는 것이었다. 그렇지만 그게 어디 말처럼 쉬운 일이던가. 가끔 휘륜도 그런 생각을 가끔 하지만 그때마다 마음에 걸리는 게 하나 있었다.

가정을 이루고 아이가 생긴다면 그로 인해 자신이 목숨을 걸어야 할 때 담담하게 그럴 수 있겠는가에 대한 염려였다. 아무리 모진 마음을 먹는다 해도 홀몸일 때와 그렇지 않을 때는 분명 차이가 있을 것이 분명하지 않겠는가.

'욕심이지. 하, 그렇지만 나만 바라보고 있는 설리를

생각하면……'

이런저런 상념으로 술이 금세 바닥이 난지도 모를 정도였다. 한 병의 술이 다 비자 점소이를 불러 한 병을 더 시켰다. 특별히 안주를 더 추가하지 않았는데도 점소이의 표정은 달라지지 않는다.

술을 가지러 주방 쪽으로 가던 점소이가 마침 새로 들어온 손님과 부딪혔다. 살짝 부딪힌 것 같은데 점소이는 바닥으로 나둥그러졌다.

"으이쿠. 이거 괜찮은가? 어디 다친데 없나?"

점소이는 어깨를 잡고 얼굴을 찡그리며 고통을 참고 있었다. 그런 점소이를 일으켜 세우는 손님의 자세가 어정쩡해 보였다. 점소이의 얼굴이 사색이 된 것이 얼핏 보였다.

휘륜은 두 사람이 하는 양이 수상쩍어 주시하고 있었다. 곧 이어 객잔의 문이 활짝 열리며 다섯 명의 일행이 와자하게 떠들며 들어왔다. 그들은 객잔 안을 빠르게 살펴보더니 가장 안쪽으로 가서 자리를 잡았다. 무기를 여러 개 차고 있는 것이 떠도는 낭인들 같아 보였다. 그때 휘륜의 귓속으로 작게 소곤거리는 소리들이 들렸다.

"떠들지 마라. 함부로 입을 놀렸다가는 네놈의 배를 갈라 창자를 꺼내 주마. 알겠느냐?"

"나으리, 왜 이러십니까. 저는 아무것도 가진 것이 없습니다."

"너 말고 여기 주인인 장대인의 처소가 어디냐? 그리고 오늘이 새로 구입한 장원의 잔금을 치르기로 약조한 날인 거 다 알고 왔다. 장대인이 지금 어디 있느냐? 거기로 조용히 나를 안내하면 너는 무사할 것이다."

점소이를 부축해 주방 쪽으로 어정쩡한 자세로 걷고 있는 인물은 다름 아닌 강도였던 것이다. 휘륜은 예상 밖의 전개에 어이없어하다가 막 손을 쓰려던 참이었다. 그런데 그보다 먼저 나선 사람이 있었다.

"감단에서 감히 백주에 강도짓을 하다니. 요절을 내주마."

짜랑짜랑한 음성이 먼저 들렸고 뒤 이어 북풍한설을 동반한 냉기가 객잔 안을 휘몰아쳤다. 사람들이 놀라 다들 쳐다보는데 목소리의 주인공은 어느새 점소이 옆에 사뿐히 내려서서 강도의 목을 단칼에 날려 버리고 있었다. 제대로 수련한 솜씨는 아니었지만 기습이었기에 운이 좋아 성공할 수 있었다.

'다소 투박하긴 하지만 속도만은 일품이로군. 제대로 수련을 한 솜씨는 아니다. 기습이어서 운이 좋아 성공했다. 전쟁터에서 태어나고 자라다시피한 난세의 아이들이라 사람 목숨 빼앗는 걸 아무렇지 않게 여기는구나.'

강도의 목을 잘라 버린 주인공은 이제 고작 열두어 살

쯤 되어 보이는 어린아이였다. 머리까지 폭 뒤집어쓴 털
모자 사이로 보이는 피부가 유독 뽀얗다.

비록 제 옆구리에 칼을 겨눈 강도이지만 목이 떨어지는
장면을 바로 코앞에서 본 점소이는 너무 놀란 나머지 엉
덩방아를 찧고 말았다. 바로 그때 객잔 이 층에서 부리나
케 달려오는 늙은 무사 하나가 보였다. 그는 어린아이의
곁에 당도하자마자 시체를 먼저 살펴보았고 주변을 둘러
보며 지시를 내렸다.

객잔의 점소이들이 노무사가 지시하는 걸 당연하게 여
기는 인상이었다. 시체를 치우고 주변을 정리한 뒤에야
노무사는 어린아이 쪽으로 시선을 줬다.

"도련님, 제가 제명에 못 죽지 싶습니다."

"나 때문에?"

"그럼 누구 때문이겠습니까. 하루가 멀다 하고 사고를
치시니 그럴 때마다 제 수명이 십 년씩은 줄어드는 것 같
습니다."

"흥 그럼 진작 죽었어야지."

"네? 어찌 그런 매정한 말씀을 아무렇지 않게 하십니
까."

"강도를 처단하는 일은 응당 누구든 해야 하는 일이거
늘. 상을 주진 못할망정 또 잔소리야."

"그렇긴 합니다만 이제 도련님 나이 고작 열 두 살입니

다. 이런 일은 어른들이……."

"됐어. 그만해. 나 그만 집에 갈래."

"형님을 더 안 기다리시고요?"

"지겨워. 그냥 가. 집에 가서 보면 되지."

"여기서 약속을 잡으셨잖아요. 형님께선 여기로 오실 텐데 막내 도련님 변덕 때문에 헛걸음하시겠군요."

"나 먼저 갈래. 송 집사는 나중에 오든지 말든지 알아서 해."

팩 토라진 소년은 객잔 문을 열고 찬바람을 맞으며 사라져갔다. 송 집사라고 불린 노무사는 부랴부랴 식비를 지불하고 소년 뒤를 따라간다. 바로 그때 좀 전에 들어왔던 일행들 다섯이 주문한 식사가 오기도 전인데 일어나서 밖으로 나가는 것이었다.

눈앞에서 벌어진 일련의 사건들을 지켜보다 휘륜은 쓸데없는 걸 또 하나 알게 됐다.

'저 낭인들이 방금 나간 소년을 노리는 건가?'

안 보았으면 모를까, 보고도 모른 척하기엔 휘륜의 심장이 뜨거웠다.

휘륜도 술값을 지불하고 객잔 밖으로 나갔다.

차가운 바람이 얼굴을 할퀴고 지나갔다. 저 멀리 잰걸음으로 걷고 있는 낭인들의 뒤를 휘륜은 느긋하게 따라붙었다.

사건은 감단의 외곽지역에서 벌어졌다. 소년과 노무사가 지름길인 좁은 골목길로 들어 선 순간이었다. 다섯 명의 낭인 무사들이 앞뒤를 막으며 위협했다.

"멈춰라."

송 집사는 그 순간 소년의 앞을 막아서며 검을 빼 들었다.

"누구냐?"

"푸흐흐흐. 누군지 알아서 뭐하게. 늙은이는 그저 얌전하게 죽어주면 된다. 처치해."

다섯 중에 우두머리가 명령을 내리자 네 무사는 잠시의 망설임도 없이 병장기를 휘둘렀다. 넷은 그저 보기엔 흔한 낭인 무사들처럼 보였지만 막상 검을 쓰는 위력을 보니 절정의 고수들이었다.

송 집사의 검에서도 검광이 번쩍였다. 그 역시 검을 멋으로만 차고 다니는 사람은 아니었다. 그렇지만 네 무사의 합공을 막아 낼 만큼 고수도 아니었다. 그 사실을 누구보다 잘 알고 있는 소년이 검을 끄집어냈다.

"아서라 꼬마야. 네가 쓰기엔 검이 너무 날카롭구나."

소년은 자신의 검이 귀신에 씌었는지 저절로 검 집으로 들어가는 걸 보았다.

소년은 너무 놀란 나머지 검집째 놓아 버리고 말았다. 무사가 검을 떨어트린다는 건 있을 수 없는 일이었다. 그것만 보아도 아직 소년은 어린아이임에 분명했다.

귀신 장난은 거기서 끝난 게 아니었다. 칼부림을 하던 다섯 사람이 알 수 없는 힘에 결박당해 허공에 매달리는 것이었다. 그들은 미지의 힘에 저항하느라 발버둥 쳤지만 그럴수록 꼴만 더 우스워질 뿐이었다.

"뭐, 뭐냐 이게!"

낭인 무사들의 우두머리는 기겁을 하며 주춤 물러서다가 등 끝에 닿는 싸늘한 감촉에 얼어붙고 말았다.

"꼼짝하면 어찌 될지 알지?"

"누, 누구요? 대관절 누구기에 우리 일을 훼방하는 겁니까?"

"그러는 너희들은 누군데 이 아이를 죽이려고 하느냐."

"죽이려는 게 아니라 단지 사로잡으려고 하는 것뿐입니다."

"오호 납치를 하려고 했단 말이지? 그다음에는?"

"그, 그다음에는……."

"대답 잘해야 한다. 까딱 잘못하면 여기서 너희들 목이 모조리 떨어질 것이다. 목적이 뭔지 말해 봐라."

죽다 살아난 송 집사는 소년을 끌어안고 안도의 한숨을 내쉬고 있었다. 그는 갑자기 나타나 자신들을 구해 준 휘륜을 향해 감사의 인사를 하면서도 완전히 경계심을 풀진 않았다.

"목숨을 구해 주신 은혜 감사합니다. 은인의 존함을 알려 주십시오. 후하게 사례하겠습니다."

좀 전까지 허공에 매달려 발버둥 치던 네 무사는 어느새 바닥에 고꾸라져 의식을 잃고 있었다. 하나 남은 우두머리는 식은땀을 줄줄 흘리며 염두를 굴렸다.

"저, 저희는 그저 이 아이의 형에게 경고를 하는 차원에서……."

"협박하기 위해서 아이를 납치하려고 했다고?"

"그, 그렇습니다."

"아주 질이 나쁜 놈들이었군. 이 아이의 형이 너희들에게 철천지원수라도 되느냐?"

"맞습니다. 그놈 손에 가족과 형제를 모두 잃었습니다. 그러니 어찌 참고 있겠습니까."

송 집사가 마주 외쳤다.

"거짓말입니다. 큰도련님은 선량한 사람을 해칠 분이 아닙니다. 만약 이놈 말처럼 큰도련님이 원수라면 틀림없이 양민을 해친 악도일 것입니다."

"노인장 확신하오?"

"제 목숨을 걸고 장담할 수 있습니다."

"당신의 주인이 누구요?"

"큰도련님은 바로…… 천위군 한태성 대장군이십니

다.”

“천위왕? 그럼 저 아이가 천위왕의 동생이란 말이오?”

“맞습니다. 두 분은 하늘 아래 유일한 형제입니다.”

“이자들의 처리를 아무래도 천위왕에게 맡겨야겠군.”

휘륜의 말이 끝남과 동시에 습격자들의 우두머리마저 픽 고꾸라졌다. 손끝 하나 대지 않고 거짓말같이 사람들을 제압하는 것을 본 송 집사는 속으로 휘륜이 자신이 섬기는 주인 못지않은 강자라고 느꼈다.

“노인장께 한 가지 부탁이 있는데 들어주시겠소?”

“무엇이든 말씀하십시오. 제 목숨이라도 달라면 드리겠습니다.”

“아 그 정도로 무리한 요구는 아니고…… 별로 어렵지 않은 부탁이오. 천위왕을 좀 만나게 해 주시오. 그렇지 않아도 천위왕을 만나기 위해 먼 길을 왔는데 쉽지 않은 것 같구려.”

“원래 큰도련님을 만나기 위해 오신 손님이셨군요. 제가 큰도련님께 잘 말씀 드리겠습니다.”

갑자기 주변이 소란스러워지기 시작했다. 말과 사람이 뛰어다니는 소리가 함께 들리더니 잠시 뒤 골목 안까지 무사들이 들이닥쳤다.

순식간에 주변을 차단하며 포위망을 형성하는 것만 보아도 그들이 얼마나 훈련이 잘되어 있는지를 알 수 있을 것 같았다.

*　　　*　　　*

천위왕부 내 군막 안이었다.

휘륜과 천위왕 한태성의 첫 대면이었다. 한태성은 동생의 목숨을 구해 준 은인에게 진심을 담아 감사를 표했다.

"뭐라 감사의 인사를 드려야 할지 모르겠습니다. 제 생명을 구해 주신 것이나 진배없습니다. 제게 너무도 큰 은혜를 베푸셨습니다. 평생 이 은혜를 잊지 않겠습니다."

휘륜은 일부러 다소 차갑게 대꾸했다.

"그렇게 소중한 동생을 그토록 허술하게 다니도록 방치한 거요? 사방에 적이 많은 사람이라면 응당 주의를 기울였어야지. 안 그렇소?"

"제 불찰입니다. 굳이 변명하자면 감단 내에서는 안전할 것이라 여긴 탓도 있지만 설마 내 동생을 노릴 줄은 몰랐습니다. 적도들이 이처럼 치졸한 수단을 쓸 줄 몰랐습니다."

"천위왕, 당신은 세상과 맞서 싸우겠다는 사람이 아니오? 그런데 보기보다 순진하구려. 그나저나 그놈들의 정체가 뭐요?"

"산적의 잔당입니다. 인근 오백 리 이내의 산적을 소탕

한 적이 있사온데 그 일로 앙심을 품고 모의한 것 같습니다."

"요즘 산적은 꽤 수준이 높구려."

"사람들이 마령의 기운을 힘입어 능력이 상승했기 때문에 그렇습니다. 여태 은공의 존함도 모르고 있습니다. 괜찮으시다면 제게 가르쳐 주실 수 있으신지요."

천위왕의 인상은 꽤 좋은 편이었다. 침착하며 무례하지 않았다. 젊은 날에 그만한 성취와 지위를 가지면 대개 오만하기 마련인데 그런 느낌도 전혀 받을 수 없었다. 군벌의 대장군이었다는데 오히려 글 읽는 선비 같았다. 주변의 평가가 그토록 칭찬 일색인 이유를 조금은 알 것 같았다.

'나이는 아직 어린데 인격적으로 매우 훌륭한 사람이구나. 꽤 마음에 드는 친구로군.'

휘륜은 굳이 속일 이유가 없어 사실대로 털어놓았다.

"나는 휘륜이라 하오."

상대가 제 이름을 알 리 없을 텐데 반응은 예상 밖이었다. 눈을 화등잔 만하게 뜨는 것이 제 이름을 알고 있었던 눈치였다.

"혹시 제가 알고 있는 그분이십니까? 한때 도제로 명성을 드날렸으며 우문세가의 호법으로 계셨던…… 무엇보다 당대의 검황이신 바로 휘공이셨습니까?"

"나를…… 당신이 어찌 알고 있소?"

게다가 자신이 검황이란 사실은 주변의 지인들만 제한적으로 알고 있는 사실이었으며 아직 대외적으로 알린 바가 없었다. 그걸 알고 있다는 사실이 썩 기분 좋지가 않았다.

"이리된 마당에 숨길 게 없겠네요. 당대의 검황이란 사실은 요왕께 들었습니다. 검황께서도 그분을 알고 계시지요?"

한태성이란 사람은 감추는 게 없는 사람이었다. 이처럼 정직하고 순수하게 상대를 대하는 사람도 드물 것 같았다.

휘륜은 한태성이란 젊은이가 볼수록 마음에 들었다. 휘륜의 입가에 절로 미소가 걸린 것이 그 때문이었다.

한태성이 물꼬를 열어주니 휘륜이 대화를 이끌어가기 편해졌다.

"요왕에 대해 듣긴 했지만 만난 적도 없으며 그에 대해 아는 바가 전혀 없소. 그것 때문에 궁금한 게 많소. 요왕이 원하는 게 무언지 알고 있소?"

"저도 계약자이고 그분이 원하신다면 목숨을 내어 줄 각오가 되어 있습니다만…… 그분이 최종적으로 무얼 원하는지, 천하에 대한 대계가 어떤지 짐작만 할뿐 직접 들은 적이 없습니다."

"귀공의 짐작이라도 들어볼 수 있겠소?"

"큰 전쟁을 준비하고 있습니다. 이 땅의 원래 주인이었으니 권한을 다시 찾아오려는 것 같습니다. 갇혀 있던 요괴들이 빠져나오면 천신과 마왕이 다시금 인간들을 앞세워 전쟁을 벌일 거라 믿고 있습니다. 과거에도 그들은 그랬다고 들었습니다. 요괴를 편든 인간들은 자발적인 참여였지만 천신과 마왕, 특히 마왕이 앞세운 인간의 군대는 노예처럼 강제로 동원된 경우였다고 합니다. 이번에야말로 천신과 마왕에게서 이 땅을 안전하게 지켜 보이겠다는 것이 그분의 의지인 것 같습니다."

"계약자가 된 걸 후회하지 않소?"

"자랑스럽게 생각하고 있습니다. 저는 욕심이 많은 사람입니다. 혈육과 지인과 주변의 사람들이 안전하고 풍요롭게 지낼 수 있도록 만들고 싶습니다. 그럴 수만 있다면 생명을 바쳐도 아깝지 않습니다. 난세에 기댈 곳이 없는 약자들은, 스스로를 지켜낼 힘이 없는 사람들은 세상에 태어난 걸 저주할 정도로 아프고 괴롭고 고통스러운 나날을 보냅니다. 그리 괴롭힘을 당하다 한을 품고 죽음을 맞게 되지요. 저 역시 한때 그런 처지에 놓여 있던 적이 있었습니다. 하지만 지금은, 요왕의 계약자가 된 이후로 저 자신뿐만 아니라 주변의 많은 사람들을 무도함과 포악함에서 지켜낼 수 있습니다. 이것만으로 저는 만족합니다."

"다른 계약자들이 모두 당신과 같다면…… 걱정이 없 겠군요. 계약자들은 계속 늘어날 것인데 결국 나중에는 당신들 간에 싸움으로 이 땅이 다시 지옥이 되지 않겠 소?"

"그건 그렇지 않습니다. 사람이 태어나면서 제각기 다 른 모습을 가지는 것처럼 계약자들도 마찬가지입니다. 각 성의 순간에 모든 건 결정되고 능력의 한계를 분명하게 인식하게 됩니다. 계약자와 계약자의 관계는 평등하지 않 습니다. 더 힘이 센 계약자에게 대항하지 않고 종속됩니 다. 이건 마치 짐승들의 생태와 비슷합니다. 현재 제 밑 으로 와서 복속한 계약자들이 여럿인 이유가 그것 때문입 니다."

휘륜은 처음 안 사실이었다.

"계약자가 공통적으로 갖게 되는 능력이 상대가 가진 힘의 크기를 알아보는 것입니다. 나보다 강하고 약한지를 본능적으로 파악하게 됩니다. 앞으로 아무리 많은 계약 자가 나와도 현재의 구도 이상으로 늘어나진 않을 것입니 다."

"그럼 칠왕은 왜 독자적인 세력을 유지하고 있는 것이 요?"

"칠왕은 누가 더 세다고 할 수 없을 정도로 비슷합니 다. 상대를 복속시킬 정도가 못되니 이 상태가 유지되는 것입니다."

"만약 월등하게 강한 계약자가 새로 출현한다면 칠왕 전부를 수하로 거둘 수도 있다는 뜻이오?"

"물론입니다. 실은 계약자들 모두 그때를 기다리고 있다고 해도 과언이 아닙니다. 요왕은 우리에게 길을 인도하고 각성시켜 주었지만 우리를 이끄는 지도자가 될 수 없습니다. 요괴와 인간은 워낙에 다른 탓입니다. 옛날에도 요괴는 왕을 세워 이 땅을 다스리게 했지 직접 지배하지 않았던 이유가 그 때문입니다. 요왕이 그러더군요. 언젠가 강력한 왕이 나와 모든 계약자들을 다스릴 때가 올 것이고 그런 자가 나와야 천신과 마왕과의 전쟁에 승리할 수 있을 것이라고."

마지막으로 휘륜은 가장 결정적인 질문을 던졌다.

"요왕이 봉인석을 해체하지 않은 걸로 들었는데 그 이유를 알고 싶소."

처음으로 한태성이 대답하기를 주저하고 있었다.

"말할 수 없는 비밀이 있나 보군. 발설하기 곤란하다면 말하지 않아도 좋소."

"죄송합니다. 요왕이 비밀을 지켜줄 것을 당부한지라…… 저도 어쩔 도리가 없군요."

"요왕을 만나려면 어찌하면 되오?"

"기다리시면 됩니다. 그분 역시 검황님을 뵙는 날을 학

수고대하고 계십니다."

"그가 내게 그토록 관심이 많다니 의뢰로군요."

"저도 무척 특이하게 여긴 부분입니다. 심지어 대마령들보다 더 검황님에 대한 비중을 높게 보고 계셨습니다."

"칠왕의 다른 사람들을 모두 만나 보셨소?"

"만나긴 했습니다. 찾아온 사람도 있고 제가 찾아가서 만난 적도 있습니다."

"그들이 모두 당신과 같다면 그다지 염려하지 않아도 될 것 같은데…… 어찌 생각하시오?"

"하하. 우선 저를 그리 높게 봐주시니 감사합니다. 제 느낌을 말하자면 그중에 몇은 아마 분란을 좀 일으킬 것입니다. 요왕은 우리들끼리 다투고 싸우는 것에 제한을 두지 않았습니다. 단지 우리들 서로가 조심하고 경계하는 것뿐입니다. 싸워 봤자 우위를 점하기 힘들 정도로 서로의 능력이 비슷한 데다 나중에는 한 사람이라도 아쉬운 동료이기 때문이죠. 우리가 서로 상잔해 전력에 손실이 온다면 그보다 어리석은 일이 어디 있겠습니까. 이런 생각 때문에 큰 어긋남은 없으리라 여깁니다."

"마음이 놓이는 말이오. 굳이 다른 칠왕들을 만나러 갈 필요가 없을 것 같소. 당신을 가장 먼저 찾아온 결정이 행운을 불러온 것 같소."

두 사람의 대화는 밤이 무르익도록 계속 되었다. 천위

왕도 휘륜과의 만남이 무엇보다 중요하다고 여겼는지 다른 공무를 다 미뤄두고 그에게만 집중했다. 주안상이 들어오고 두 사람은 새벽이 되도록, 술이 얼큰하게 취할 때까지 마셨다. 그리고 새벽쯤이 되었을 때 한태성이 먼저 휘륜에게 의형으로 삼고 싶다고 청했다. 휘륜도 한태성의 사람 됨됨이가 훌륭하고 성품이 마음에 들었는지라 흔쾌히 승낙을 했다. 두 사람은 결국 동이 터오는 시각이 되었을 때 동시에 만취하여 드러눕고 말았다.

제5장
지령신녀 린

이튿날 잠에서 깬 휘륜은 침상에 일어나 앉아 멍하니 지난 새벽의 일을 떠올렸다. 의제로 삼은 한태성은 정이 많은 녀석이었다. 깍듯하게 존대하고 예를 차릴 때는 몰랐는데 호형호제하고 보니 유쾌하고 재미있는 구석이 많았다.

일어나 밖으로 나갔다. 쌀쌀한 날씨인데도 병사들이 모여 웃통을 벗고 훈련에 열중하고 있었다. 전 군영 전체에 병사들의 고함 소리가 요란하게 울려 퍼지고 있었다.

장수들이고 병사들이고 가릴 것 없이 추운 날씨에 훈련하느라 땀을 뻘뻘 흘리고 있는데 그 사이를 유유자적 산책하기엔 눈치가 보이는 일이다. 휘륜은 다시 군막 안으로 들어왔다.

군막이라 하지만 어지간한 전각 못지않게 큰 규모였다. 바닥에 나무를 깔고 그 위에 다시 빈틈없게 융단을 깔았는데 이런 별실이 총 스무 개쯤 되었다.

"형님 기침하셨습니까?"

"그래. 들어와라."

장막을 걷고 들어오는 한태성 뒤로 하인들이 음식을 들고 와 식탁 위에 차례로 늘어놓기 시작했다.

"형님과 식사를 함께하고 싶어 아까부터 기다리고 있었습니다."

"먼저 먹지 그랬냐. 일찍 일어났나보구나."

"네. 습관이 되어서 아무리 늦게 자도 정해진 시각이 되면 눈이 저절로 떠집니다."

한태성은 어딘지 모르게 설레어 보였다. 그도 그럴 것이 한태성은 지금껏 단 한 번도 형을 가져본 적이 없었다. 동생은 하나 있지만 형이 없었다. 생애 처음으로 의형을 삼은 사람이 너무나 한태성의 마음에 쏙 드는 사람인지라 이처럼 설렘을 감추지 못하고 있는 것이었다.

조식이라 하기엔 지나치게 푸짐한 만찬을 다 끝낸 뒤에 한태성은 휘륜에게 제안했다.

"형님을 모셔가 보여 주고 싶은 곳이 있습니다."

"어딘데?"

"가보시면 압니다. 어서 가시죠."

한태성은 다짜고짜 휘륜의 팔을 잡고 이끌었다. 영문도 모르고 한태성이 이끄는 대로 휘륜은 따라나섰다.

밖엔 미끈하게 잘빠진 두 필의 말을 대기시켜 놓았다. 수하 장수들을 대동하지 않고 휘륜과 한태성 둘만 군영을 벗어났다. 군영 뒤쪽은 절벽이 병풍처럼 둘러싸고 있었는데 한태성은 그곳으로 향했다. 길이 없어 막혀 있는 곳으로 보이는데 그곳으로 말을 모니 휘륜은 의아할 따름이었다. 군영 뒤쪽 구불구불한 소로 끝, 절벽에 맞닿은 곳에는 멀리서는 보이지 않지만 동굴이 하나 뚫려 있었다. 전면에 바위와 넝쿨로 가려져 있어 동굴의 입구는 찾기 힘들었다. 동굴은 두 사람이 말을 타고 들어갈 수 있을 정도로 넓었다. 한 백 장쯤 들어가니 더 이상 말을 타고 전진할 수 없는 지형이 나왔다. 아래쪽으로 비스듬하게 파여 있는 좁은 동굴이 가파르게 뚫려 있었다. 말에서 내린 한태성은 동굴을 가리키며 말했다.

"형님 이 밑에 뭐가 있는지 아십니까?"

"보물 창고라도 숨겨 놓았느냐?"

"잘 보셨습니다. 천하에서 가장 희귀하고 값진 보물이 가득한 보물 창고입니다."

한태성의 눈이 반짝이는 것을 보니 농담은 아닌 것 같

았다.

"형님께 꼭 보여 드리고 싶었습니다. 가시죠."

최근에 만든 계단으로 보이는 입구 쪽에 등불이 준비돼 있었는데 한태성은 그중 하나에 불을 붙였다. 손에 등롱을 들고 앞장서서 내려가던 한태성이 궁금해하고 있을 휘륜을 위해 설명을 덧붙였다.

"제가 굳이 이곳 감단에 군영을 삼은 이유가 이곳 때문입니다. 요왕께서 여길 보호하고 지키라고 지시를 내렸습니다."

"그럼 네 것이 아니라 요왕의 보물 창고구나."

"뭐 그런 셈이죠. 그런데 정작 요왕에게는 쓸모없는 것들만 가득합니다."

아우의 말만 들어서는 무슨 소린지 도무지 이해하기 힘들었다. 한참을 내려가니 막다른 곳이 나왔는데 지금까지 내려온 통로와는 확연히 달랐다.

"이 문을 보십시오. 과거 요괴들과 천신, 마왕간의 전쟁 말미에 만들어진 것입니다."

갖가지 알아볼 수 없는 희미한 문양이 새겨진 청동문이 눈앞에 나타났다. 한태성은 청동문의 가운데에 움푹 팬 홈에 양손을 넣고 빙글 돌렸다. 기관장치가 되어 있는 청동문이 요란한 굉음을 내며 뒤로 밀려났다.

그그그그긍

땅바닥을 긁는 소리와 함께 청동문이 밀려나고 그 자리에 아래로 향하는 돌계단이 다시 나왔다. 돌계단은 이끼로 가득 덮여 있었다. 계단을 따라 내려가니 넓은 광장이 나왔다.

"형님 여깁니다."

광장은 거대한 석전이었다. 별 장식도 없고 특이한 점도 없었다. 단지 석전 가득 석상이 보였을 따름이었다.

"보물이 어디 있다는 것이냐?"

"형님 안 보이십니까?"

"내 눈이 어두운가 보구나. 내 눈에는 사람의 형상을 한 석상 말고는 보이는 게 없는데."

한태성은 제일 앞에 있는 석상을 손으로 어루만지며 말했다.

"바로 이게 요왕이 말한 보물입니다."

"이 석상이?"

"네. 모두 합쳐서 총 백 개의 석상입니다. 이 석상이 뭔지 아시면 형님은 아마 깜짝 놀라실 겁니다."

"겉은 돌로 되어 있지만 혹 속은 황금이라도 되는 것이냐?"

"후후후. 아닙니다. 이건 요왕의 말에 의하면…… 세상에서 가장 강력하고 신묘한 병기라고 하더군요."

"병기? 이 돌덩이가?"

"저도 안 믿겼습니다. 이 석상들이 깨어나는 날에는 세상이 뒤집힌다고 했습니다. 원래 요왕은 총 일곱 명이었다고 합니다. 그중에 한 명은 세상에서 가장 뛰어난 장인이었습니다. 특히 병기를 만드는 재주에 있어서는 아무도 그를 따를 자가 없었습니다. 그는 마왕과 마군의 함정에 빠져 치명적인 부상을 입고 돌아왔는데 죽기 직전에 자신의 생명을 바쳐 이 병기들을 만들었고 그의 부탁대로 살아남은 다섯 요왕의 요기를 불어넣어 완성시켰습니다."

"그러니깐 이 석상들이 움직인다는 말이지?"

"네. 문제는 이 병기는 오직 한 사람을 위해서 만들어졌고 그 외에는 아무도 사용할 수 없었다고 합니다."

"허 그럼 아무짝에도 쓸모없는 것이 아니더냐?"

"뭐 그런 셈이지요. 그런데 요왕은 여기에 미련을 버리지 못하고 있더군요. 아직도 중요하게 여기는 걸 보니 다시 움직이게 할 방법이 있나 봅니다. 그렇지 않고는 나더러 여길 지키라고 하진 않았겠지요."

"이게 움직인다 해봤자 별로 대단할 것 같진 않은데. 그나저나 그 한 사람이 누구였기에 요왕들을 젖혀두고 그를 위해 병기를 만들었지?"

"계약자들의 왕, 요왕이 말하던 바로 그 사람이라고 합니다. 그가 이 병기들을 이끌고 싸움터에 나가면 그 앞에서 마군과 천군이 낙엽처럼 떨어지고 불태워지고 부서졌다고 하니 그 위력이 대단했던가 봅니다."

그때 휘륜의 손이 석상에 살짝 닿았다. 그 순간 휘륜의 손끝에서 정전기라고 하기엔 큰 불꽃이 번쩍였다.

파지직!

휘륜도 놀랐지만 그걸 본 한태성도 놀란 눈치였다.

"형님 괜찮습니까?"

"방금…… 뭐지?"

"그러게 말입니다. 한 번도 이런 적이 없었는데……."

휘륜은 다시 석상에 손을 댔다. 이번에도 석상 표면에서 불꽃이 일어났다.

"거참 이상한 일이군요."

한태성이 같은 자리를 만지며 한 말이었다. 자신의 손이 닿으면 아무런 변화가 없는데 휘륜의 손이 닿는 순간 불꽃이 일어나는 게 신기하고 괴이했다.

휘륜도 어안이 벙벙한 건 마찬가지였다. 그리고 무엇보다 휘륜을 놀라게 만든 사실은 그의 심중에서 일어났다.

'이상한 일이구나. 이 석상들, 아니 이 청동들이 왜 이리 낯이 익지. 언젠가 본 적이 있는 것 같지 않은가.'

"태성아, 혹시 이것들이 돌이 아니라 청동으로 만들어진 것이냐?"

"어 형님, 어찌 아셨습니까? 맞습니다. 보기엔 돌처럼 보이는데 실은 청동과 사람의 뼈, 그리고 요괴의 살과 피를 섞어 만들었다고 합니다. 무엇보다 죽기 직전의 요왕이 마지막 순간에 산 채로 자신을 조각내 나누어 섞었다고 하니…… 생각만 해도 끔찍한 일이지요."

백 개의 청동상은 모두가 다른 얼굴을 하고 다른 자세를 취하고 있었다. 앉거나 서거나 누워 있는 것도 보였고 표정 역시 너무도 생생해 마치 살아 있는 생명체 같은 느낌이 들었다. 여자아이도 있고 남자아이도 있고 노인도 있으며 아리따운 처녀도 있고 용맹한 용사도 있었다.

"이 병기는 그 치열한 전투를 겪으면서도 단 하나도 파손되지 않았다고 하더군요."

그게 사실이라면 확실히 놀랍긴 했다.

"계약자들의 왕이 마왕의 꾐에 빠져 배신을 하면서 그는 이 병기들을 두고 갔답니다. 그가 등을 돌리긴 했지만 요괴들과 사람을 향해 칼을 겨누진 않았나 봅니다."

"흥미로운 얘기긴 하다만 내게는 지어낸 얘기처럼 허황되게 들리는구나."

"그렇지요. 저도 실은 마찬가지입니다. 이게 다시 움직일 가능성도 없겠지만 이게 뭐 그리 대단한가 의문이 들기도 하고 요왕이 이걸 애지중지 하는 이유도 잘 모르겠습니다."

"흥미롭긴 하군. 구경 잘했다."

"하하. 그랬다니 다행입니다. 형님 그리고 이따 만나볼 사람이 있습니다. 실은 오늘 손님이 오기로 돼 있었는데 아마 형님도 만나면 흥미를 가질 만한 사람입니다. 이만 가시죠."

한태성이 석전을 나가는 걸 뒤따라가던 휘륜은 잠시 걸음을 멈추고 돌아봤다. 연유도 모른 채 휘륜은 제 마음이 무거워지는 걸 느끼고는 고개를 갸웃거렸다.

점심 식사를 마치고 한태성의 동생인 한태인과 바둑을 두며 휘륜은 무료한 시간을 보냈다. 한태인은 영특했지만 성미가 급하고 고집불통이었다. 그에게 형은 아버지이자 어머니요, 친구이자 스승이었다. 그런 형이 의형으로 삼은 휘륜에게 한태인은 궁금한 게 많았다. 더군다나 자신의 위태로운 목숨을 구해 준 은인이기도 하니 호기심은 더해졌다.

연달아 몇 판을 지고 나서 한태인은 약이 올라 토라졌다.

"칫 너무해."

"승부의 세계는 냉정한 법이다."

"아이를 상대로 어른이 이처럼 무자비하게 실력을 뽐내도 되는 거예요?"

"아이라고 난세가 비껴가지 않는다는 걸 어제 배우지 않았느냐?"

"그거랑 바둑이랑 무슨 상관이 있다고 그래요."

"자 이제 바둑으로는 날 이기지 못한다는 걸 알았을 테니 더 이상 조르지 마라. 알았느냐?"

"딱 한 번만 더 둬요."

"어허 녀석 그렇게 패배를 인정하기가 싫으냐?"

"매번 반집이나 한집 차이로 지니 그렇죠."

"내가 일부러 그리 조절한다고는 생각 안 해봤니?"

"왜요?"

"약 오르라고."

한태인의 볼이 발갛게 달아올랐다. 화가 난 게 분명했다. 천막이 걷히고 송 집사가 들어왔다.

"큰 도련님께서 대협을 모셔 오라 하셨습니다."

"그러죠. 앞장서세요."

휘륜은 약이 올라 주체하지 못하고 있는 한태인을 남겨두고 태성에게로 갔다.

태성이 예고했던 손님인 것 같았다. 태성과 한창 이야기꽃을 피우고 있는 사람은 섬서 서안의 패자로 등극한 비룡왕 문익잠이었다. 나이 서른이라 믿기지 않을 정도로 동안이었다. 왜소하고 가녀린 체구에 투명하고 맑은 피부는 여자라고 의심을 살 정도였다.

작은 얼굴에 눈, 코, 입이 다 들어가 있는 게 신기할 정도였다. 태성이 미리 언급을 했기 때문에 문익잠은 자리에서 일어서서 휘륜을 맞아들였다.

"문익잠이라고 합니다. 많이 부족한 사람입니다."

"휘륜이오."

두 사람은 자주 왕래하는 사이인 게 분명했다. 서로를 대하는 게 자연스러웠다.

"형님 문공께서 산서를 거쳐 여기까지 오셨는데 마침 오는 도중에 마교의 병력이 태원으로 진군하는 걸 보았다고 합니다."

"태원? 귀진악이 점령한 지역이 아니냐?"

"맞습니다. 그 사람이 과거 정도련 소속이었다 들었는데 형님도 안면이 있는 사람입니까?"

"그렇긴 하지. 정도련 때는 아니었고 세가 동맹일 때 전장에 투입되었다가 전세가 불리하자 동료들을 버리고 도주한 사람이다. 그리고 소식이 끊어졌는데 요왕의 계약자가 되어 등장한 건 의외구나."

"창피한 과거를 가진 사람이군요. 계약자들의 세력 중 가장 가까운 곳에 있지만 교류를 거의 하지 않는 편입니다. 첫 인상이 워낙에 나빠서 저절로 멀리하게 되더군요."

옆에서 듣고 있던 문익잠이 궁금해하며 물었다.

"첫인상이 어땠기에 그럽니까? 남에 대해 험담하는 걸

본 적 없는 한 공 입에서 그런 말이 나오니 궁금하군요."

"수하에 노마두들이 많습니다. 수백 년간 실종된 마두들이라 하는데 그들이 무척 안하무인입니다. 종이 오만방자하면 주인이 나무라고 제어해야 하는데 전혀 그러질 않습니다. 자칫 제 수하 장수들과 싸움이 날 뻔했었습니다. 자기 생일이라고 초대한 적이 있었는데 그때도 선물만 보내고 가지 않았습니다."

문익잠은 그가 안가길 잘했다고 말했다.

"제가 당시 초대에 응해 갔습니다. 얼마나 후회했는지 모릅니다. 그의 오만함은 천성적인 것 같더군요. 게다가 사치가 심하고 뽐내기를 좋아해 자기가 가진 것에 대해 끝도 없이 자랑을 늘어놓더군요. 어지간한 사람이라면 마주앉은 사람이 질려한다는 걸 눈치챌 텐데 아주……그날 고생했습니다. 거기다 그 수하들이라는 노인들이 술에 만취해 온갖 추태를 다 부리는데도 말릴 생각도 하지 않더군요. 아주 불쾌한 기억뿐입니다."

두 사람은 한참 동안이나 귀진악을 험담하기에 열중했다. 더 이상 험담할 거리가 없어졌는지 잠시 대화가 중단된 틈을 타 휘륜이 물었다.

"마교의 공격을 받는데도 서로 도와주지 않느냐?"

"계약자들 관계가 동맹이나 연합으로 보긴 어렵습니다. 모두 독자적인 세력인 데다 서로 자존심을 앞세우는

경우가 많아 자력으로 막기 힘들어 도주할지언정 지원 요
청을 하진 않을 겁니다. 게다가 먼저 도움을 줘도 좋은
소리할 위인도 아닌지라 모른 척하는 게 상책입니다."

"저도 그렇게 생각합니다."

두 사람의 견해가 일치하는 걸 보며 휘륜은 웃음이 나
왔다.

귀진악의 당황해하는 얼굴이 갑자기 떠올랐기 때문이
다. 그를 좋아하는 사람이 드물기는 예전이나 지금이나
똑같은 것 같았다.

"그나저나 마교가 먼저 공격을 했다는 건 의외로군."

"저번에 한차례 공격을 했다가 패주한 적이 있습니다.
대교주 측 전력은 아니었고 구마존이 총단에서 이끌고 나
온 마혼대 병력이었습니다. 거기에 낭인들까지 모집해 꽤
그럴듯한 전력을 구축했는데 그 전력만으로 혈영왕부를
무릎 꿇리기엔 역부족입니다. 그런데도 재차 침공을 한
걸 보면 당시의 패배가 상대를 경시했기 때문이라 보는 것
같습니다."

휘륜은 다소 말하기 곤란한 부분을 물어봤다.

"태성아 너는 칠왕의 전력 순위를 어찌 보느냐?"

잠시 한태성과 문익잠의 시선이 마주쳤다. 난처해하는
한태성 대신 문익잠이 대신 대답했다.

"제 견해는 안 궁금하십니까?"

"하하. 듣고 싶습니다. 태성이의 의견은 언제든 들으면 되지만 문 공의 견해는 이때 아니면 언제 들어보겠습니까."

"저와 한 공의 생각이 같을 수도 있고 다를 수도 있지만 아마 대부분 일치하리라 봅니다. 가장 강력한 왕부는 사천에서 전설을 써내려가고 있는 철검왕 맹초량입니다. 우선 그자는 칠왕 중 첫째 둘째를 다툴 만큼 강합니다. 게다가 그의 수하엔 가장 많은 계약자들이 모여들었습니다. 잘 모르는 세간에서는 대력신왕의 군세가 가장 강성하다고 보지만 실은 그렇지가 않습니다. 물론 대력신왕의 군세가 두 번째쯤은 되지요."

"대력신왕을 두 번째로 보는구려."

"네 맞습니다. 그는 마교 총단과 마교 대교주가 각각 장악하고 있는 두 요지의 가운데 자리 잡았지만 쉽사리 무너질 사람이 아닙니다. 호북 무창의 대력신왕 냉위종은 현재 삼만이 넘는 정병을 수하에 두고 있으며 설사 마교 전체의 공격을 받는다 해도 최소 한 달 이상은 버틸 수 있을 겁니다. 세 번째는 여기 계시는 바로 천위왕 한 공이십니다. 개인적인 실력만으로 본다면 철검왕과 우열을 가리기 힘들 정도로 강력하지만 아쉽게도 병력의 수가 상위의 두 개 왕부보다 부족하고 계약자들의 수 역시 적은 편입니다. 그런데도 세 번째에 놓는 이유는 그 모든 약점을 상쇄하고도 남을 정도로 한 공이 강하기 때문입니다."

"과찬의 말씀이십니다."

"저는 냉정한 사람입니다. 아주 객관적인 평가일 것입니다. 네 번째는 부끄럽지만 소생을 두겠습니다. 여기에 대한 부연 설명은 생략하지요."

문익잠은 그 말을 하면서 정말 부끄러운지 얼굴까지 붉어졌다. 그런데도 할 말은 다 하고 있으니 특이한 사람임에 틀림없었다.

"다섯 번째부터 일곱 번째는 혈영왕, 장미여왕, 적안왕의 순서로 보고 있습니다. 그들 사이의 격차는 아주 근소해서 언제든 변동이 가능합니다."

휘륜은 궁금했다.

"아우의 생각도 같은가?"

"사실대로 말씀드리면…… 완벽하게 일치합니다."

"마교 전체의 공격을 대력신왕부 단독으로 한 달을 버틸 수 있다니…… 마교를 너무 경시하는 게 아니오?"

"그렇지 않습니다. 대마령인 증지산이 빠진 마교는 그다지 위협적이지 않습니다."

"그럼 만약 정도련의 공격을 받는다면 어떨 것 같소?"

"어려운 질문이군요. 사실 저희는 마교보다 정도련을 더 대단하게 생각합니다. 거기엔 다양한 방면의 강자들이 많고 그 핵심 전력이 계약자 못지않게 강하기 때문이지요. 거기다 가장 중요한 검황께서 계시지 않습니까. 왕부들 중 가장 강력한 철검왕부도 무조건 도주하는 편이 이롭습니다. 만약 보국왕부라면 사정이 달라질 수도 있다고 봅니다만…… 나머지 왕부들은 단독으로 정도련의 침공을 버텨내기 힘들다고 봅니다."

휘륜은 깜짝 놀랐다.

"합비왕부가 그처럼 전력이 강하오?"

"모르셨습니까? 보국왕 휘하엔 가장 많은 계약자들이 모여 있습니다. 초기에 계약한 자들 중 상당수가 보국왕 휘하에 결집했습니다. 나머지 일곱 왕부 중 하위 세 곳이 연합해도 보국왕부에 상대가 되지 않습니다."

"그 정도였다니…… 금시초문이요."

"보국왕은 무서운 사람입니다. 대마령들과 접촉했지만 그들에게 굴복하지 않은 사실을 떠올려 보십시오. 계약자들의 왕이 될 가능성이 조금이라도 있는 사람을 꼽으라면…… 현재로서는 그 뿐입니다."

휘륜의 뇌리에 보국왕이 새롭게 각인되는 순간이었다.

이튿날 비룡왕 문익잠의 수하가 산서 태원의 소식을 가지고 돌아왔다. 마교가 혈영왕부를 공격하는 걸 보고 소식을 듣고자 남겨둔 수하가 하루 만에 돌아온 것이다. 그가 가져온 소식은 너무도 뜻밖이었다.

단 몇 시진 만에 공격다운 공격도 제대로 못해 보고 마교가 도주를 시작했다는 것이었다. 마교의 위명에 먹칠을 한 결과가 아닐 수 없었다. 두 번에 걸친 공격에도 불구하고 태원을 굴복시키지 못하고 번번이 패주하고 있으니 세상이 놀랄 만한 일이었다.

태원 소식을 전달받은 휘륜은 인정하지 않을 수 없었다. 보국왕까지 포함한 팔왕이 이 시대를 좌지우지할 새로운 강자로 확고하게 자리 잡았다는 사실을.

*　　　*　　　*

각 지역의 새로운 패자들이 하나씩 등장하고 자리 잡기 위해서는 반드시 진통이 따르기 마련이었다. 그 과정에서 지역패권을 다툰 세력들은 패망의 길을 걷거나 흡수되었다. 지역의 패권을 거머쥔 사람들이 늘어날수록 현자들은 난세가 끝나기는커녕 혼란의 시기가 더 길어질까 우려했었다. 그렇지만 그 모든 건 기우에 불과했다.

각 지역의 패자들은 다른 지역을 넘보지 않았다. 자신이 자리 잡은 지역의 지배권을 강화하긴 했지만 타 지역을 넘보지 않았기에 빠르게 안정되어 갔다. 다섯에서 여섯이 되고 다시 일곱이 되었다가 여덟까지 늘어났고 그 이후엔 더 이상 늘어날 기미가 보이지 않았다. 그 이후에도 많은 계약자들이 추가되었지만 지역 패권을 다툴 만한 실력자는 더 이상 나오지 않았다. 그들은 기존의 팔왕 중 하나에게 가 복속했다. 이 구도가 그대로 고착화될 것 같았다. 팔왕 본인들도 그리 생각할 때쯤 하나의 소식이 천하를 뒤흔들었다.

스스로 아홉 번째 왕이라 선언한 자가 등장했다. 그는 놀랍게도 마교의 대교주 태사문이었다. 사람들은 고개부터 저었다. 아무도 그 소식을 믿지 않으려 했다. 말이 안 되는 소문이었기 때문이다. 그렇지만 낙양을 출입하는 상인들을 통해 점차 천하 곳곳으로 그 허무맹랑한 소식이 사실로 확인되었다.

구왕의 시대.

사람들은 이 시대를 그렇게 정의하기 시작했다.

정도련으로 돌아온 휘륜은 칩거에 들어갔다. 그는 자신을 돌아보고 정리할 시간을 가졌다. 좀 더 먼 길을 가기 위해 잠시 숨을 고르는 것과 같았다.

정도련 총단의 가장 외진 곳에 거처를 삼은 휘륜은 누구의 방문도 받지 않고 홀로 지냈다. 식사도 거를 때가 많았고 먹어도 허기가 가시지 않을 정도로 소량만 섭취했다. 속이 비고 배가 고플수록 정신은 맑아졌다. 그러기를 열흘쯤 흘려보냈다.

소축 앞 연못에는 마르고 꺾인 연꽃 줄기가 듬성듬성 보일 뿐 물속을 노니는 물고기도 없었고 수면 위를 떠다니는 곤충도 보이지 않았다. 연못 앞에 서서 차갑고 싱그러운 아침 공기를 폐부 깊숙이 들이마셨다.

머릿속엔 상념과 고뇌가 없이 깨끗했고 마음은 평안했다. 하늘을 가르고 지나가는 철새 떼가 휘륜의 눈길을 끌었다. 어김없이 때가 되면 떠날 시기와 머물 시기를 아는 철새를 보고 있자니 순리대로 흘러가지 못하는 인생의 고달픔을 생각하게 되었다.

'모든 괴로움을 마음이 짓는 허상이라 여긴들 막상 그 순간이 닥치면 떨쳐 내지 못하는 것도 인간이기 때문인 것을. 바람이 불어 잎사귀가 흔들리는 것이지 잎사귀가 흔들어 바람을 부르는 것은 아니지 않겠는가. 머리로 아는 지식과 마음으로 느끼는 감정과 실제로 그리 되는 것은 엄연히 다르다. 나는 부처가 되길 원치 않는다. 신선이 되고자 애써본 적이 없다. 화가 나면 화를 내고 배가 고프면 먹고 사랑하는 사람을 품에 안고 슬픔도 기쁨도 느끼며 살고 싶다. 그렇게 살다 늙고 병들어 때가 이르면 죽음을 맞고 싶다. 그게 인간으로 태어난 자가 누려야 할 복락이고 행복이지 않겠는가.'

세상의 허망함을 논하기에 휘륜의 나이는 아직 젊었다. 좀 더 치열하고 열정적으로 살고 싶었다. 끝에 무엇이 있는지 모르지만 거기까지 가 볼 참이었다.

'강해지고 싶다. 모든 세상의 악한 것으로부터 내 것을 지키고 싶다. 이 아름다운 세상을 이 상태 이대로 보존하고 싶다. 사람들이 사람답게 살 수 있도록, 스스로 자신의 삶을 결정하고 누리고 살 수 있도록 지켜 주고 싶다. 그것이 힘을 가진 자의 사명이다. 높은 곳에 먼저 당도한 자의 의무다. 유일한 지식을 획득한 자의 책임이다.'

연못 수면 위로 자신의 얼굴이 비쳤다. 수면에 파문이 일 때마다 얼굴은 일그러지고 있었다. 그 얼굴 위로 다른 무언가가, 이질적인 형상이 겹쳐졌다. 수면 아래에서 반짝이는 빛 무리를 이끌고 미지의 존재가 솟구치고 있었다. 그다지 깊지 않은 연못으로 알거늘 저 긴 빛은 어디에서부터 시작된 것일까? 휘륜은 환상적이고 아름다운 빛에 잠시 매료되었다. 그것도 잠시, 연못 수면 위로 떠오른 형상을 보고 탄성을 발하고 말았다.

"아!"

그리웠던 형상이 수면 위로 빙그르르 떠오르고 있었는데 그것은 놀랍게도 검황총에서 헤어진 뒤로 다시 만나지 못했던, 영영 만날 수 없을 줄 알았던 지령신녀였다.

휘륜이 린이라고 이름 지어준 지령신녀는 엉덩이까지 내려오는 긴 보랏빛 머릿결에 푸른빛이 감도는 얼굴과 몸을 가지고 있었다. 자그마한 두 발을 오므린 채 수면 위에 빙그르르 돌고 있던 린은 휘륜을 복잡한 감정이 담겨 있는 시선으로 바라보았다.

"주인님."

휘륜도 린의 등장이 놀랍고 뜻밖이었다. 그녀가 가끔 그립고 보고 싶었던 적은 있지만 다시는 못 보리라 여기고 잊어버리려고 애써왔다. 그런데 린이 다시 돌연 제 앞에 나타나니 할 말이 떠올라 주지 않는다.

둘 사이는 예전과 다르게 어색한 기운이 감돌았다. 휘륜의 마음속에 도사리고 있는 의심 때문이었다. 천신들에 대한 의심이 자신을 도와준 지령신녀까지 확장된 탓이었다. 그런 변화를 지령신녀 린도 알고 있었다. 린은 단 한 시도 휘륜에게서 시선을 뗀 적이 없었다. 그녀는 오직 휘륜을 바라보고 느끼고 그를 위해 기원하기 위해 생겨난 존재나 마찬가지였다.

"나와 함께할 수 없다더니 어찌 나타났느냐?"

"주인님."

"대마령이 전부가 아니었다. 천신과 마왕의 대립이 전부가 아니었다. 너는 알고 있었느냐?"

"주인님."

"알고 있었구나."

"요왕이 봉인석에서 풀려날 줄 예상 못했습니다. 이건 아무도 짐작하지 못한 일입니다."

"이제 와 그런 게 무슨 소용이 있을까. 내게 온 이유를 말해 봐라. 천신이 내게 가보라고 하더냐? 심부름을 시키더냐?"

"아닙니다. 그런 게 아닙니다, 주인님. 저는 오직 주인 님께 속한 자. 천신, 마왕, 요왕, 어느 누구의 편도 아닙 니다. 저희들은 원래 이 땅에 속했으며 사람들을 보호하 기 위해 존재합니다."

"사람이 천신과 대립한다고 해도?"

"맞습니다. 그런다면 저 또한 주인님을 따라 그 길을 따를 겁니다. 그래서 왔습니다. 주인님이 길을 잃고 헤매 는 것을 보고만 있기엔 답답하고 마음이 놓이지 않아 직 접 찾아왔습니다. 제게 허락된 권한을 넘어 후회를 남기 지 않기 위해 왔습니다."

휘륜은 린의 그 말이 진심이길 바랐다. 마음속에서는 린에 대한 신뢰가 다시 샘솟고 있었지만 한편으로는 경계 하는 심정도 다분했다.

"당장 대마령의 위협이 사라졌다고 끝난 것이 아닙니 다. 더 큰 위기가 닥칠 것입니다. 그때를 대비하셔야 합 니다. 원래 땅에 속한 자들은 하늘에 속한 자들을 거스를 수 없습니다. 대적할 힘도 능력도 없습니다. 그렇지만 오 직 하나의 예외적인 존재가 있으니 그들이 바로 요괴들입 니다. 요괴는 인간을 다스렸지만 폭군이나 다름없었고 바른 길로 이끌기보다는 자신들의 유익과 본능을 위한 제물로 이용했을 따름입니다. 그들이 비록 인간과 계약하고 왕을 세워 세상을 안정되게 했지만 그것은 제물을 안정적으로 공급 받기 위함이 더 컸습니다."

린이 요괴에 대해 부정적인 선입견을 지녔음이 느껴졌다.

"그래서 천신과 마왕이 종으로 삼고 편을 갈라 인간들끼리 싸우게 하고 요왕들과 한 협정을 일방적으로 어기고 속임수로 지하에 가둔 것이 옳다는 것이냐?"

"아닙니다. 아닙니다, 주인님. 저는 그리 말한 적 없습니다. 저는 다만…… 다만 사람들이 더 안전하고 평안한 길을 가기를 바랄 뿐입니다. 필요하다면…… 요괴든 마왕이든 이용하고 속이고 싸우고 이겨 원하는 걸 얻어야 한다고 믿습니다."

기대하지 않았던 말을 린이 쏟아 내자 휘륜은 깜짝 놀랐다. 린은 자그마한 두 주먹을 불끈 쥐고 눈을 꼭 감고 그 말을 하고 있었다. 자신으로서도 하기 힘든 말을 뱉어 냈음이 분명했다. 다시 눈을 뜬 린은 휘륜을 똑바로 보며 슬픔이 가득한 눈으로 말했다.

"주인님이 하시면 됩니다. 주인님은 그 모든 걸 가능하게 하실 수 있는 유일한 사람입니다. 다시는 마왕에게 속지 마시고 다시는 천신에게 약해지지 마시고 사람들 편에

서서 끝까지 싸우세요. 그래야 주인님은 평안을 얻고 행복해지실 수 있는 분이십니다. 제가 그 길을 가르쳐 드리겠습니다. 주인님이 걸어가셔야 할 길을 알려 드리겠습니다."

휘륜은 린의 말을 온전히 다 이해한 건 아니었다. 의문이 더 깊어졌다.

"내가 다 알지 못하는 내 과거에 대해 말해 다오."

심각한 휘륜의 표정을 본 린은 당장 울음을 토해 낼 것처럼 얼굴이 일그러졌다. 이것만은 말하고 싶지 않았었다. 휘륜이 끝까지 모르길 바랐다. 그런데 이제는 알아야 할 때가 왔다. 린은 그걸 인정하는 게 어려웠다.

린의 긴 이야기가 시작되었다. 하나도 감추지 않고 모조리 다 듣고 난 휘륜의 반응은 충격을 넘어 혼이 빠져나간 사람 같았다.

'내가, 내가 그런 바보짓을 했다고? 왜?'

지금의 자신이 아니기에 수긍할 순 없었다.

사람이 환생할 수 있다는 사실조차 아직 받아들이지 못하는 휘륜이었다. 단지 어떤 상징적인 의미로 받아들이는 면이 컸다. 그래서 자신에 대한 얘기라고 하지만 그다지 실감은 나지 않았다. 그럼에도 불구하고 자신의 가슴이 찢어질 듯 비감에 젖는 것은 이해할 수 없는 일이었다.

"요왕의 계약자들, 그들의 왕이 바로 나였다고? 내가

요왕과 요괴들을 배신하고 마왕과 천신 편으로 돌아서는 바람에 승기를 잡은 전쟁을 졌다는 것이냐? 나 때문에? 그리고 마왕이 되겠다며 마군의 군장을 자처했고?"

"믿기 힘들겠지만 모두가 사실입니다."

"그런데 왜 또 마왕들을 배신하고 천신의 편으로 돌아선 거지?"

"마왕에게 속은 것을 알았기 때문입니다. 마의 실체를 알고 나서 실망했기 때문이었습니다."

"그게 분해서 이 땅에 마가 창궐하는 걸 막겠다며…… 야율천자, 즉 초대검황으로 다시 환생했고?"

"주인님."

"그런데 이제는 검황이 되어 마인들을 금마궁에 가두다가 천신의 도움을 받고 원영신을 얻어 대마령을 처단하겠다고 자원했다는 거로군. 그런 나더러 요왕과 힘을 합해 이제는 천신과 마왕 모두를 대적하고 싸우란 말이냐? 후후후. 참으로 지저분하고 역겨운 삶을 살았군."

"주인님, 그렇지 않습니다. 그 모두가 당시엔 최선이었습니다."

"누구를 위한?"

"주인님은 항시 더 많은 사람들을 살리기 위한 선택을 해왔습니다. 한 번도 스스로의 유익을 좇은 적이 없습니다. 그 때문에 저도 용기를 낼 수 있었습니다. 두렵지만,

두려움을 이겨 낼 수 있는 건 주인님을 믿기 때문입니다."

휘륜은 잠시 하늘을 올려다보았다. 낮은 구름이 천천히 흘러가고 있었다.

"그래서 나더러 어찌하라는 것이냐? 내가 가야 할 길이 대체 뭐란 말이지?"

"요왕을 만나십시오. 그가 주인님에게 길을 제시해 줄 것입니다. 요왕은 잔인하고 거칠고 제멋대로지만 변절하지 않습니다. 속이지 않습니다. 그렇지만 마왕도 대마령도 처지와 사정에 따라 얼마든지 변심할 수 있는 존재들입니다. 천신도 마찬가지입니다. 요왕이 봉인석에서 놓였고 다시 요괴들이 지상에 등장한다면, 그것이 부인할 수 없는 사실인 이상 대전쟁은 불가피합니다. 천신과 마왕이 움직이는 시점은 요괴들을 가두고 있는 봉인석이 파괴되는 순간부터입니다. 그 전에 주인님은 대비를 끝마쳐야 합니다. 그렇지 않으면 다시는 기회가 없습니다."

제6장
마왕의 등장

　휘륜이 지령신녀 린을 만나고 있던 그 시간, 증지산은 요왕을 찾아 천하를 헤매고 다녔다. 증지산이 요왕을 만나기로 작정한 순간부터 그것은 이내 집착이 되었다. 굳이 요왕이 아니어도 좋았다. 자신이 얻고자 하는 마지막 답을 줄 수 있는 존재가 현재로선 요왕뿐이었기 때문에 이리 집착하는 것이었다.

　증지산은 요왕이 자신을 의도적으로 피한다는 의심을 품게 되었다. 그렇지 않고는 지금 상황은 납득이 안 되었다.

　증지산이 화산(華山) 남쪽에 우뚝 솟은 낙안봉(落雁峯)

에 막 올랐을 때였다. 나타나라는 요왕은 나타나지 않고 엉뚱한 사람이 앞을 막아섰다. 증지산이 마군으로 삼은 단우림이었다. 자신의 행선지를 누구에게도 밝히지 않고 단지 몇 명의 마군들만 대동하고 기약 없는 여행을 하고 있던 중이었다. 그런 자신을 단우림이 찾아내서 쫓아온다는 건 있을 수 없는 일이었다. 설사 그럴 수 있다고 쳐도 그는 특별한 지시를 내리지 않는 한 이런 짓을 할 리가 없었다. 여러모로 단우림의 등장은 증지산을 의아하게 만든 사건이었다.

"네가 여긴 어쩐 일이냐?"

단우림은 웃고만 있을 뿐 별다른 대답도 하지 않았다. 심지어 증지산을 보고 인사조차 하지 않는다. 도저히 있을 수 없는 일이 벌어지고 있었다.

그걸 본 증지산은 직감했다.

"단우림이 아니구나. 너는 누구지?"

"대마령의 완전체, 너는 누구를 적으로 생각하느냐?"

"누구냐고 물었다. 대답하지 않는다면 죽고 싶은 걸로 간주하겠다."

인근에 따르던 마군들은 벌써 주변을 에워싸고 있는 중이었다. 증지산이 손짓으로 그들을 물린 뒤에 다시 물었다.

"내 손은 내 입과 달리 냉정하다. 한 번 손을 쓰면 돌

이킬 수 없다. 헛되이 목숨을 잃지 않으려면 순순히 대답
하는 편이 좋다."

"후후후. 나도 너와 싸우기 위해 온 것은 아니니 원하
는 대로 하지. 우선 저 아이들을 좀 물렸으면 하는데."

증지산이 다시 손짓을 한 순간 마군들은 백 장 밖으로
물러났다.

"나를 따라 와라."

그 말을 끝으로 단우림은 발을 굴렀다. 그는 정상을 가
로질러 화산의 다음 봉우리인 선인봉(仙人峯)으로 전속력
으로 달렸다. 신형은 한 번도 땅에 닿지도 않고 곧장 직
진했다. 천인이라 불러도 부족함 없는 경공술을 별 어려
움 없이 펼치는 단우림을 바짝 따라붙은 증지산은 이동
하는 중에도 그를 주의 깊게 살폈다. 화산파의 본 거지인
화산은 인적 드문 곳이 되었지만 산을 지키는 소나무와
바위는 여전했다.

선인봉 정상에 다다른 단우림은 절벽을 바라보며 섰다.
툭 밀면 절벽 아래로 떨어질 것 같은 아찔한 곳이었다.
증지산이 단우림 뒤에 서서 다시 물었다.

"너는 누구며 내게 무슨 용무가 있느냐? 이번에도 쓸
데없는 대답을 하면 너를 죽여 절벽 아래로 던질 것이
다."

"후후후. 증지산, 아니 대마령, 너는 아직도 내가 누군

지 모르느냐?"

돌아선 단우림의 눈동자가 새까만 윤기가 감돌았다. 눈에 검은색 구슬을 박은 것 같은 모습이었다. 그걸 본 증지산은 눈살을 찌푸리며 떨떠름한 표정으로 말했다.

"마왕인가?"

"아직도 나를 죽일 수 있다고 믿느냐?"

"픕. 인간의 몸을 잠시 빌린 주제에 큰소리치기는. 그걸 확인하고 싶다면 죽여주지."

"아, 잠깐만. 성미가 급하군. 요왕이 봉인석에서 나왔더군. 너는 누구 짓이라고 생각하나?"

"너희들 마왕 짓이거나 아니면 천신들의 소행이겠지."

"우리는 아니다."

"그럼 천신이겠군."

"왜? 뭘 노리고? 요괴들이 지하를 벗어나는 걸 원치 않는 건 그들도 마찬가지이거늘. 지하에 가두는 걸 돕진 않았지만 막지도 않았지. 그들이 이제 와 요괴들을 풀어줄 이유가 없다."

"그걸 내게 묻는 것이냐?"

"누가 풀어주었는가도 중요하지만 그것보다 더 중요한 게 있다."

"짧게 말했으면 좋겠군. 나는 너희들 마왕을 체질적으로 싫어한다. 너도 알지 않는가? 너희와 마주하고 얘기하고 있는 이 순간이 상당히 고역이야."

"요왕은 지금 또다시 과거에 했던 일을 되풀이하려 하고 있다. 그걸 막아라."

"푸하하하. 이것 봐 마왕. 뭔가 착각하고 있는 것 같은데 나는 네 편이 아니다. 너를 도와줄 일도 없거니와 네 부탁을 들어주고 싶은 마음도 없다."

"거래도 싫은가?"

"거래? 네가 내게 뭘 줄 수 있다고 거래 운운하는 거지?"

"네가 원하는 걸 주마. 네가 원하는 답을 주면 어떨까?"

"내가 원하는 게 뭔지 아나?"

"그걸 몰랐다면 네 앞에 나타났겠느냐. 네가 지금 요왕을 만나려고 천하를 뒤지고 다니는 건 그들과 같이 되기 위해서가 아니더냐? 영생을 얻기 위해서. 과한 욕심이긴 하지만…… 너로선 가장 절실한 목표겠지. 인간이 되고 보니 시간이 부족하다는 걸 느꼈겠지."

증지산은 발가벗겨진 기분이었다. 불쾌감을 감추지 않았다.

"그래서 너는 답을 알고 있나?"

"지금껏 인간이 요괴가 된 적은 없다. 요괴가 인간이 된 적도 없지. 반인반요는 자궁을 통해서 만들어질 뿐 그

외의 방법은 없다. 그들에게 우리가 모르는 또 다른 영생의 수단이 있으리라 보지 않는다. 그렇지만…… 우리는 너희에게 영생을 줄 수 있다."

"너희가? 어떻게?"

"후후후. 그걸 지금 가르쳐 주면 거래의 조건이 성립되지 않겠지? 자 이제 거래할 마음이 생겼나?"

증지산은 잠시 갈등했다. 그렇지만 증지산은 고민을 이어가지 않았다.

"내가 너희를 잠시라도 믿어보려고 했다니…… 바보같으니라고. 꺼져라. 뭘 원하는지 모르지만 나는 그리 어리석은 사람이 아니다."

단우림의 표정이 사나워졌다.

당장 증지산에게 달려들어 찢어발기기라도 하려는 것처럼 포악해졌다. 그렇지만 이내 단우림은 냉정을 되찾았다. 상대가 다름 아닌 증지산이란 사실을 자각했기 때문이다.

"어리석군. 기회는 자주 오지 않는 법이거늘. 또 다른 대마령을 찾아봐야겠어. 반드시 악초림과 거래를 성사시켜 네 속을 뒤집어주마. 그가 영생을 얻는 걸 질투하고 배 아파해라."

"큿."

그 말을 끝으로 단우림은 픽 쓰러졌다. 쓰러진 단우림

을 잠시 내려다보던 증지산은 혼잣말로 중얼거렸다.

"요왕이 뭘 하려 한다는 거지? 그가 하려는 짓이 마왕들을 위협하는 일이란 건데. 그렇다면 우리에게도 좋은 일이겠군. 차라리 악초림, 악초림을 감시하는 편이 요왕을 만나는 가장 빠른 길이겠어."

증지산은 화산을 내려가 곧장 합비로 향했다.

*   *   *

삼교주는 수십 년간 모셔왔던 교주가 스스로 아홉 번째 왕을 자처하면서 이상한 소리를 하고, 수상쩍은 행동을 하기 시작하자 어찌 반응해야 할지 몰라 당황할 때가 많았다. 마교의 대교주란 영광스러운 지위를 버리고 아홉 번째 왕을 자처한 것도 납득이 안 가는데 그 사실을 자랑스럽게 여기는 자체가 납득이 안 됐다.

한편 모든 사실을 다 알게 된 태사문은 혼자 곰곰이 생각에 잠기는 시간이 늘어났다.

'증지산은 그렇다 쳐도 악초림 그 맹랑한 녀석마저 대마령이었다니. 그 사실을 모른 채 놈들과 승부를 결하려고 했으면 개죽음을 면치 못했겠지. 이제 어떡한다? 으음. 계약자들을 하나로 결집시키는 것이 우선이다. 합비의 보국왕, 그자를 굴복시키면 모든 건 끝나겠지만 그놈은 만만치 않다. 더군다나 내 수하엔 아직 계약자가 단 하나도 없다. 저런 멍청이들만 가득하다. 많은 계약자들이 필요하다.'

고민을 계속하던 태사문은 적당한 인물이 떠올랐다.

'혈영왕 그놈을 굴복시킬 수 있다면…… 그놈이 가진 세력을 고스란히 흡수할 수 있다.'

태사문은 길게 생각하지 않았다. 움츠려 있을수록, 시간을 끌수록 제 입지가 줄어든다는 걸 알기 때문이었다. 그는 곧장 몸을 일으켰다.

*　　　*　　　*

지령신녀 린은 요왕이 현재 어디 있는지를 정확하게 알고 있었다. 지령의 정보력보다 더 뛰어난 것은 이 세상에 존재하지 않는다. 사실 지령신녀를 제대로 이용한다면 세상의 모든 정보를 독점할 수 있었다. 가장 빠르고 정확하며 완벽한 소식통이 바로 지령신녀라고 할 수 있었다. 이 땅의 신령과 지령들을 눈과 귀로 삼을 수 있는 지령신녀이기에 가능한 일이었다.

요왕은 증지산의 짐작처럼 그들 대마령을 만나는 걸 꺼려해 피해 다니고 있었다. 변수를 최대한 줄이기 위해서였다. 대마령을 신뢰하지 않는다는 게 무엇보다 중요했다. 요왕의 원대한 계획 가운데 대마령은 포함되어 있지 않았다. 그렇지만 보국왕을 통해 그들 대마령이 경거망동하지 않도록 조치하는 건 잊지 않았다. 이득은 모두 취하고 변수는 최대한 차단하는 영악한 행보를 보이고 있었다.

요왕이 계약자를 선택하는 기준은 철저하게 자기 감을 믿는 것이었고 다소 즉흥적이었다. 정말 자질이 뛰어나고 마음에 들어서 계약하는 경우도 물론 있었지만 그렇지 않은 경우도 많았다. 계약자로 선택한다 해도 요왕의 짐작이 그대로 적중하는 예는 많지 않았다. 어느 정도의 능력을 발휘할지는 계약을 완료하기 전까지 누구도 장담할 수 없었다. 최근 아홉 번째 왕이 된 태사문의 경우엔 어느 정도 예상하긴 했지만 그 외에는 거의 빗나간 때가 많았다.

"아 날씨도 화창하고 인간의 피 냄새도 향긋하고 머리는 상쾌하고…… 아 오늘은 왠지 기분 좋은 일이 생길 것 같은 날이로군."

관도를 휘적휘적 걷고 있는 요왕은 영락없는 낙방서생을 방불케 했다. 허리춤에 찔러 넣은 피리를 꺼내 입에 가져다 댔다. 피리에서 사람과 짐승의 혼을 빼앗을 만큼 요사스러운 음률이 흘러나왔다.

요왕의 몸이 음률의 장단, 고조에 맞춰 허공으로 두둥

실 떠올랐다. 나무 꼭대기까지 올라 발끝을 찍으니 신형은 바람을 타고 깃털처럼 가볍게 앞으로 전진 한다. 신선과 천신의 몸짓인들 이보다 더 아름다울 수 있을까 싶을 정도였다. 피리를 입에서 뗀 요왕은 저 멀리 보이는 성읍을 바라봤다.

"오늘은 저기에서 머물러야겠군. 왠지 저기에 좋은 일이 가득할 것 같군."

요왕이 바라보고 있는 도시는 절강성 항주였다. 항주는 장미여왕 백검향이 왕부를 연 곳이기도 했다. 입에서 연신 흥얼거리는 노랫소리를 내며 항주로 들어선 요왕은 흥미로운 듯 주변을 두리번거리며 돌아다녔다. 그러다 그가 관심을 보인 곳은 항주에서 유명한 홍루였다. 합비로 유명한 기녀들이 다 떠나는 바람에 전국 어디를 가든 미색이 출중한 기녀를 찾기란 하늘의 별따기와 마찬가지였다. 이곳 항주도 사정은 마찬가지여서 뛰어난 기녀를 확보하기 어려운 청루는 장사가 잘 안 되는 실정이었다. 대신 유곽촌이나 잠자리 시중을 드는 홍루는 그나마 손님이 제법 있는 편이었다.

적송루는 과거 큰 규모의 홍루였지만 지금은 질반으로 줄어든 실정이었다. 그렇지만 현재 항주에서 가장 큰 홍루임에는 틀림없었다. 적송림이었던 곳에 주루를 지었기 때문인지 곳곳에 멋들어지게 자란 적송이 눈에 띄었다.

적송루 안으로 불쑥 들어간 요왕은 이곳을 자주 드나든 사람처럼 주저하지 않고 발걸음을 디뎠다.

요왕을 맞아들인 점소이는 행색을 먼저 살폈다. 돈푼이라도 가진 사람인지 아닌지를 가려내기 위함이었다. 거지 행색이라고 할 순 없지만 그렇다고 돈 냄새가 나는 옷차림도 아니었다. 게다가 혼자 온 손님이어서 술 매상을 올려줄 것 같지도 않았다. 그렇다고 손님을 내칠 수도 없어 우선 안으로 들이긴 했다.

"손님 저희 주루는 하룻밤 술값과 화대 기본이 은자 열 냥입니다. 모실까요?"

돈이 있느냐는 질문이었다. 요왕은 대답은 하지 않고 자신이 목표한 곳으로 곧장 전진했다. 그걸 본 점소이는 뭐 이런 사람이 있나 싶어 앞을 막으려고 했다. 그렇지만 요왕은 연기와도 같이 점소이의 옆을 스쳐 지나갔다. 화들짝 놀란 점소이가 멀리서 그 광경을 지켜보고 있는 다른 점소이에게 손짓을 했다. 어서 호위 무사들을 불러 쫓아내라는 뜻이었다.

요왕은 거침없이 삼 층으로 올라갔다. 삼 층 가장 깊숙한 방문 앞에 선 요왕은 인기척도 내지 않고 문을 벌컥 열었다. 방 안에는 대낮부터 주석이 한창이었다.

중년인 세 명과 기녀 세 명이 어울려 반쯤은 벗은 채 술에 취해 노래를 부르며 춤을 추고 있었다. 불한당 같은

놈이 문을 벌컥 열더니 자신들을 훑어보자 기녀들은 비명을 질렀고 중년인들은 손에 잡히는 대로 무엇이든 문을 향해 던졌다.

와장창! 와지끈!

문과 술상이 박살나고 술병이 깨지며 소란스러워졌다. 근처 방에 있던 사람들까지 소동에 놀라 문을 열고 뛰어나왔다. 그제야 호위 무사들이 들이닥쳐 요왕에게 매질을 했다. 매질을 하긴 했는데 요왕은 또다시 미꾸라지처럼 빠져나가 한 명의 기녀 앞에 서 있는 것이었다. 요왕은 히죽 웃었다.

"오늘은 너로 결정했다."

요왕의 그 말을 이중에 이해한 사람은 하나도 없었다. 정신 나간 놈이 백주부터 홍루에 들어와 소란을 부린다고 여길 따름이었다. 지목 받은 기녀도 놀라긴 마찬가지였다. 그렇지만 요왕과 눈이 마주친 기녀는 이내 혼이 절반쯤 나간 채 굳어버리고 말았다. 요왕의 손이 허리에 닿는 순간 기녀는 혼절해 버렸다.

요왕은 기녀를 품에 안고 사람들을 한차례 훑어보고는 창문을 통해 유유자석 걸어 나가는 것이었다. 사람이 공중으로 걸어가고 있었으니 그 모습을 본 사람들이 기절할 정도로 놀란 것은 당연했다. 기녀들이고 무사들이고 가릴 것 없이 귀신이 출몰하여 기녀를 훔쳐갔다고 여겼을 정도였다.

휘륜이 항주에 도착한 것은 요왕이 주루에 들어와 기녀를 강탈해간지 사흘이 지난 뒤였다. 그 시간에 요왕은 장미여왕 백검향의 왕부에서 편히 쉬고 있는 중이었다.

백검향이 항주에 자리를 잡은 것은 이곳이 그녀의 고향이기 때문이었다. 백검향은 종이품인 절강성 도지휘동지(都指揮同知)를 지낸 백지명의 무남독녀였다. 마교의 중원 침공 때 도지휘사인 차경명의 명령을 받고 항주 일대에서 끝까지 저항하다 처참하게 죽음을 맞았다. 그 때문에 백검향은 지금도 마교라고 하면 이를 갈며 저주했다.

언젠가는 제 손으로 마교의 씨를 말려버리겠노라 벼르고 있었다. 그런 그녀가 요왕을 만나 계약을 체결하고 힘을 갖게 되자 복수할 기회만 엿보고 있었다. 문제는 마교 대교주가 얼마 전 계약자가 되었고 아홉 왕 중 하나가 되었다는 사실이었다. 그것 때문에 백검향은 요즘 요왕에게 불만이 많은 터였다.

"제가 그때 분명히 마교가 철천지원수라고 했던 걸로 기억합니다. 반드시 제 손으로 멸망시키겠다고 했었습니다. 요왕께서 허락하신 일이었습니다."

가장 화려한 대전인 영락전은 백검향이 평소 휘하 장수들과 함께 군정을 총괄하는 집무실 겸 회의실로 사용하고 있는 곳이었다. 거기 태사의를 차지하고 앉은 요왕은 아까부터 귀찮게 하는 백검향을 향해 눈을 게슴츠레하게 뜨고 한 손으로는 귓구멍을 후비고 있었다.

"그래서?"

"얼마 전에 구왕 중 하나가 된 마교 대교주 태사문은 어찌 된 연유입니까. 마교의 쓰레기들마저 계약자로 삼을 줄 몰랐습니다. 다른 계약자들도 실망감을 감추지 못하고 있습니다."

"내가 너희들을 일일이 간섭한 적 있더냐? 마찬가지로 너희도 내가 하는 일에 참견하면 곤란하다."

"그렇지만……."

"복수를 하든지 마교를 멸망시키든지 내키는 대로 해. 아무도 뭐라 안 하니깐."

"정말 그래도 됩니까?"

"대신 잘 생각해야 할걸. 냉정하게 말해서 태사문은 너보다 강해. 그를 죽이기 전에 네가 먼저 죽을걸? 나는 너희들 계약자들끼리 경쟁하는 것에 신경 안 써. 서로 죽이든 살리든 알아서 해."

"길고 짧은 선 대봐야 압니다. 저는 그자를 반드시 내 손으로 죽이고 말 것입니다."

"행운을 빌어주지."

요왕은 늘 이런 식이었다.

근처를 지나칠 때면 꼭 들렀다 가곤 했는데 그가 과연 무슨 생각을 하고 살아가는지 헤아리기 힘들 때가 많았다.

굳이 마교의 대교주까지 계약자로 삼은 건 다른 계약자들이 불만을 가질 만한 일이었다. 요왕이 완벽하게 통제해 주는 상황이라면 또 모르겠지만 그는 계약자 사이의 분쟁에 절대 개입하지 않겠노라 선언한 이후였다.

*　　　　*　　　　*

지금까지 요왕은 숱한 사람과 계약을 체결했다. 그중 최연소 계약자는 열세 살이었다. 화전을 일구어 살던 가난한 산동네에 어느 날 산적들이 쳐들어왔다. 남자들은 죽이고 여자와 아이들을 끌고 산채로 향했다. 산채로 가던 중에 요왕을 만났고 산적들은 떼죽음을 당했다. 그 와중에 살아남은 여자들과 아이들은 도망을 쳤다. 그중에 끝까지 도망가지 않고 그 자리에 남아 있던 여자아이가 하나 있었다. 그 아이는 요왕을 무서워하지 않았으며 오히려 길 떠나는 요왕의 뒤를 따라갔다.

최연소 계약자의 이름은 단아연이었다. 계약자 모두가 스스로 갈 길을 선택했지만 유일하게 단아연만은 요왕이 정해 주었다. 요왕이 단아연을 데리고 찾아간 곳은 백검향이 있는 항주였다. 그때부터 단아연과 백검향은 친자매처럼 지내고 있었다.

왕부의 후원에 넋 놓고 앉아 있는 단아연에게 요왕이 다가갔다.

"무슨 생각을 그리 골똘히 하느냐?"

소리가 난 곳으로 고개를 돌리던 단아연의 입술이 실룩였다.

"언제 오셨어요?"

"요즘도 산적들 때려잡는다고 돌아다닌다면서? 이번엔 며칠 만에 돌아온 것이냐?"

단아연은 대답 대신 한 손을 활짝 펼쳐 보였다.

요왕이 단아연 옆에 나란히 앉았다.

"계약자가 된 걸 후회하느냐?"

단아연은 대답하지 않았다.

"나는 여태 많은 사람과 계약했다. 그중 내 쪽에서 꼭 필요해서 계약한 경우는 손에 꼽을 정도에 불과하다. 대부분 그쪽에서 원해서 해 줬지. 그래서 마음에 걸리지 않는다. 책임질 이유도 없고 신경 쓸 필요도 없지. 그런데 너는 유일하게 계약을 하고 후회했다."

요왕에게서 이런 말을 처음 들어본 단아연은 빤히 그의 옆얼굴을 쳐다보고 있었다.

"네가 밤새도록 산적을 찾아온 산을 돌아다니다 새벽

녘이 되어서야 돌아온다는 얘기를 검향에게서 듣고……
괜한 짓을 한 게 아닌가 싶었다."

단아연의 눈에 눈물이 맺혔다. 단아연은 잠을 자지 못
한다. 어쩌다 잠들면 악몽을 꾸다 울면서 깼다.

눈앞에서 가족들이 산적들에게 잔인하게 죽었다. 그때
의 장면이 끝없이, 끊임없이 재생되는 괴로움은 겪어보지
않은 사람은 이해할 수 없었다. 그래서 단아연은 모두가
잠이 든 시간에 산으로 올라간다. 가장 가까운 산부터 시
작해서 인근의 산이란 산은 모조리 다 뒤졌고 점차 경계
를 넓혀갔다.

절강성 일대에 산적이란 산적은 대부분 단아연의 손에
절단이 났다. 그런데 아직 단아연은 어렸다. 요왕의 계약
자가 되었지만 단아연이 어린아이라는 사실은 변함이 없
었다. 그 일이 비록 옳은 일이라 할지라도 사람을 죽이는
끔찍한 경험을 열세 살 아이가 아무렇지 않게 견뎌내는
건 불가능했다.

"잠을 잔 지 얼마나 되었느냐?"

단아연은 잘 기억이 나지 않았다. 열흘은 넘은 게 분명
했다.

요왕은 단아연의 머리를 쓰다듬어 주었다. 잠시 뒤 단
아연은 졸음이 쏟아지는지 꾸벅꾸벅 졸기 시작했고 급기
야 쓰러졌다. 요왕은 단아연을 안아서 방 안 침상으로 옮

겼다.

백검향이 그런 요왕의 모습을 먼 곳에서 바라보고 있었다. 백검향도 단아연을 재워보려고 무진 애를 썼다. 수혈을 짚으면 재울 순 있지만 악몽을 꾸는 건 마찬가지였다. 억지로 재울 경우 고통은 더한 것 같았다. 심지어 경기를 일으키기도 해서 함부로 수혈을 짚을 수도 없었다. 그런데 요왕이 한 번씩 와서 아연을 재우면 그런 일이 없었다. 그녀는 꿈도 꾸지 않고 편히 잤다. 그리고 무려 이틀 넘게 깊은 잠에 빠져드는 경우가 많았다.

"뭘 그리 훔쳐보고 있어."

백검향은 뒤에서 갑자기 들려온 소리에 소스라치게 놀랐다. 돌아선 백검향은 요왕이라는 걸 확인하고 기가 찰 따름이었다.

분명 전각 안으로 들어가는 것까지 봤는데 어느새 자신의 뒤에 와 있는 요왕의 능력은 자신으로서도 헤아리기 힘들었다.

"아무래도 오늘은 운명의 날인가 보다."

"무슨 뜻이죠?"

하늘을 올려다보던 요왕은 깊은 한숨을 내쉬었다.

"내게도 미루고 싶었던 순간이 있단다. 언제까지고 피할 순 없겠지만, 한 번은 마주쳐야 할 운명이지만 쉽지 않구나."

"무슨 소리예요. 알아듣게 말해요."

"그런 게 있다. 오늘 중요한 손님이 찾아올 것 같으니 향기로운 술이 있으면 준비를 해 다오."

"마시지도 않는 술은 왜 갑자기 찾고 그래요?"

"내가 아니고 손님이 먹을 거야."

백검향은 요왕을 찾아올 손님이 있다는 사실이 우선 의문이었고 이곳에 요왕이 있는지 어찌 알고 찾아온다는 것인지 납득이 잘 안 갔다. 그렇지만 그가 오랜만에 하는 부탁이라 그러겠다고 했다.

제7장
휘륜과 요왕

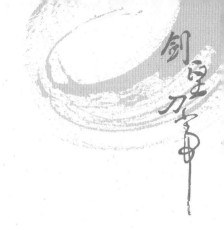

　백검향의 왕부엔 오천 명의 정예병과 쉰 명의 장수와 아홉 명의 계약자가 머물고 있었다. 항주뿐만 아니라 절 강성 일대의 패권을 다투던 세력들은 모조리 장미여왕 앞에 무릎을 꿇었다. 왕부 앞 대로에는 백검향의 천하절색 미모를 보기 위해 몰려든 청년들이 늘 진을 치고 있었다.

　백검향에게 선물을 가지고 찾아오는 상인들의 발길이 끊이지 않고 왕부의 무사가 되고자 문을 두드리는 사람도 매일 수십 명씩 되었다.

　장미여왕의 왕부 앞 대로에 휘륜이 도착한 시각은 정오 였다. 휘륜은 천위왕을 처음 방문했을 때와 달리 별 어려움 없이 장미여왕 앞으로 안내되었다. 휘륜을 어리둥절하게 만든 건 마치 자신이 올 걸 알고 있었던 것처럼 술상을 미리 봐놓았다는 사실이었다.

접빈실이 아닌 장미여왕의 침전으로 안내된 것도 의아했다.

오래 기다리지 않아 입구에서 인기척이 났다. 그리고 한 사람이 안으로 들어왔다. 묘한 분위기를 풍기는 청년이었다. 무엇보다 휘륜의 시선을 잡아 끈 건 청년의 눈과 귀였다. 눈에서 신기한 기운이 퍼지며 눈동자 색이 바뀌는 것 같은 착각을 불러일으키고 있었다. 그리고 귀, 저걸 과연 귀라고 불러도 좋을 것인가 의문이 들었다.

태어나면서부터 귀가 없는 사람이 있을 수 있지만 눈앞의 청년은 단순히 그런 경우가 아닌 것 같았다. 귀가 있어야 할 자리에 아가미 같은 비늘 덮개가 있을 뿐이었다. 그것이 닫혀 있을 때는 몰랐는데 열린 순간 휘륜은 상대가 왠지 사람이 아닌 것 같다는 느낌을 받았다.

'혹시 이자가…… 요왕일까?'

휘륜은 요괴들의 왕이라고 해서 괴물을 생각했다.

'만약 이자기 요왕이라면 생각보다는…… 상태기 양호하군.'

"혹…… 당신이 요왕…… 입니까?"

"이런, 재미없게 너무 빨리 알아채는군."

"내가 올 줄 알고 있었소?"

"그대 기운이 나를 향해 오더군. 그래서 확신했을 뿐이다."

기다란 식탁에는 갖가지 진귀한 요리들이 푸짐하게 차려져 있었고 향긋한 향을 풍기는 드문 보주가 준비돼 있었다. 둘은 누구도 음식이나 술에 손을 대지 않았다. 마주 앉아 서로를 찬찬히 살피고 있을 따름이었다.

"나에 대한 기억이 전혀 없겠군."

휘륜은 지령신녀에게서 들은 이야기의 연장선이라는 걸 짐작했다. 그렇지만 휘륜은 확인을 해 보고 싶었다.

"나를 알고 있소?"

"너에 대해 가장 많은 걸 알고 있지."

"당신이 생각하는 이와 내가 같은 사람이라고 확신하시오?"

"물론."

"근거는 무엇이오?"

"근거? 홋. 요괴와 인간은 다르다. 인간은 연약하고 죽어야 비로소 영생의 길을 간다. 그렇지만 우리 요괴는 애초에 그 길 위에서 태어난다. 우리는 태어나면서 갖게 되는 여러 가지 능력이 있다. 너희에게는 없는 능력이지. 네가 수생을 되풀이해서 산다 해도 알아볼 수 있다. 그것은 바로 너의 고유한 피 냄새다. 사람마다 각기 다른 피

냄새가 있다. 절대 잊을 수 없는…… 왕의 냄새가 너에게서 나고 있다. 계약자의 왕, 만왕의 왕의 향기가 네게서 흘러나오고 있다. 봉인석에서 빠져나왔을 때 나는 너를 느꼈다. 미칠 것 같았다. 네가 다시 사람으로 태어난 것은 나와, 우리 모두에게 기회이지."

"나는 어떤 사람이었소?"

"너는……."

요왕은 한참이나 말을 잇지 못했다. 초점이 흐려진 눈은 먼 과거의 일을 떠올리는 것 같았다. 요왕은 꿈꾸듯 말했다.

"너는 반인반요도 아니고 요괴도 아니면서…… 요괴들 사이에서 태어나고 자라났다. 순수한 인간으로 요괴들과 함께 자라난 최초의 사람이었을 것이다. 너는 모든 요괴들의 사랑을 듬뿍 받고 자랐고 언제나 우리들의 자랑거리였다. 네가 계약자가 되었을 때 너는 다른 모든 계약자들보다 월등하게 강했다. 심지어 우리들 요왕보다 더 강했다. 천신과 마왕이 우리 세계를 침범했고 인간을 노예로 삼으려고 했다. 전쟁이 시작되었을 때 우리는 승리할 것이리 확신했다. 그들이 군대를 이끌고 오고 인간을 미혹해 앞세워도 우리는 패배를 생각하지 않았다. 그건 바로 네가 우리 앞에 서 있었기 때문이다. 그런데, 그런데…… 우리의 희망이었던 네가 우리를 배신하고 마왕과 손을

186 검황도제

잡았지. 자기 하나의 희생으로 전쟁을 끝내겠다고 생각한 거지. 네가 자진해서 마왕의 포로가 되었을 때 우리는 처음으로 절망했다. 전쟁에서 질지도 모르겠다는 생각을…… 그때 처음으로 했었다."

요왕의 비감이 휘륜에게 전달되었다.

"왜 나를 곧장 찾아오지 않았소?"

"네가 나였어도 그랬을 것이다. 나는 아직 너를 어찌 대해야 할지, 네게 어떻게 설명하고 이해시켜야 할지 준비가 안 되었다. 그래서 망설였다. 시간이 필요했다."

요왕이 자신에 대한 이야기를 해도 전혀 감흥이 안 느껴지는 건 거기에 대한 기억이 없기 때문이었다.

"지령신녀가 내게 말했소. 당신에게 길을 물어보라고. 내가 갈 길을 당신이 가르쳐 줄 것이라 했소. 다시 천신과 마왕이 이 세계로 와 전쟁을 일으킬 거라 보시오?"

"필연이다."

"왜 그리 확신하오?"

"세계의 주인은 하나뿐이기 때문이지. 우리가 있는 한 그들은 영광을 독차지할 수 없다. 그들의 세계만으로 만족하지 못한다. 그들은 저승의 지배자들이다. 그건 확실하다. 이 땅의 주인은 그들이 아니다. 그들은 이 세계를 넘봐서는 안 된다. 우리는 인간을 지배하고 다스렸지만 보호하기도 했다. 인간들은 자존감을 잃어버렸을 때 약해진다. 천신과 마왕의 지배를 당연하게 여길 때 인간은 추악하고 연약해진다. 천신과 마왕은 우리들 요괴들이 인간과 다시 접촉하고 인간들이 자존감을 회복하여 이 세계의 주인이 되는 걸 원치 않는다. 그러므로 그들은 반드시 전쟁을 일으킬 것이다. 우리를 처단하고 인간을 미혹하여 이 세계마저 자신들의 발아래 두려 할 것이다."

"요괴와 인간이 힘을 합하면 저들을 이길 수 있소?"

"이길 수 있다. 그걸 알기 때문에 천신과 마왕은 두려워한다."

휘륜은 처음으로 손을 뻗어 술병을 손에 쥐었다. 잔에 술을 가득 따라 단숨에 비웠다.

"크."

탁!

잔을 소리 나게 탁자에 내려놓은 휘륜은 잔에서 손을 떼지 않은 채 탁자 맞은편 요왕을 노려봤다.

"내가 어찌하면 되오?"

"너는 너를 감싸고 있는 단단한 껍질을 깨야 한다. 진실을 대면할 용기가 있느냐?"

"그게 무엇이든…… 하겠소. 나도 지금 뭐가 뭔지 모르오. 나는 어렸을 때부터 검황으로 키워졌고 그게 전부인줄 알고 살았소. 그때는 대마령도 천신, 마왕도, 요괴도 몰랐소. 그저 악인을 징계하고 잡아다 가두는 게 내

임무였고 나는 그런 내 사명을 자랑스럽게 여겼소. 한 가지는 분명하오. 나는 이 세계가, 이 세계에 사는 사람들이 천신이나 마왕, 아니 그게 무엇이든 간에 다른 존재에게 농락당하고 노예가 되고 괴롭힘을 당하는 걸 두고 볼 수 없소. 싸울 거요. 내 힘이 닿는 한 끝까지, 끝까지 투쟁하겠소. 그것뿐이오."

요왕은 결심을 굳혔다.

"좋다. 네가 정 원한다면…… 진정한 너를 만나도록 해 주지. 가자."

"어딜 말이오?"

요왕이 휘륜의 옆으로 왔다.

그는 휘륜의 손을 힘주어 잡았다.

무슨 일이 일어난 걸까? 휘륜은 정신이 하나도 없었다. 잠깐 눈을 감았다 뜬 것에 불과했는데 그 짧은 시간 동안 자신과 요왕은 다른 장소로 와 있었다.

크고 웅장한 돌기둥이 끝없이 펼쳐져 있는 대전의 정 가운데였다.

"여긴, 여긴 어디요?"

"이곳은 네가 우리들을 위해 지어준 옛 궁전이다."

정말 크고 화려했다. 수만 명이 한꺼번에 들어와도 넉넉한 대전은 돌로 지어졌는데 갖가지 신비한 광채를 뿌리는 보석들이 가득 박혀 있었다. 대전 곳곳에 자리 잡은 삼 장 높이의 석상은 요괴들의 모습을 표현해 놓은 것 같았다.

"혹시 저 석상들이 요괴들의 모습이오?"

"맞다. 우리들의 본모습이지."

"저건 용이 아니오?"

휘륜이 그리 말하는 것도 당연했다. 상상 속의 영물인 용의 모습과 흡사한 석상이 여러 개 보였고 그와는 전혀 다른 갖가지 기이한 모양의 생명체들을 표현한 석상들이 대전에는 가득했다.

휘륜을 대전 안쪽 깊은 곳으로 이끌어 갔는데 거기엔 수백 개의 계단이 있었고 가장 높은 곳에 일곱 개의 보좌가 자리 잡고 있었다. 요왕은 보좌를 가리키며 말했다.

"여섯 개는 요왕들의 것이고 가장 가운데 보좌가 너의 자리였다. 너는 저 자리에서 천하 각지에서 찾아온 왕들의 경배를 받으며 위엄을 뽐냈다. 네 뜻이 우리의 뜻이었고 우리의 뜻을 너는 너무도 잘 헤아렸지."

휘륜은 가운데 보좌 앞에 가서 섰다.

'이게 내 자리였다고?'

요왕 호륵은 휘륜의 곁으로 와 어깨에 손을 얹었다.

"네가 다시 여기에 돌아온 걸 알면 형제들이 무척……기뻐했을 것이다."

휘륜은 묘한 울림이 있는 요왕의 말을 뒤로하고 계단

아래로 발을 뻗었다. 기억날 리가 없지만 이상하게도 이 순간 휘륜의 가슴은 설렘으로 두근거렸다.

계단 아래로 내려가려는 휘륜을 요왕이 반대로 이끌었다. 보좌 뒤쪽 벽 앞에 선 요왕은 벽 가운데에 칼을 차고 있는 석상의 칼 부분을 당겼다. 그러자 칼이 쭉 뽑혀 나오는데 끝에 청동사슬이 연결되어 있었다.

그그그그긍!

벽 가운데 비밀스러운 통로가 하나 생겨났다. 요왕이 먼저 앞서 걸었다.

휘륜은 신기했다.

'여기가 지금 환상이나 그런 게 아니라 실제로 다른 곳으로 옮겨온 것이란 말인가? 그게 어떻게 가능하지?'

항주의 장미여왕의 침전 안에 있다가 순식간에 이동했다는 사실이 지금까지도 휘륜은 잘 실감이 나지 않았다. 하지만 그건 시작에 불과했다.

통로의 너비는 스무 척, 높이는 열두 척 정도였다.

통로 양옆은 다른 석실로 통하는 문들이 가득했다. 요왕은 그 문들을 모두 지나쳐 통로 끝까지 갔다. 드디어 막다른 곳에 다다랐고 정면의 석문은 굳게 닫혀 있었다.

요왕이 손을 앞으로 뻗자 거짓말처럼 석문이 위로 올라가 안의 전경을 고스란히 드러내고 있었다.

문을 통해 얼핏 살펴본 안의 전경은 휘륜을 어리둥절하

게 만들었다. 이런 곳에 이처럼 신비한 장소가 있다는 것이 믿기지 않았다. 요왕을 따라 한 발을 안으로 디딘 휘륜은 탄성을 발했다. 어찌 이런 곳이 있을 수 있느냐는 표정이었다.

형형색색의 갖가지 색을 뽐내는 돌이 사방 천지에 가득했다. 만지면 미끄러질 것 같은 윤기 흐르는 돌의 질감은 지금껏 휘륜이 본 적 없는 것이었다. 자기도 모르게 손을 가져다 댄 휘륜은 깜짝 놀랐다. 돌로 된 벽이라 여겼던 총천연색의 신비한 물질은 물컹물컹했다. 손을 쑥 빨아들이는 것이었다. 놀란 휘륜이 제 손을 빼며 중얼거렸다.

"이건 대체 뭡니까?"

"이곳이야말로 우리들 요괴가 생겨나고 자란 최초의 요람이다. 세상에서 가장 순수하고 강력한 요기가 저 안에 샘처럼 솟아나고 있다."

"저 안이라니요?"

"여기선 보이지 않지만 쭉 들어가면 빈 공간이 나온다. 거기가 샘이 솟는 중심이지. 이제부터는 조심해서 따라와야 한다. 내 손을 절대 놓치면 안 된다. 여기서 방향을 잃으면 죽어서도 빠져나오시 못한다."

휘륜은 절로 긴장했다. 요왕은 휘륜의 손목을 꽉 움켜쥐고 앞으로 손을 쭉 뻗었다. 벽이 갈라지며 두 사람의 몸을 삼켰다. 휘륜은 아무것도 보이지 않았다. 빛이 나는 성질 때문에 어둡거나 그렇진 않았지만 전신을 조이는 압박감 때문에 숨쉬기가 거북했다. 요왕이 경고를 괜히 한 게 아니라는 생각을 했다. 방향을 구분하지 못하는 건 둘째 치고 숨이 막힌다는 공포감 때문에 미쳐버릴 수도 있겠단 생각이었다.

얼마나 갔는지 모른다. 지루하게 느껴질 정도로 꽤 긴 시간이 흐른 건 분명했다.

'하루쯤 지난 것 같은 느낌이다. 이처럼 깊고 멀다니. 요괴들 말고는 알아도 찾아갈 순 없겠구나.'

"거의 다 왔다. 조금만 견뎌라."

"후웁. 방향을 제대로 알고 가는 건 맞습니까?"

"우리는 방향을 잃을 염려가 없다. 요기를 따라 가기 때문이지."

드디어 눈앞이 환해졌다. 요왕이 왜 샘이라고 했는지 알 것 같았다. 천여 평 정도의 공간은 인세에 존재할 것 같지 않은 신비한 분위기를 간직하고 있었다. 무릎 높이로 낮게 깔린 액체는 투명했는데 쌀알 크기의 작은 알갱이가 꼬리에 밝은 빛을 달고 헤엄치고 있었다. 그리고 정 가운데에는 휘황찬란한 빛기둥이 솟구치고 있었다.

요왕은 샘의 가운데로 휘륜을 밀어 넣었다.

"거기 앉아라."

휘륜은 시키는 대로 하면서도 얼떨떨했다. 요왕 호륵은

계약의 의식을 먼저 시행했다. 자신의 피와 살을 휘륜에게 먹였다. 휘륜은 얼굴을 찡그리며 간신히 삼켰는데 신기한 건 피비린내가 전혀 나지 않는다는 점이었다. 역겨운 냄새는커녕 기분이 상쾌해질 정도로 향긋했으며 목을 넘어갈 땐 청량감이 느껴졌다.

일반적인 계약 때보다 휘륜에게는 더 많은 피를 마시게 했다. 잠시 뒤, 휘륜은 현기증을 느꼈다. 바로 그 순간 너무도 갑작스럽게 요왕이 휘륜을 공격했다. 휘륜의 가슴 아래 늑골을 부수며 손을 박아 넣었다. 그리고 나머지 한 손은 단전에 깊숙하게 박혀 있었다. 너무도 순식간에 벌이진 일이었다. 미리 알고 있었다 해도 휘륜은 방비할 수 없었을 것이다. 그도 그럴 것이 지금 휘륜은 제 몸을 마음대로 제어할 수 없는 지경이었다.

휘륜은 몸에 구멍이 뚫린 채 모로 쓰러졌다. 그의 몸이 샘 안으로 완전히 잠겨드는 순간이었다.

요왕 호륵은 휘륜의 몸에서 두 손을 빼내며 희열에 찬 외침을 토했다.

"운명의 수레바퀴는 구르기 시작했다. 전부 가지거나 전부 내주거나…… 도박은 시작되었다. 천신과 마왕이여! 너희가 가질 영광은 그 어디에도 없다. 오직 죽음과 소멸, 굴욕과 비참함만이 너희를 맞을 것이다. 오라, 어서 오라. 한판 붙어 보자. 푸하하하하하."

요왕 호륵의 눈은 복수심으로 불타오르고 있었다. 자신들을 기만하고 약속을 어긴 마왕과 천신의 위선을 요왕은 잊지 않고 있었다. 그들에게 속아 지금까지 지하에서 나오지 못하고 갇혀 있는 동족들의 괴로움과 고통도 잊지 않았다.

요왕은 한쪽으로 물러나서 샘에 하반신을 담그고 기다렸다. 휘륜이 깨어날 때까지 요왕은 이 자리를 지킬 작정이었다.

*　　　　*　　　　*

또 다른 대마령의 완전체인 악초림을 만나기 위해 마왕이 이용한 사람은 연자청이었다. 연자청의 몸을 빌린 마왕은 악초림을 별 어려움 없이 대면할 수 있었다. 마군들은 연자청의 다른 점을 알아채지 못했지만 악초림은 달랐다. 그는 연자청의 몸 안에 다른 존재, 그것도 형용할 수 없이 거대한 존재가 웅크리고 있다는 걸 꿰뚫어 보았다.

악초림은 단박에 하나의 이름을 떠올렸다.

"마왕인가?"

"너도 역시 나를 금세 알아보는군."

"그 말은 나 이전에 다른 대마령을 만났다는 소리로군."

"똑똑하기도 하시지."

"저승의 반쪽 지배자인 너도 이승으로 오면 인간의 몸을 빌려야 하는 건 같은 신세. 온 세계의 지배자처럼 오만하게 굴더니 구차해 보여. 그래, 먼 이곳까지 어인 행차신가."

마왕은 대마령의 마음속을 꿰뚫어볼 수 없었다. 그의 속마음은 희뿌연 안개 같은 막으로 가려져 있었다.

"너희는 이러려고 이승으로 온 게 아니지 않은가? 왜 이러고 있지?"

"뭐가 어때서? 수천 년의 기다림 끝에 얻게 된 자유거늘 이 정도 만끽하는 것도 좋잖아. 그러는 너는 높은 마왕의 권좌에서 왜 이런 낮고 천한 곳까지 내려왔지?"

"너와 말장난을 하고자 온 게 아니다."

"얘기해 봐. 나는 무슨 얘기든 들어줄 용의가 있으니깐."

"요왕이 봉인석을 탈출한 건 알고 있겠지?"

"물론."

"요왕이 장차 무슨 일을 도모할지도 짐작하고 있겠지?"

"모르는데."

"요왕은 우리와 전쟁을 하고자 한다. 아니 우리에게 복수하려고 한다."

"너희가 잘못을 했으니 그건 당연한 일이고."

"우리를 비난하는 것이냐?"

"그러게 왜 약속은 어기고 그랬어. 너희 마왕들은 아주 지저분하게 변질되었어. 마의 근원은 원래 너희처럼 악취가 나지 않는다. 약속을 어긴다는 건 네 스스로 격을 떨어뜨리는 치졸하고 수준 낮은 행위지. 대가를 치러야지."

"대마령이 할 얘기는 아니로군."

"너희가 사라지고 우리만 남는다면 과연 마왕의 자리는 누가 차지하게 될까? 우리가 파괴와 소멸의 길 대신 화합과 조화를 택한다면, 그래서 생존의 길을 걷는다면 어찌 될까?"

"너희들 설마……."

"아, 오해는 하지 마. 그냥 나 혼자 생각해 본 것뿐이니깐."

마왕은 악초림을 위험하다고 판단했다. 여태 출현했던 대마령과 이번의 대마령은 확연히 달랐다. 증지산을 만나고 나서 마왕은 그 원인이 무얼까에 대해 고민해 봤다. 금마궁에 오래 갇혀 있었기 때문에, 그 기간 동안 인간을 접촉했기 때문이라고 잠정적인 답을 내렸지만 확신은 없었다.

지금 악초림도 마찬가지였다. 자신들의 권위를 탐하고 욕심내고 있지 않은가. 대마령이 소멸하지 않고 생존한 사례는 한 번도 없었다. 만약 그런 일이 실제 일어난다면 그 결과는 아무도 장담 못 한다.

"자, 내게 무슨 거래를 제안하려고 온 거지? 여기 오기 전 증지산에게 다녀온 걸 보니 거절당했겠군. 나도 궁금해. 네 입에서 무슨 말이 흘러나올지. 어서 내 기대를 충족시켜줘 봐."

"네가 정녕 내 손에 소멸 당하고 싶은 게로구나."

"푸하하하. 마왕. 착각하지 마. 넌 지금 고작 인간의, 그것도 특별할 것 없는 보통 인간의 몸을 잠시 빌리고 있을 뿐이야. 그 상태로 나를 소멸시킨다고? 나를 소멸시키려면 그에 걸맞은 그릇을 준비하고 나서 얘기해. 그래야 겁내는 시늉이라도 해볼 것 아닌가? 안 그래?"

마왕은 악초림을 노려보기만 할 뿐 화를 억눌러 참았다.

"이제야 현실을 인정하는군. 자, 어서 얘기해 봐. 내게 무슨 제안을 하러 왔는지."

"너는 증지산이 왜 요왕을 찾아 헤매고 다니는지 알고 있나?"

"호 그가 요왕을 찾으러 다니느라 그리 안 보였었군."

"그는 영생을 얻길 원한다."

악초림의 얼굴 표정이 처음으로 딱딱하게 굳었다. 그 역시 그런 열망을 가지고 있었기 때문이다.

"너도 마찬가지겠지. 인간이란 그런 것이다. 만족이란 걸 절대 모르지. 증지산은 요괴들처럼 되고 싶어 안달이 났다. 요왕을 통해 그 방법을 알아보려 하는 것 같지만 내가 알기에 인간이 요괴가 되는 방법은 없다."

"그래서? 네가 할 제안은?"

악초림은 긴장했다.

"나는 그 방법을 알고 있다. 네가 이 세상에서 영생을 누릴 방법을 알려 줄 수 있다."

"그걸 알려주는 대가로 뭘 해 주길 바라는 거지?"

"요왕이 하는 짓을 막아라."

"이것 봐 마왕. 나는 그가 지금 어디 있는지조차 몰라. 증지산도 그의 행방을 몰라 허탕만 치고 있다면서 그걸 나더러 하라고? 그리고 자꾸 착각하는데…… 이 몸이 비록 대마신체라는 특별한 신체라서 손해를 덜 보긴 했지만 그래도 인간의 몸이란 건 마찬가지야. 한계가 있단 소리지. 그런데 요왕은 어떻지? 과거에 싸워봤잖아. 내가 요왕을 이길 수 있다고 보나? 정말 그리 생각해?"

"방법은 많다. 그를 죽이라는 소리가 아니다. 그가 도모하는 일을 훼방 놓는 거라면 충분히 할 수 있다."

"풋. 그래서 네게 영생의 비법을 터득했다고 치자. 요왕에게 피 빨려 죽고 나면 영생의 비법이 무슨 소용이 있나."

악초림은 제 머리를 소리 나게 퉁퉁 때렸다.

"이걸 좀 굴려봐. 마왕, 무식하게 힘만 센 너희들의 한계가 바로 그거야. 너희는 천신들 머리 위에 있다고 생각하겠지만 항상 그 반대지. 이래도 못 알아들은 건가? 네 제안은 거절이야. 못 들은 걸로 하지. 대신 고맙군. 증지산이 뭐하고 다니는지도 알려주고 요왕이 너희 마왕들이 안달 낼만한 일을 꾸미고 있다는 사실도 무척 반갑고 말이야. 도와주지는 못할망정 쪽박을 깰 순 없지. 가 봐. 볼일 끝났으면 얼른 꺼져. 네게서 아주 지독한 냄새가 나서 못 참겠으니까."

마왕은 분노했지만 참을 수밖에 없었다. 그가 한말처럼 자신은 현재 상태로 대마령의 완전체인 악초림을 상대하기 버거웠다. 이 순간 마왕은 한 가지 다짐을 했다.

"내가 곧 다시 올 때는 너희가 내 앞에서 고개를 들지 못하도록 만들고야 말겠다."

악초림은 능글맞게 웃으며 말했다.

"흐흐흐. 쉽지 않을걸. 사람이 많지만 네 능력을 제한 없이 사용할 수 있도록 해 주는 그릇은 존재하지 않거든. 고생해라, 마왕."

연자청이 악초림 앞에서 픽 고꾸라졌다. 악초림은 마군을 불러 연대인을 집에다 모셔다 주라고 명했다. 그런 뒤 악초림은 대전의 구석을 향해 손짓하며 말했다.

"이제 그만 기어 나오시지. 언제까지 거기서 쭈그리고 있을 참인가. 체통을 중시하는 태사 증지산이 말이야."

증지산이었다.

요왕이 악초림에게 간다는 걸 알고 그 역시 곧장 이리로 온 것이다. 악초림이 제안을 받아들이면 혹 요왕의 위치를 알 수 있지 않을까 해서였다. 악초림 역시 일언지하에 거절하는 걸 보고 허탕을 쳤다는 생각을 했지만 흐뭇한 마음이 앞섰다.

증지산은 걸어 나오며 실소했다.

"의외로군. 너마저 거절하다니."

"나를 물로 보았으니 그런 소리를 하지."

서로를 알고 있는 두 사람이지만 완전체를 이루고 정식으로 대면하는 건 처음이었다.

"우리가 서로 싸울 일은 당분간 없으리라 믿는다."

"그렇지 당분간은……."

악초림은 증지산의 늙은 모습을 보며 안타까워했다.

"하긴 너는 늙은 몸을 가지고 있어 나보다 더 조급하겠군. 그 점을 생각 못 했어. 조금 전 마왕과 얘기하는 중에 기가 막힌 생각이 하나 떠올랐다. 우리가 영생을 얻는 방법이 의외로 쉬울지 모르겠다는 생각이 들었다."

증지산의 눈에 생기가 감돌았다.

"그게 뭐지?"

"간단해. 요괴를 숙주로 삼으면 된다."

순간 증지산은 머리털이 쭈뼛 곤두서는 느낌이었다. 잠시 생각에 몰입해 있던 증지산은 곧 실망한 기색을 드러냈다.

"그 방법에는 문제가 좀 있군. 우리는 완전체를 이루었기 때문에 다시 다른 숙주로 옮겨갈 수 없다. 즉, 우리는 해당 사항이 없다는 소리다. 좋은 생각이긴 한데…… 아쉽군."

"무슨 방법이 있지 않을까? 어쩌면 요왕은 알고 있을지도 모르지."

"그래서 내가 요왕과 만나려고 그토록 애 쓰고 있지."

"계약자들도 요왕의 위치를 모르나?"

"전혀. 아무나 계약하고 쓸데없이 돌아다니고 있는 것처럼 보이지만 그는 자신이 갈 길을 탐색하고 두드리며 신중하게 걸어가고 있어. 다가올 전쟁의 결과에 따라 자신들의 운명이 결정되는 걸 누구보다 잘 알고 있을 테니 당연하겠지. 과거 일차 전쟁 때 동참하지 않았던 마왕과 천신들까지 등장할 가능성도 있으니."

"그렇게 되면 승산은 더 줄어들잖아. 이거 편을 잘못 선 거 아닌가?"

"우리에겐 선택의 여지가 없어. 잘 알잖아. 천신도 마왕도 우리 편이 될 수 없다는 사실을. 우리가 살기 위해

선 요괴들이 이겨야 해. 최소한 일방적으로 수세에 몰려
선 안 돼."

대마령은 생성된 지 오래되었고 그 긴 세월 동안 천계,
마계와의 연결고리를 이어갔다. 이승에서 금마궁에 갇혀
있는 동안에도 대마령들은 저승의 상황을 파악하고 있었
다. 어느 곳에나 있는 마령들 덕분에 가능한 일이었다.
하지만 지금 이승에, 그것도 인간의 몸에 깃들면서 마령
과의 소통은 약화되었고 제한적일 수밖에 없었다. 그 때
문에 저승과의 연결도 끊어지고 말았다.

"현재 천계와 마계의 준비 상황은 모르지만 마왕이 직
접 이승으로 와 요왕을 견제하려는 걸 보면 막바지에 이
르렀다고 봐야겠지. 머지않아 전쟁은 시작된다. 봉인석이
완전히 개방되는 순간 저승의 문도 열린다고 봐야지."

악초림은 증지산의 말에 동의했다. 악초림은 근심을 지
우지 못했다.

"계약자들 중에 천신과 마왕에 버금가는 강자가 나와
줄 확률은 만에 하나도 안 될 터. 요왕 다섯, 그리고 우리
둘만으로 월등하게 많은 수를 감당할 수 있을까? 아무리
생각해도 터무니없는 싸움 같은걸."

증지산의 견해는 달랐다.

"과연 그럴까? 과거에도 요괴들은 비등하게 싸웠다.
오히려 몰아붙여서 대승을 거둘 뻔했어. 이번에도 그러지

말란 법이 없지."

"그때는 계약자 중에 요왕들을 능가할 정도의 초인이 있었고. 이번에도 그런 기적적인 상황이 연출 될까?"

"마왕이 두려워하고 훼방 놓고 싶어 하는 것이 어쩌면 그 일인지도 모르지. 요왕이 봉인석 해체보다 더 우선하고 서두를 만한 일이 그것 말고는 없는 것 같으니깐."

바로 그때 대전 입구 쪽으로 들어오는 한 사람이 있었다.

요왕의 계약자로 밝혀진 보국왕이었다. 보국왕의 등장에 두 사람은 의문을 드러냈다.

악초림과 보국왕은 왕부에서 사이좋게 지내고 있는 편이었다. 서로의 영역을 침범하지 않고 관여하거나 간섭하지 않는다. 서로를 존중하면서 예우해 주는 건 같은 편이란 인식 때문이었다. 함께 힘을 합해야 할 처지라는 걸 현명한 두 사람은 처음부터 꿰뚫어 본 것이다.

"보국왕께서 여긴 어쩐 일입니까?"

"요왕의 전갈을 두 분께 전해드리러 왔습니다."

증지산과 악초림은 요왕의 능력이 어디까지인지 궁금해졌다. 어디 있는지 위치가 파악조차 되지 않는 그가 먼 곳에 있는 상황을 탐지하고 계약자를 통해 소식까지 전달한다는 게 놀라웠다.

증지산이 물었다.

"그가 뭐라 했습니까?"

"우선 두 분의 호의에 감사드린다고 하셨습니다. 두 분의 결단과 용기를 결코 잊지 않겠다고 하셨습니다. 마왕이 우려하는 비장의 수가 완성 단계에 진입했으며 곧 성과가 드러날 거라 하셨습니다. 그 일이 끝나면 두 분을 함께 뵙고 싶다 하셨습니다."

"우리 둘을 함께? 어디서, 언제 말이오?"

"제남의 정도련 총단에서 열흘 뒤에 만나자 하셨습니다."

"왜 하필이면 그곳에서 보자고 하는 것이요?"

"그것까지는 저도 잘 모르겠습니다."

"현재 우리의 대화를 혹 요왕이 듣고 있소?"

"그렇진 않습니다."

"그럼 내 얘기를 전달하는 건 가능하오?"

"지금 당장은 힘들지만 차후 연결이 되면 전하지요."

"시급하고 중요하게 전달해야 할 사안이오. 내가 요왕을 만나고자 한 건 사실 이걸 전하고자 함이 더 컸소."

증지산이 무슨 말을 하려는 걸까 싶어 악초림까지 귀를 기울였다.

"과거 마왕들이 이 땅에서 철수하면서 봉인석이 파괴될 경우를 대비해 대책을 세워 둔 걸로 알고 있소. 똑같은 실수를 반복하지 않기 위해 그들은 긴 세월 동안 은밀하게 마계의 괴수를 이승에 이식하는 시도를 했었소."

악초림이 피식 웃었다.

"그건 실패로 끝난 걸로 아는데."

"나도 그런 줄 알았지. 백여 년 전에 암수 한 쌍씩이 생존에 성공했다. 마왕들은 그 사실을 감추기 위해 그 일대의 신령을 봉인하고 괴수를 각인시켰어."

"그게 정말이야? 그걸 어떻게 알았지?"

"내가 이 세계에 마령의 기운을 북돋우기 위해 지기를 탐색하던 중 감춰놓은 땅을 발견했고 그 안에서 괴수가 생존해 있는 걸 확인했다."

"그놈을 그대로 뒀어?"

"그때만 해도 요왕이 출현하는 걸 몰랐을 때니깐. 후에 이용할 가치가 있겠다 싶어 모른 척했지."

보국왕이 두 사람의 대화에 끼어들었다.

"두 분의 말씀을 저는 잘 이해할 수 없군요. 그게 그토록 중요한 일입니까?"

악초림은 한심하다는 듯 보국왕을 잠시 쳐다봤다.

"요왕이 천신, 마왕과 대등하게 싸울 수 있었던 건 무대가 저승이 아닌 이승이기 때문이었소. 다시 말해 천신이든 마왕이든 그들의 본체를 사용하지 못하는 약점 때문에, 약화된 상태에서 제한적으로 능력을 발휘할 수밖에 없었소. 만약 그들이 본신의 능력을 다 사용한다면 마왕 두 명만 힘을 합해도 이 땅을 초토화 시킬 수 있소. 요괴들이 힘을 합친다 해도 그들을 감당하기 역부족일 것이오."

"그것과 괴수와 관련이 있다는 말씀이십니까?"

"그렇소. 마계의 괴수를 왜 이 땅에 이식시키려고 했겠소. 살아남기만 하면 인간의 몸에 깃드는 것보다 훨씬 활용도가 높기 때문이오."

증지산도 한마디를 거들었다.

"괴수를 숙주로 삼으면 인간일 때보다 적어도 몇 배 이상의 능력을 발휘할 수 있겠지요."

"그럼 어찌해야 합니까?"

"괴수를 죽여야지요."

악초림이 서둘렀다.

"가지. 그놈들을 죽이러 가자. 요왕에게 알릴 것도 없이 우리 힘으로……."

"진정해. 내가 왜 요왕을 찾았겠나. 후에 가보니 그놈들은 거기 없었어. 마왕들이 다른 데로 옮겨버린 거야. 우리가 찾지 못할 아주 먼 곳으로 꼭꼭 숨겨 놓은 거야."

악초림이 당황했다.

"이거 최악이로군."

그런데 좀 이상하단 생각이 들었다.

"그런 비장의 수를 준비해 놓았다면 마왕이 그토록 초

조해할 이유가 있나?"

"나도 그게 이상했어. 단순히 우리를 기만하기 위해서였거나, 아니면……."

"아니면? 괴수에게 이상이 생겼거나. 그도 아니면 요왕이 추진하고 있는 일이 그걸 감안하더라도 두려움을 느낄 만큼 대단하단 뜻이겠지."

"첫 번째만 아니면 되는군."

증지산은 신신당부를 했다.

"요왕에게 꼭 전하시오."

"명심하겠습니다."

세 사람의 얼굴은 누가 더 심하다 할 수 없을 정도로 수심에 잠겨 있었다.

제8장
최종병기

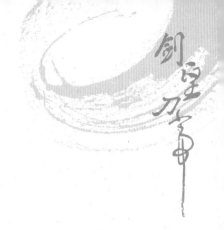

  최근 강호의 구도가 하루가 다르게 급변하는 것을 못견
뎌하고 적응하지 못하는 사람은 많았다. 특히 무림인들이
경우가 심했다. 이름조차 못 들어본 신출내기가 한 지역
의 패자로 화려하게 등장하는데다 그 수가 하나둘이 아니
라는 점이 도통 이해가 안 갔다. 그것뿐이 아니다. 예전
에는 자신의 무공이 어느 정도 수준이며 객관적인 위치가
어디쯤이라는 기준이 서 있었는데 근래엔 모든 것이 엉망
이 되었다.

  천명회도 비슷한 혼란을 겪고 있었다. 과거엔 마교만
신경 쓰면 됐다. 그런데 이제는 누가 적이고 아군이며,

누굴 경계하고 감시해야 할지 헷갈릴 정도로 세력이 늘어났다.

천명회의 세 수뇌가 정도련과 공조하고 보조를 맞추기 위해 총단을 찾았다. 두 회주가 정도련 수뇌와 회합을 하는 동안 함께 동행한 매초향과 혁관월은 귀빈실에서 대기하고 있었다.

서로를 향한 마음을 확인하게 된 혁관월과 매초향은 연인관계로 발전했다. 두 사람은 주변 사람들의 이목은 아랑곳하지 않고 대담하게 애정행각을 벌이는 경우가 잦았다.

매초향은 혁관월의 손에 제 손을 깍지 끼고 절반쯤 그의 품에 안겨 있었다. 혁관월이 그런 그녀를 사랑스러워 못 견디겠다는 눈길로 바라보며 어깨를 감쌌다.

혁관월의 따뜻한 기운이 감돌던 눈이 갑자기 획 돌아갔다. 검은자위가 눈꺼풀 안으로 말려들고 흰자위만 가득 찼다. 그것도 잠시, 혁관월의 전신이 부르르 진저리쳤다. 그걸 본 매초향이 놀라서 혁관월을 흔들며 소리쳤다.

"갑자기 왜 그래? 괜찮아? 정신 차려. 정신 차려 봐."

고개를 푹 숙이며 축 늘어졌던 혁관월의 고개가 다시 쳐들린 순간 매초향은 흠칫 뒤로 물러나고 말았다.

눈앞의 사람을 어찌 자신이 알고 있던 정인이라 할 수 있겠는가. 우선 눈알 대신 검은 구슬을 박아 놓은 것 같은 끔찍한 모습이 매초향을 기함하게 만들었다.

혁관월은 매초향의 반응에 아랑곳없이 무심하게 몸을 일으켜 밖으로 나가려 했다. 그걸 본 매초향이 혁관월의 어깨를 붙잡았다. 매초향은 그 순간 자신의 전신을 관통하는 강력한 자극에 펄쩍 뛰어올랐다. 전신을 벼락이 꿰뚫고 지나간 것 같은 충격에 매초향은 그대로 혼절해 버렸다. 혁관월은 바닥에 쓰러져 있는 매초향을 무심한 시선으로 내려다보다가 내실 밖으로 사라졌다.

설리와 한창 수다를 떨다가 자기 처소로 돌아온 소혜군주는 내일 계획한 일을 생각하며 콧노래를 흥얼거리고 있었다. 내일 언니인 설리와 함께 나들이를 가기로 했다. 의외로 소혜군주는 이곳에서 별 불만 없이 잘 적응하며 지내는 편이었다. 가끔 무료하고 심심할 때도 있었지만 그럴 때마다 그녀에게 위안이 되어 주는 사람이 설리였다. 옷이란 옷은 다 꺼내 내일 무얼 입고 갈지를 고르느라 정신이 없던 소혜군주의 몸이 갑자기 굳어버렸다.

옷을 가슴 앞에 댄 채로 홱 돌아선 소혜군주의 눈이 커졌다. 몇 걸음 앞에 웬 낯선 남자가 서 있었기 때문이다. 그것도 손 뻗으면 닿을 정도로 가까운 거리에.

대마령이 깃들어 있는 소혜군주를 이토록 감쪽같이 속인다는 건 거의 드문 일이었다. 대마령의 완전체가 아닌

한 지척까지 접근하는 걸 모른다는 건 있을 수 없었다.
그런데 상대는 자신의 기억 속에 없는 사람이었다.

"누구냐! 웬 놈인데 무단으로 침입했느냐!"

소혜군주의 처소에 침입해 놀래 킨 사람은 다름 아닌
혁관월이었다.

구마존의 한 사람으로 천명회에 포로로 잡혀 있다가 전
향한 바로 그였다. 매초향을 기절시키고 대기해야 할 위
치를 벗어나 사라졌던 혁관월이 소혜군주의 거처에 나타
난 것이었다.

혁관월이 손을 뻗어 소혜군주의 허리를 감아 당겼다.
다른 한 손은 군주의 얼굴을 쓰다듬고 있었다. 갑작스러
운 행동이긴 했지만 충분히 피하거나 격퇴할 수 있을 소
혜군주가 얼어붙어 가만있는 건 참으로 납득하기 힘든 일
이었다. 그렇지만 그 이유는 금방 드러났다.

"마, 마왕. 마왕이냐?"

"후후후. 어여쁜 아가씨의 모습을 하고 있군. 어울리지
않게 말이지. 아주 신이 나셨어. 내가 너희들을 이렇게
즐기라고 이 땅으로 들여보낸 게 아닌데 말이지."

"무, 무슨 일이냐? 네가 왜 여기를……."

"호 이런. 너는 완전체를 차지하지 못한 것도 억울한데
두 대마령으로부터 따돌림까지 당하고 있나 보군. 불쌍해
서 어쩌나. 전혀 정보 공유가 안 되고 있군. 하긴 네 처지

에 그걸 바라면 죄악이지. 그렇지?"

혁관월의 손이 제 얼굴을 매만지는 게 싫은 소혜군주는 도리질을 했다.

"후후후. 귀엽군. 아주 상큼하고 귀여워."

혁관월의 손가락이 소혜군주의 도톰한 입술을 살짝 건드렸다. 소혜군주가 손을 쳐들었지만 그 손은 부르르 떨기만 할뿐 아무런 행동도 취하지 못했다.

"한 번 시원하게 때려 봐. 혹시 알아? 이 몸이 조각나 버릴지. 호, 모험은 안 하시겠다? 현명하군."

혁관월이 힘차게 소혜군주를 떠밀었다. 흥미를 잃었는지 혁관월은 침상에 엎어져 있는 소혜군주를 벌레 보듯 내려다보며 말을 했다.

"인간의 몸을 입고, 인간처럼 생각하고 행동하고 말한다 해서 인간이 되는 건 아니다. 너는 대마령이다. 네가 본인의 것이라 착각하고 있는 그 기억은 남에게서 강탈한 것일 뿐. 네 것이 아니다. 완전체를 가지지 못한 대마령…… 나는 언제든 너를 없애버릴 수 있다. 너도 그 정도는 알겠지? 나를 대적하면 자살이나 다름없지."

소혜군주는 입을 앙 다물고 혁관월을 올려다봤다. 혁관월은 갑자기 제 머리털을 쥐어뜯고 움켜쥐며 분노했다.

"껍질을 벗겨 패 죽여도 시원치 않을 그 두 놈들이…… 나를 모독하고, 조롱하고…… 내 제안을…… 내 제안을

감히 그 천박한 놈들이 거절했다. 너도 그럴 것이냐? 너
도 내 명령을 따르지 않고 대항할 것이냐? 말해 봐. 너도
그럴 거냐고 물었다."

소혜군주는 진정 두려워하고 있었다.

"나, 나는 당신에게…… 대항하지 않습니다. 원하는
걸 말해 보세요. 원하는 걸."

"그래. 그래야지. 우선 네가 할 일을 일러 주마. 요왕
과 계약한 놈들의 명단을 작성해 와. 한 놈도 빠짐없이
모조리. 그 뒤에 다음 할 일을 알려 주마. 개처럼 기어서
나가라. 내 가랑이 사이로."

소혜군주는 혁관월이 시키는 대로 했다. 그러지 않으면
자신이 죽을 것이란 걸 알기 때문이었다.

*   *   *

요왕 호륵이 미동도 없이 샘을 지키고 있는 그 시간에
휘륜은 생과 사의 갈림길에서 선택을 강요받고 있었다.

한쪽에는 달콤한 꿀과 향이 진한 술이 차려져 있었고
다른 한쪽에는 피가 뚝뚝 떨어지고 있는 잘린 머리가 보
였다. 보기만 해도 끔찍한 얼굴은 휘륜의 기억에 있는 존
재의 것이었다. 휘륜은 마음속으로 둘 중 하나만 가질 수
있다고 스스로에게 각인시키고 있었다. 당연히 꿀과 술을

선택하고 싶은데 시선은 자꾸만 끔찍한 곳으로 향했다.

무언지 모를 이끌림에 저항하지 못하고 휘륜은 끝내 잘린 머리를 손에 잡고 말았다. 살짝 후회가 되었지만 선택은 번복할 수 없었다. 휘륜의 손에 들린 머리통이 눈을 번쩍 떴다. 동공이 없고 휑하니 비어 있었는데 거기서 시커먼 피가 주르륵 흘러나왔다. 피가 멈추지 않고 계속 흘러나와 휘륜이 딛고 선 땅을 가득 채운다. 불길한 피는 회오리치며 격랑을 만들더니 휘륜을 다른 곳으로 떠내려 보냈다.

두 개의 섬이 나란히 마주하고 있었는데 한 곳에는 자신을 최초의 요괴라고 주장하는 자가 똬리를 틀고 있었고 다른 한 섬에는 자신이 마왕이라고 주장하는 자가 분노하며 땅을 구르고 있었다. 둘은 이내 서로를 향해 돌진하더니 엉켜서 싸우기 시작했다. 마왕을 칭칭 감아 버린 요괴가 금방 이길 것 같았다. 그렇지만 이내 마왕의 몸에서 가시와 불꽃이 쏟아져 나와 요괴의 몸을 태웠다. 마왕의 몸이 모조리 불꽃으로 화해 요괴의 전신을 감쌌고 화룡처럼 변한 요괴가 괴로운지 연신 괴성을 지르며 공중에서 꿈틀거렸다. 휘륜은 꼼짝할 수가 없었고 그저 넋을 놓고 그 장면을 바라볼 뿐이었다. 불붙은 요괴가 괴로움을 못 견뎌 휘륜에게로 달려들었다. 그리고 거짓말 같은 일이 벌어졌다. 그 거대한 요괴의 몸이 작은 휘륜의 입 속으로 통째로 빨려 들어간 것이다.

"커, 컥, 컥컥."

입이 찢어지고 목이 찢어지고 온몸이 찢어지는 것 같은 고통이 휘륜의 전신을 엄습했다.

지켜보고 있던 요왕 호륵의 눈에 긴장의 빛이 서렸다. 샘 속으로 가라앉았던 휘륜의 몸이 빛기둥 속에서 천천히 떠오르고 있었기 때문이다. 여전히 혼절한 모습이었지만 두 개의 구멍은 어느새 흔적도 없이 메워졌고 전신의 모공으로부터 거무죽죽한 피가 흘러나오고 있었다. 그것뿐만이 아니었다. 그의 피부가 바람에 흩날리는 모래처럼 부서지며 허물을 벗더니 급기야 물처럼 녹아내렸다. 살이 모조리 물이 되어 사라지고 뼈만 남았는데 그 뼈마저 순식간에 가루가 되어 샘 속으로 녹아들었다. 빛의 기둥 안에서 완벽하게 사라져 버린 휘륜을 보며 요왕 호륵은 아연실색했다. 그도 예상치 못한 경악스러운 현상을 목도했기 때문이다.

'설마…… 실패한 건가? 그럴 리가 없거늘. 왜지, 왜 갑자기 이런 이상한 일이 벌어진 걸까?'

요왕의 머릿속이 복잡해졌다. 계획대로라면 휘륜은 새롭게 태어나야 했다. 과거의 기억을 모조리 회복한 위대한 계약자로 등장해야 했다. 그런데 사라져 버린 것이다.

그것도 자신의 눈앞에서.

"이런 말도 안 되는 일이. 정말, 정말 이대로 허무하게 끝났단 말이냐. 이럴 수가. 안 돼, 안 돼!"

요왕은 심장이 찢어지는 것 같은 아픔과 안타까움을 느꼈다. 바로 그때 샘 전체가 부글부글 끓어오르기 시작했다. 천 평 남짓 되는 동굴 전체를 수증기가 순식간에 뒤덮었다. 무릎 높이로 찰랑대던 액체는 하나도 남아 있지 않았다. 그걸 본 요왕은 한 가닥 기대를 다시 품기 시작했다. 요왕 호륵의 소원대로 휘륜이 다시 살아나기라도 하는 걸까? 장차 시작될 전쟁에서 휘륜은 없어서는 안 될 중요한 위치를 점하고 있었다. 이제 와서 그가 없는 전쟁은 생각도 하기 싫었다.

'이대로 죽는 건 말도 안 된다. 깨어나라. 눈을 떠라. 너는, 너는 내 자랑스러운 형제가 아니냐. 위대한 전사여. 다시 한 번 눈물 나도록 아름다운 전투를 보고 싶구나.'

요왕은 속으로 빌고 또 빌었다. 그 마음의 갸륵함이 전달되었기 때문일까?

쉬익!

동굴 전체를 가득 채우고 있던 수증기가 빛기둥 안에서 하나로 뭉치기 시작했다. 그리고 사람의 형태를 이룬다. 자궁 안에서 아이가 만들어지고 탯줄을 매단 채 자라나

열 달을 견디고 자궁 밖으로 나와 몸이 커가는 것처럼 빛 기둥 안에서 인체의 형상을 한 무언가가 빠르게 변화하며 성장하고 있었다. 그리고 마침내 그것은 한 사람의 완전한 성인의 모습으로 화했다. 빛이 그 몸속을 샅샅이 어루만져 한 조각씩 만들어갔다. 사라졌던 휘륜이 다시 그 자리에 나타났다. 두둥실 떠오른 휘륜의 몸이 꿈틀거렸다.

화악!

강렬한 빛의 폭발이 동굴 전체를 채웠다. 요왕 호륵마저 손으로 눈을 가렸어야 할 정도로 밝은 빛이 휘륜의 몸 안에 머물고 있었다. 휘륜이 드디어 눈을 떴다. 그는 온전한 자신을 되찾은 후였다. 이전 생애의 사라진 기억들마저 모조리 되찾았다.

실오라기 하나 걸치지 않은 나신으로 바닥에 두 발을 딛고 선 휘륜은 구석에서 감격의 표정을 짓고 있는 요왕 호륵을 따스한 눈길로 바라보았다.

휘륜이 손을 내밀었다. 단지 그것뿐이었는데도 요왕 호륵은 울컥해서 눈시울을 붉혔다. 호륵은 감정을 주체하지 못하고 휘륜의 품 안으로 뛰어들었다. 휘륜은 호륵의 등을 어루만지고 다독여 주었다.

"우리 형제를 고통스럽게 만든 자들을 심판해야 할 때가 왔어. 나는 원하는 걸 가졌고 계획대로 더욱 강력한 힘을 얻었어."

둘은 떨어졌다.

휘륜은 자신의 벌거벗은 몸을 내려다보더니 손을 휙 저었다. 그러자 놀라운 일이 벌어졌다. 한 벌의 깨끗한 장삼이 생겨나 휘륜의 미끈하고 우람한 나신을 가렸다. 그걸 본 요왕도 꽤 놀란 눈치였다.

"형, 그동안 고생 많았지?"

휘륜이 재차 요왕을 형이라 불렀다. 그랬다. 두 사람은 믿기지 않게도 형제 사이였다.

둘은 아버지가 달랐지만 어머니가 같았다.

요괴는 성체가 되는 시기에 특별한 의식을 치른다. 예전엔 초야를 치르기 전의 처녀를 잡아다 하룻밤을 보내고 돌려보내곤 했다. 그래야만 요괴들 사이에서 성체로 인정해 주는 풍습이 있었다.

휘륜과 호륵의 어머니도 그렇게 잡혀온 처녀였고 그 하룻밤으로 호륵이 생겨났다.

처녀가 배가 불러오자 집안과 일족 사람들이 죽이려고 했고 그 사실을 안 호륵의 아버지는 자신의 하룻밤 신부를 구출해 데려온다. 무사히 호륵을 낳은 뒤에 여인은 요괴들 틈에서 살길 거부하고 도망갔다.

호륵이 자라나며 제 어머니 얘기를 들었다. 반인반요가 그다지 드문 경우는 아니었기에 따돌림을 받거나 차별받진 않았다.

호륵은 생부 몰래 낳아준 생모를 살펴보고 오곤 했다.

한편 호륵을 낳고 도망을 간 여인은 새로운 가정을 이루고 또다시 임신을 하게 되었다. 산달이 가까워져갈 무렵, 이웃나라와 전쟁이 났다. 남편은 강제로 징집되어 집을 떠난다.

나라 전체에 큰 난리가 났고 게다가 기근까지 겹쳐 굶어 죽는 사람이 속출했다. 온 세상이 궁핍했지만 호륵의 생모는 굶지 않았다. 호륵이 매일 먹을 양식과 손질한 고깃덩이를 집 안에 몰래 넣어주었기 때문이다.

점차 배는 불러오고 산달이 가까워오는데 비보가 전해진다. 전쟁터에 나갔던 마을 청년들과 휘륜의 생부까지 모두 죽었다는 소식이었다. 그 소식을 듣고 충격을 받은 휘륜의 생모는 혼절하고 만다.

혼절하고 하혈까지 한 휘륜의 생모를 마을 사람들은 살릴 수 없다고 생각하고 단념했다. 그 사실을 알게 된 호륵은 어머니를 살리고자 품에 안고 아버지에게로 갔다. 요괴들은 호륵이 데려온 여인이 얼마 살지 못하는 걸 알아보았다.

정신을 차린 여인은 호륵이 제 아들이라는 사실을 알고 서러운 눈물을 흘렸다. 마지막으로 아들을 품 안에 꼭 안은 여인은 그 상태로 숨을 거두었다.

요괴들은 뱃속의 아이를 지금이라도 꺼내면 살릴 수 있

다는 걸 알고 있었다. 그렇지만 호륵의 아버지 눈치를 보며 아무도 나서질 못했다. 그때 놀랍게도 호륵이 제 손으로 직접 숨을 거둔 어머니의 배를 갈라 아이를 꺼냈다. 그게 바로 휘륜이었다.

휘륜과 호륵은 나란히 동굴을 빠져나와 대전으로 갔다.

휘륜은 오랜만에 자신의 자리에 앉았다. 감회가 새로웠다.

긴 꿈을 꾸고 깨어난 것 같았다.

"먼 길을 돌아 다시 이곳에 이르렀군. 형, 기억나?"

"뭐가?"

"형의 아버지가 나를 죽이려고 했을 때 나를 살리려고 맞섰잖아."

호륵은 웃었다.

"그랬지."

"그때 왜 그랬어?"

휘륜은 호륵에게 당시의 일을 두고 고맙다는 표현을 한 적이 없었다. 그렇지만 늘 형 호륵에 대한 감사한 마음은 지니고 있었다.

"글쎄다. 당시에 너는…… 내게 유일한 혈육이었어. 아버지는 나를 낳긴 했지만 한 번도 나를 아들로 여긴 적이 없었거든. 너도 알잖아. 아버지가 널 죽이려고 하던 순간 나는 무슨 일이 있어도 막아야 한다고 생각했어. 그것만 생각했지. 정신을 차려보니깐…… 내 손으로 아버지를 죽였더라. 그런데 당시엔 널 살렸다는 생각이 우선이어서 다른 생각은 할 여유도 없었다."

"그 뒤로 우리 형제는 온갖 핍박을 받으며 요괴들 사이에서 천덕꾸러기로 지냈지. 성인이 되지 않은 나를 형이 계약자로 삼은 건 내 인생을 바꿔놓은 행운이었어. 만약 그러지 않았다면 나는 살아남지 못했을 거야."

두 형제는 그 뒤로 승승장구했다.

호륵은 요괴들 중에 가장 강력한 일곱 명 중에 하나가 되어 요왕의 지위를 획득했다.

휘륜은 계약자들 중 최강이었으며 심지어 요왕을 넘어설 정도로 강력해졌다.

계약자들을 최초로 하나로 통합한 거대 제국의 왕이 된 휘륜을 요괴들은 두려워했다. 호륵과 휘륜이 형제이고 우애가 돈독했음에도 불구하고 휘륜을 경계하는 요괴들이 많았다. 마침 천신과 마왕이 이 땅에 침범하지 않았다면, 그들과 전쟁이 벌어지지 않았다면 오히려 요괴와 인간들 사이에 전쟁이 벌어졌을 가능성이 다분했다.

휘륜은 계약자들을 이끌고 요왕의 진영 선봉에 섰으며 천계와 마계의 군대를 무찔렀다.

"형, 이제는 오해를 풀 때가 온 것 같아. 형한테도 말하지 못한 게 있어."

"뭔데? 나는 오해하고 있는 게 없는 걸."

"차마 당시에 그 말을 할 수가 없었어. 해도 안 됐고. 나는 정말로 배신하려고 마왕 편에 가담한 게 아니었어."

잊고 싶었던 기억이 다시 떠오르자 호륵은 얼굴을 찌푸렸다.

"그 전쟁에 참전했던 마왕은 당시 세 명이었고 나머진 마계에 남아 있었지. 마계에 남아 있던 마왕 하나가 전쟁의 말미에 나를 찾아 왔었어. 그는 내게 전쟁을 속히 끝내라고 경고하더군. 나는 당시 엄청난 충격에 빠졌어. 우리가 만나 본 마왕이나 천신과…… 그는 차원이 달랐어. 너무 강력해서 위축이 되고 두려움을 느낄 정도였어. 그가 만약 참전했다면 전쟁은 금세 끝났겠구나, 그런 생각이 절로 들 정도로."

"그런 자가 있다고?"

"응. 그런 마왕이 있어. 내가 물었지. 당신 같은 자가 또 있냐고. 그가 그러더군. 자신을 포함한 마왕들 전부가 힘을 합해도 이길 수 없는 마왕이 하나 더 있다고 하더군. 거기다 천신들 중에도 자신 정도가 되는 존재는 여럿이라고 했어."

"거짓말일 수도 있잖아."

"아냐 사실이었어. 후에 내 눈으로 직접 확인한 일이야. 어쨌든 당시에 나는 전쟁을 끌어봤자 승산이 없다고

생각했어. 내가 투항하는 것으로 전쟁을 마무리 지어 주
겠다는 약속만 믿고…… 나는 그가 시키는 대로 했지."

"바보같이 왜 그때 나와 상의를 하지 않은 거냐?"

"말했잖아. 그럴 여유가 없었다고. 내가 거절하면 그
마왕은 당장 참전할 것처럼 위협했고 그 순간 어차피 전
쟁은 끝난다는 걸 직감했으니깐."

"그 정도로 강했단 말이지?"

"어 말도 안 되게."

"단지 그 이유 때문에 네 목숨과 바꿨다고?"

"거기엔 또 다른 나의 야심이 숨겨져 있어. 나는 생각
했지. 이대로는 우리가 천신과 마왕의 노예가 되겠구나.
그들에게로 가서 모든 걸 알아보고 가능하다면 더 강해
질 수 있는 길을 찾아보자. 그런 생각을 했지. 많은 우여
곡절이 있었지만 결과적으로 나는 원하는 걸 모두 얻어냈
어."

"믿기지 않는 얘기들이군."

"형 걱정하지 마. 이제 나도 그들 못지않게 강해. 인간
이 가질 수 있는 신체 중 가장 월등하고 완벽하다는 원영
신을 완성했고 거기다 마왕의 능력까지 덤으로 얻었어."

"마왕의 능력이라니?"

휘륜은 불타는 마왕의 심장을 자신이 가지게 된 자초지
종을 털어놓았다.

"나는 이제 내가 가진 힘의 끝을 모를 정도야. 하지만 형도 알겠지만 전쟁은 나 혼자서 하는 게 아냐."

"우리들 요괴 군단도 만만치 않을 거다. 전력 손실 없이 지하에서 분노와 원한으로 힘을 더 키웠을 테니. 기대해도 좋지 않을까?"

"그것만으로 부족해. 그래서 생각해 본 건데…… 계약자들의 수를 대폭 늘여야겠어. 후보들은 내가 추천해 주지."

"그야 뭐 어려운 일은 아니니깐."

"봉인석 파괴는 언제쯤이 좋을까?"

"네가 도와주면 언제든 가능하지. 지금 당장이라도 가능하지만 봉인석이 파괴되는 순간 천계와 마계의 군대가 침입할 거라는 게 문제지."

"아마도 그렇겠지. 지금은 형 혼자니 그들이 대군을 이끌고 침략하기엔 명분이 부족할 테고. 좋아. 그럼 시기는 내가 결정하지."

두 형제는 의기투합하여 손을 맞잡았다.

*   *   *

휘륜과 호륵 형제는 정도련으로 가기 전에 감단으로 먼저 갔다. 휘륜이 의제로 삼은 천위왕의 군영으로 갔다.

둘은 천위왕을 대동하고 군영 뒤쪽 감춰진 비밀동굴로 들어갔다. 사람 형상을 한 청동상 백 개를 바라보는 휘륜의 심정은 각별했다.

"과거 나는 이 병기의 능력을 백분 다 발휘하지 못했어. 당시의 내 능력을 감안하면 삼 할도 채 끌어내지 못했을 거야."

휘륜 뒤에 서 있던 천위왕은 청동상이 병기가 된다는 사실이 지금까지도 잘 이해되지 않았다.

"형님 제 눈에는 그저 움직이지 않는 석상으로 보일 뿐인데 저걸 어떻게 병기로 사용한다는 건지 짐작이 안 됩니다."

휘륜은 웃었다.

"그럴 테지. 보고 싶으냐?"

"네, 너무 궁금합니다."

"요괴가 만든 사상 최강의 병기를 보여 주지."

휘륜이 두 손을 앞으로 활짝 펼쳤다. 열 개의 손끝이 갈라지며 피안개가 뿜어졌다. 자욱하게 퍼져 나간 피안개가 청동상을 흠뻑 적셨다. 그 순간 석상처럼 보였던 청동상이 원래의 제 모습으로 복원되고 있었다. 돌처럼 보이게 만들었던 흙덩이가 쩍쩍 갈라져 원래의 청동상으로 바뀌었다. 그리고 청동상이 눈을 떴고 너무나 자연스럽고 부드러운 움직임으로 휘륜의 앞으로 다가오는 것이었다.

휘륜은 백 개의 청동상을 이끌고 동굴 밖으로 나갔다. 청동상이 움직인 것만으로 천위왕을 감탄시키기엔 부족했다.

밖으로 나온 휘륜은 천위왕을 보며 한쪽 눈을 찡긋해 보이더니 손가락을 소리 나게 튕겼다. 그때 놀라운 변화가 일어났다. 바닥에 두 발을 딛고 굳건하게 서 있던 청동상들이 거짓말처럼 앞으로 뛰어나가는 것이었다. 그 속도는 무림의 고수가 움직이는 것 못지않았다. 거기에서 끝났다면 천위왕의 실망감은 여전했을 것이다. 빠르게 대열을 이루며 움직이던 청동상이 하나둘씩 합쳐지기 시작했다. 합쳐졌다 떨어지기를 반복하며 눈을 어지럽혔다. 심지어 하나로 합쳐져 높이 십 장 정도의 거인으로 바뀌기도 했는데 그런데도 속도는 여전했다. 아니 오히려 더 빨라졌다.

휘륜은 뿌듯하게 바라봤다.

인간의 생기와 요괴의 요기와 이 세계의 정기를 모두 담고 있는 생체병기다. 형태에 구애받지 않고 변형이 가능하며 어떤 방법으로도 파괴할 수 없다. 휘륜의 신형이 허공으로 붕 떠오른 순간에 맞춰 청동상이 백 개의 검과 도로 바뀌었다. 공중에 떠 있는 백 개의 검과 도는 그 자체만으로 압도적이었다. 그중 두 개가 휘륜의 손에 쥐어진 순간 나머지 청동 병기들이 휘륜의 손안에 들린 병기에 다닥다닥 붙으며 하나가 되었다.

천위왕의 입이 점차 벌어져 나중에는 다물어질 줄 모르는 것도 당연한 반응이었다. 휘륜이 이후에 보여 준 위력은 천위왕 한태성의 예상을 훨씬 뛰어넘는 것들이었다. 심지어 요왕 호륵조차 감탄을 연발했다. 호륵은 소름이 돋는 걸 느꼈고 무섭기까지 했다.

*　　　*　　　*

정도련 전체에 한바탕 소란이 벌어졌다. 정도련주 이하 수뇌부에서 공표한 내용 때문이었다. 정도련과 밀종, 검계, 천선부를 포함한 기존의 연합과 구왕으로 알려진 근래의 신진 세력을 총망라한 거대 군세가 등장했다. 수장은 검황 휘륜.

검황군이라 명명된 이 새로운 세력의 수장이 검황이라고 하니 다들 검황이 실존인물인가 반신반의했다. 자세한 내용을 기록한 방문이 정도련 총단 곳곳에 나붙었다.

한편 정도련 총단에서 요왕을 만나기로 약속한 증지산과 악초림이 제남에 나타났다.

두 사람은 객잔에 들러 허기를 해결하고 총단으로 들어가기로 했다. 객잔 안에 들어가니 아래층은 빈자리가 드물 정도로 빼곡했다. 이 층은 그나마 빈자리가 많았다.

두 사람은 요리를 시키고 음식이 나오기를 기다렸다. 바로 옆자리에는 한 무리의 무사들이 식사를 끝내고 한창 대화에 열중이었다. 복장을 보아하니 정도련 소속의 무사들이었다. 증지산과 악초림은 무사들의 대화에 귀를 기울였다. 두 사람이 관심을 가질 만한 내용이 주를 이뤘다.

"검황이 실존하는 인물이었다지 않나. 그게 더 믿기지 않네."

"더군다나 그분이 우리가 알던 도제 휘륜 대협이라니."

"실종되었다가 언제 돌아오신 거지? 한 몇 년 전에 명성이 높았다는 건 기억하는데."

"그랬지. 사라졌던 분이 갑자기 나타난 것도 놀라운데 검황군의 총사령관이라니. 총단의 수뇌부 전부가 휘하로 들어간다지 않나. 아무리 신화적인 당대 검황이라고 해도 충격적이긴 해."

"그러게 말이야. 거기다 구왕마저 한 편이라니. 이걸 어떻게 받아들여야 할지 모르겠어. 큰 전쟁을 대비한다고 하는데 대체 초유의 거대 전력이 상대할 적이 이 세상에 있기는 할까? 이 정도면 몇 개의 나라를 세우고도 남을 전력이지. 마교도 검황군의 군세에 비교하니 초라해 보이는구먼."

"그게 아니야 이 사람아. 윗분들의 얘기를 잠깐 귀동냥

했는데 하도 허무맹랑한 얘기를 들어놔서 나는 지금도 그 얘기가 우리가 살고 있는 이 세상에 대한 것인지 아닌지 헷갈리긴 하지만 그분들 말이 사실이라면 현재의 군세도 모자랄 걸세."

"뭔데 그러나? 어서 얘기해 봐."

"아 글쎄 아홉 왕과 그 밑에 주요 인물들은 모두 요괴와 계약을 한 사람이래."

"요괴?"

"원래는 평범한 사람들이었는데 요괴의 왕과 계약을 해서 그런 능력을 가지게 되었다는 거야."

"예끼 이 사람아. 그게 말이 되는 소린가."

"아 일단 내 얘길 다 들어보게. 아직 안 끝났으니깐. 옛날엔 사람과 요괴가 같이 어울려 살았는데 천계의 신과 마계의 왕이 요괴가 인간을 지배하는 것을 탐탁지 않게 여겨 하계로 천군과 마군을 보냈다더군. 그런데 쉽게 정리될 줄 알았던 요괴들의 저항이 만만찮았다는군. 금방 끝날 줄 알았던 전쟁이 쉽게 끝나지 않고 오래가자 결국 천신과 마왕들까지 직접 이승으로 오게 된 게야."

들고 있던 주변 사람들이 코웃음을 치며 웃었다. 일부는 재미있다며 계속 해 보라고 했다.

"이건 내가 지어낸 얘기가 아니라고. 윗분들이 한 얘기를 그대로 옮기는 거라니깐."

"예끼 실없는 사람 같으니라고. 어느 분이 그런 소리를 하더란 말인가."

"어제 오늘 수뇌부 회의가 계속 열리고 있지 않은가. 거기서 오간 얘기일세. 나만 들은 게 아니야. 자네도 들었지?"

자기 말을 거짓으로 몰아가는 분위기가 억울했는지 좌석 끄트머리에 앉아 있는 수하에게 도움을 청했다. 청년 무사는 쓴웃음을 지으며 고개를 끄덕였다.

"강 조장님 말씀이 맞습니다."

"그것 보게. 내 말이 참말이 아니고 거짓이면 벼락을 맞아 뒈져도 할 말이 없네."

그제야 주변 사람들은 호기심이 생겼는지 계속 해 보라고 권했다. 그러자 흥분을 가라앉힌 무사가 기억을 더듬어가며 차분하게 말했다.

"당시에 전쟁은 천신과 마왕의 승리로 끝이 났는데 전쟁에서 패한 요괴들은 지하로 물러났고 다신 지상으로 나올 수 없도록 그 뭐라더라? 뭐라고 했지?"

"봉인석이요."

"아 맞다. 봉인석. 하여간 그런 걸 장치해서 지하로 물러난 요괴들이 지상으로 못 올라오도록 막아 두었다는 게야. 그 봉인석에 요괴의 왕 하나가 갇혀 있었는데 근래에 봉인석에 갇혀 있던 요괴의 왕이 탈출을 한 거지. 그때부터 계약자들이 하나씩 생겨난 거고."

"그럼 지금 총단에 요괴의 왕이라도 와 있다는 건가?"

"제대로 맞췄네. 요괴의 왕이 검황을 따라 함께 와 있
네."

사람들의 눈빛에는 어이없어하는 빛이 가득했다.

"그럼 지금 윗분들이 모두 그 요괴에게 홀려 제정신이
아니라는 겐가?"

"그야 나도 모르지. 멀쩡해 보이긴 했는데 속사정이야
어찌 알겠나."

"뭐가 뭔지 모르겠군."

일각 정도 더 대화를 나누던 무사들이 자리를 떴다. 식
사를 마친 증지산과 악초림도 엉덩이를 털고 일어났다.
객잔 문을 나서며 증지산이 중얼거렸다.

"요왕이 여기 와 있는 건 확실한가 보군."

악초림은 무표정한 얼굴로 하늘을 잠시 올려다봤을 뿐
이었다.

설리가 혼자 머물고 있는 방에 온 소혜군주는 내내 편
치 않은 얼굴을 하고 있었다. 그걸 설리가 못 알아보았을
리가 없다.

"근심이라도 있어?"

"아냐, 언니. 왜? 내가 이상해 보여?"

"초조한 얼굴을 하고 있으니 그렇지. 고민이 있으면 말해 봐."

"정말 아니야. 아무 일 없으니깐 언니는 신경 쓰지 않아도 돼."

"그렇다면 다행이고."

"그것보다 오라버니는 한 번도 여기 안 들렀어?"

"아냐. 어제 한 번 다녀갔어. 너 이제 보니 내가 아니라 숙부님께 할 얘기가 있구나."

"아냐. 그런 거. 그런데 언니는 언제까지 숙부라고 부를 거야?"

우문설리는 조용히 웃었다.

"아직은 이게 편해서."

"하여간 별나 두 사람 다."

우문설리는 갑자기 생각이 난 듯 소혜군주를 일으켜 세우며 말했다.

"답답한데 산책이라도 갈까?"

"지금? 나는 별로 생각이 없는데."

"아냐. 너도 따라나서면 좋아할 거야. 가자."

설리는 막무가내로 소혜군주의 소매를 잡고 이끌었다. 어쩔 수 없이 따라나선 소혜군주는 낯빛이 더 어두워졌다.

밖으로 나온 두 사람은 새로 깐 청석길을 걸었다. 총단을 개보수하는 작업이 아직 한창이라 곳곳에서 일하고 있는 인부들이 보였다. 전체적으로 어수선한 분위기였다. 설리는 이곳에 처음 왔을 때가 불현듯 떠올랐다.

"내가 예전에 이곳에 처음 왔을 때가 생각나네. 숙부님과 막할아버지와 함께 왔었는데. 그땐 여기가 세가 동맹이었어."

소혜군주도 기억을 떠올리고 있었다.

"나도 여기에서 좋지 않은 기억이 있었던 것 같군."

"시간이 참 빨리 흘러가는 것 같아."

두 사람은 생각에 잠겨서 천천히 발걸음을 내딛고 있었다. 바로 그때 두 사람을 향해 다가오는 한 사람이 보였다. 몇 발짝 밖에서 허리를 굽히며 공손하게 인사하는 모습이 무척 예의 바른 사람같이 보였다. 적어도 설리 눈에는 그리 보였다. 하지만 소혜군주는 사색이 되었다.

"불초소생은 혁관월이라고 하는 말학입니다. 두 분께 잠시 용무가 있습니다. 제게 시간을 좀 주시겠습니까?"

소혜군주는 혁관월이 이처럼 대담하게 나올 줄 예상 못 했기에 당황하고 있었다.

설리가 의아하여 물었다.

"무슨 일인데 그러시나요?"

그러자 소혜군주가 설리의 팔을 잡아당기며 자기 뒤쪽으로 물리며 나섰다.

"우린 갈 길이 바쁜 사람이니 다른 곳에 가서 알아보세요. 언니 어서 가. 다들 아까부터 기다리고 계시잖아."

"응?"

설리 쪽을 보며 소혜군주는 눈을 찡긋하더니 전음을 사용했다.

『언니 날 믿고 내가 하는 대로 가만있어. 이 사람은 상대하면 안 돼. 매우 위험한 사람이야. 그렇게만 알고 나한테 맡겨 둬』

"언니 빨리 가자."

소혜군주가 설리를 이끌어 한쪽으로 비켜서는 순간 혁관월은 한 걸음 앞으로 전진 하며 소혜군주의 앞을 가로막았다.

"잠시면 됩니다, 군주마마. 거처로 드시지요. 보는 눈이 많으니 여기서 대화를 나누는 건 적절치 않습니다."

"어서 썩 비켜서지 못할까!"

바로 그 순간 혁관월의 입에서 나지막한 소리가 흘러나왔다.

"네가 죽고 싶어 안달이 났구나. 내가 너를 죽이고자 결정하면 사람들 눈을 의식하겠느냐."

상상치도 못했던 말이 상대에게서 튀어나온 순간 설리는 소스라치게 놀랐다.

무뢰배인데다 흉심을 품은 적도라는 걸 금방 알아챘지

만 한 가지 가시지 않는 의문도 있었다. 그녀가 알기에 현재의 소혜군주는 이전의 그녀와 다르다고 들었다. 악초림의 경우와 마찬가지로 그녀에게도 대마령이 들어와 있다는 사실을 들어 알고 있었다. 합비에서 사람들이 악초림을 두려워 해 자신을 숨겼다는 걸 기억하고 있는 설리는 현재의 상황이 조금 납득이 안 갔다. 긴장하고 있는 소혜군주의 모습만 보아도 상대를 두려워하고 있다는 걸 알 수 있었다.

"말로 할 때 순순히 따르면 피차 피곤하지 않잖아. 인상 쓰게 하지 말고 따라 와. 안 그러면 너 대신 네가 보호하려고 하는 그 계집의 목을 따주마. 그래도 좋다면 말이지."

혁관월의 손이 들린 순간 소혜군주는 움찔 몸을 떨더니 체념했다.

"시키는 대로 할 테니 언니에겐 손가락 하나라도 까딱하지 마라."

"진작 그럴 것이지. 앞장 서."

소혜군주는 설리의 거처로 향했다.

제9장
증지산, 악초림의 가담

　설리의 방에 도착하자마자 혁관월은 의자에 앉아 탁자에 두 발을 올렸다. 불손한 태도였지만 지금 그걸 지적하거나 나무랄 사람은 없었다.

　"상황이 아주 고약하게 되었어. 이놈들이 생각보다 빨리 일을 진행시키고 있다. 검황 휘륜, 그놈이 이런 식으로 우리에게 장애가 될 줄은 몰랐군. 너희들 대마령을 견제하라고 거래를 허락했던 일이 우리에게 칼이 되어 돌아오다니…… 기가 막힌 노릇이로군. 그놈에 대해 아는 대로 얘기해 봐. 사소한 것도 좋으니 모조리 다."

　혁관월, 즉 마왕의 그 말은 휘륜에 대해 잘 모른다는

고백과 같았다. 무엇보다 휘륜과 설리의 관계를 아직 전혀 눈치채지 못했다는 사실이 소혜군주에겐 지금 이 순간 무엇보다 다행스러운 일이었다. 그리고 마왕이 혁관월을 차지한 것과 자신들 대마령이 인간을 숙주로 삼는 방식에 차이가 있음을 보여 주는 대목이기도 했다.

마왕은 혁관월을 강제로 제압하여 그의 몸만 빌려 쓰고 있는 처지였다. 대마령의 경우는 숙주와 일체화되어 둘을 분리시키지 않고 동일시한다. 그에 반해 마왕은 강제로 의식을 제압하기 때문에 기억의 일부만, 아주 제한적으로 사용하는 것에 지나지 않는다. 그 차이는 무척 크게 작용하고 있었다.

"휘륜은 검황이다."

"외부에 다 공표된 뻔한 얘기는 생략하고. 내가 알면 도움이 될 만한 정보를 얘기하라고. 약점 같은 거나 인간관계, 특이사항 같은 것 말이다. 성장배경이나 가족관계 같은 거면 더 좋고."

"그런 것까지 내가 알 리가 없잖아."

"정말 몰라?"

혁관월은 의심의 눈초리를 지우지 않았다.

"물론 대략적인 건 알지. 당대의 검황이고 과거엔 도제로 불렸고 또…… 정도련과 관련이 있으며 이번엔 요왕이 그를 앞세웠다는 것 정도."

"한심하긴. 대마령인 너는 대체 여기서 뭘 하고 있는 거지? 저 계집이랑 노닥거리며 수다나 떨려 온 거냐? 그리고 너! 너는 누구지? 이름이 뭐야? 두 사람 관계가 어떻게 되지?"

혁관월의 관심이 갑자기 설리에게로 향하자 소혜군주는 속으로 다급해졌다.

"나와 의자매를 맺었을 뿐이다. 무공도 모르고 무림에서도 지위가 평범한 사람이야. 네가 관심을 가질 필요도 없는 분이니 신경 안 써줬으면 좋겠어."

"의자매? 꼴값을 떠는군."

탁자 위에 올려 두었던 다리를 내리고 똑바로 앉은 혁관월은 머릿속이 복잡한지 관자놀이를 손끝으로 지그시 눌렀다.

두 눈을 감고 생각에 잠겨 있는 것만 보아도 그가 고민이 많다는 걸 알아볼 수 있었다. 예상과 다른 급격한 전개에 마왕도 당황한 것이다. 자신이 먼저 홀로 이승으로 넘어온 목적은 요왕과 계약자들의 대비 상황을 파악하기 위함이었고 훼방하고 지연시키고자 함이었다. 시간을 주면 줄수록 이들의 방어는 더 견고해질 것이다.

아직 봉인석이 파괴된 징후는 포착되지 않았다. 단지 요왕이 뭔가를 획책한다는 것만 짐작하고 있을 뿐이었는데 이런 식의 엉뚱한 전개로 이어질 줄은 예상 못했던 것이다.

'시간을 벌어야 한다. 우리가 이승으로 넘어와 안착하려면, 그것도 대규모 병력이 이동하려면 거기에 걸맞은 신체를 선별하는 작업이 필요하다.'

마왕이든 마군이든 저승에서 이승으로 넘어오면 혼, 즉 영체의 상태다. 이 영체의 상태에서 오래 이승에 머물 수 없다. 머무는 시간이 길어질수록 힘이 급격하게 약화된다. 그런 약점을 안고 요괴들과 싸우면 초반에야 타격을 좀 입히겠지만 어차피 장기전으로 간다고 봤을 때 최후의 승리를 장담할 수 없게 된다.

지금 마왕이 인간의 몸을 차지한 것처럼 마왕과 마왕의 군대는 인간의 몸을 빌려 이승에 머물게 된다. 제각각 영체마다 최적화된 인간을 선별하는 일이 매우 중요하다.

예전 일차 전쟁 때 요괴들에게 쩔쩔맨 가장 큰 이유가 최적화된 신체를 찾는 노력을 기울이지 않았기 때문이었다. 부작용은 상당했다. 시간이 지나자 능력의 감소가 현저해졌고 신체의 기운이 깨져 온갖 병증이 생겨나기도 했다. 만만치 않은 적과 신체 부작용이라는 이중고를 안은 채 전쟁을 수행하다 보니 가지고 있던 전력마저 제대로 발휘하지 못했었다.

'이런 일을 대비해 이식시킨 괴수들은 아직 준비가 덜 된 상태다. 가수면 상태에서 너무 오래 있었기 때문에 깨

고 나서도 회복하려면 한참이 더 걸린다. 무엇보다 이식에 성공한 괴수들은 개체수가 적다.'

마왕과 군장 몇 명만 괴수를 가질 수 있을 정도로 소수였다. 나머지는 결국 인간들 중에 택해야 하는 것이다. 마왕을 더 답답하게 만드는 점은 요왕이 봉인석을 파괴하지 않고 시간을 지체하고 있다는 사실이었다.

'차라리 봉인석을 빨리 파괴해 주는 편이 우리에겐 이롭거늘…… 이놈들은 그 시기마저 계산해 둔 눈치야. 그러니 봉인석을 아직 파괴하지 않겠지.'

이래저래 마왕은 답답한 상황에 놓여 있었다. 증지산이나 악초림을 만나 생명의 위협을 받았던 일도 자신이 제대로 된 몸을 못 찾았기 때문에 빚어진 결과였다.

'그런 한심하고 비참한 꼴을 다시 당하지 않으려면 속히 이식된 괴수들이 준비되어야 한다. 만약 이놈들이 그것마저 눈치채고 방해한다면 상황은 심각해진다. 거기에 신경을 못 쓰도록 혼란을 조장해야 한다. 과연 뭐가 좋을까?'

혁관월이 소혜군주의 의견을 물어봤다.

"이놈들을 서로 싸우게 할 좋은 방법이 없을까? 이왕이면 큰 전쟁이 일어나면 좋겠는데."

소혜군주의 눈을 본 혁관월은 피식 웃고 말았다.

"하긴 네가 날 진심으로 도와줄 리가 없지. 협조를 기대한 내가 어리석었군."

"더 이상 내게 용무가 없다면 이만 가 봐도 될까?"

"안 돼. 내가 여기 있는 동안에는 내 곁을 떠나면 곤란하지. 너를 어떻게 믿고 풀어주겠어. 안 그래? 요왕에게 쪼르륵 달려가서 일러바치면 입장이 난처해지거든. 지금 상태에선 그와 대면하고 싶은 마음이 조금도 안 생기는군."

소혜군주는 그런 혁관월을 비웃었다.

"명색이 그래도 마왕인데 사람을 인질로 삼고 무서워 벌벌 떨고 있는 꼬락서니가 좀 초라하지 않은가?"

"큿큿. 네 말이 맞다. 하지만 어쩌랴. 그게 현실인 것을. 너도 나와 같잖아. 네가 대마신체가 모자라 완전체를 못 이룬 것과 내가 제대로 된 신체를 못 찾아 숨어 다니는 꼴이나 비슷한 처지라고 할 수 있지."

소혜군주는 어떻게 해서든 지금 상황을 다른 누군가에게 전해야 한다고 생각했다. 바로 그때 마침 시녀 하나가 안으로 들어왔다.

"군주님을 모셔 오라고 사람을 보냈습니다."

소혜군주의 얼굴이 기대감으로 살짝 밝아졌다.

"무슨 일이라더냐?"

"손님이 찾아 오셨다고 합니다."

"아, 그래? 잠시 기다리라고 전해라."

혁관월은 돌아나가는 시녀에게 손을 쭉 뻗었다.

"컥."

시녀의 목이 혁관월의 큰 손에 쥐어져 있었다.

"가긴 어딜 가려고."

놀란 소혜군주가 소리쳤다.

"무슨 짓이야! 어쩌려고……."

혁관월은 냉정하게 말했다.

"어쩌긴 뭘 어째. 여기서 아무도 못 나간다. 네가 무슨 수작을 부렸을지 알고."

뚜둑!

혁관월이 손에 힘을 주자 시녀의 고개가 맥없이 꺾였다. 죽은 것이다. 설리는 충격을 못 이기고 비틀거렸다. 비틀거리는 설리를 부축한 소혜군주는 걱정하며 물었다.

"언니 괜찮아?"

"괜찮아. 조금 놀란 것뿐이야."

소혜군주는 설리를 침상에 앉히고 자신도 그 옆에 앉았다. 그러는 와중에 소혜군주는 설리에게 전음으로 알렸다.

『언니 이 사람은 마왕이야. 내가 전력을 다해도 이길 수 없는 존재야. 조금만 참아. 어차피 오라버니가 오면 다 해결될 일이니깐.』

설리는 소혜군주의 전음을 듣고 오히려 더 근심이 커졌

다. 휘륜마저 위험해지는 게 아닌가, 그런 걱정을 지우지
못했다.

소혜군주는 그녀대로 각오를 새롭게 하고 있었다. 최악
의 상황이 닥치면 자신을 버리고 설리에게로 옮겨가서라
도 그녀를 구할 작심을 굳혔다. 그리고 마음의 준비를 할
수 있도록 그 사실을 미리 설리에게 알렸다. 설리는 완강
히 반대하는 눈빛으로 소혜군주를 바라보고 있었다.

드디어 요왕을 만나게 된 증지산은 어디서부터 말을 풀
어나갈지를 두고 고민하며 잠시 숨을 고르고 있었다.

증지산과 악초림은 요왕과 대면했다. 셋이 마주 앉아
있는 내실로 한 사람이 들어왔다. 휘륜이었다. 악초림은
합비에서 한차례 만난 적이 있지만 그때와는 완전히 달라
져 있는 사람을 보는 것 같아 의아함을 금치 못했다.

과거 해남도에서 만나고 처음 마주하는 휘륜과 증지산
은 각자 다른 감회에 젖었다.

"태사 오랜만이오."

"전혀 다른 사람을 보는 것 같군. 세월이 바꿔놓은 변
화만은 아닌 것 같은데. 자네도 혹 요왕과 계약했나?"

두 사람이 정도련에 함께 있다는 사실을 알고 가장 먼
저 한 생각이 바로 그것이었다.

휘륜은 순순히 인정했다.

"맞소. 과거의 일은 접어 두고 이제 앞날을 얘기할 때가 온 것 같소. 단도직입적으로 묻겠소. 당신들 두 사람의 입장은 어떻게 되오?"

증지산은 휘륜 쪽이 아닌 요왕을 바라보며 말했다.

"그걸 밝히기 전에 여기 온 목적을 먼저 말하는 게 순서일 것 같군. 요왕, 우리는 당신에게 부탁이 있소."

요왕은 시큰둥했다.

"말해 봐."

"마왕은…… 인간이 요괴가 될 수 있는 방법이 절대 없다고 하던데…… 사실이오?"

"마왕이 그런 소리를 했다고?"

"그렇소. 그가 당신이 무슨 짓을 하는지 궁금해하더구려. 그리고 나더러 당신 일을 훼방하라고 했지만 거절했소."

"왜 거절했지?"

"이유는 간단하오. 마음에 안 들었기 때문이오."

"뭐가?"

"그냥 그놈들 자체가 마음에 안 드오. 그리고 어차피 마왕늘은 우리를 하찮게 여기는데다 설사 그들과 거래를 한다 해도 약속을 지킬지 장담할 수 없소."

"신뢰할 수 없다는 거로군."

"그렇소."

"그래서 내게도 원하는 게 있나? 거래를 하려고 왔군."

"거짓말은 하고 싶지 않구려. 사실이오. 나는 당신과 거래를 하고 싶소. 서로가 원하는 걸 공평하게 나눠 갖는 것, 그리고 약속을 지키는 것, 그것이면 족하오."

요왕은 고개를 갸웃거렸다.

"당신들이 내게 뭔가 큰 걸 해 줄 수 있는 것처럼 당당하군."

"물론이오. 그런 확신이 없었다면 이런 제안 따위 생각도 못 했을 거요."

"좋아. 일단 들어 보고나서 결정하지. 먼저…… 내게 뭘 원하지?"

증지산과 악초림은 잠시 서로의 눈길을 찾았다. 이번에도 증지산이 입을 열었다.

"조금 전 물었던 질문에 먼저 대답부터 해 주시오. 인간은 요괴가 될 수 없소?"

"마왕의 말은 틀렸다. 아예 없는 건 아니지."

증지산과 악초림의 얼굴이 동시에 밝아졌다. 한줄기 희망의 빛이 드디어 자신들에게로 쏟아져 내려오는 느낌이었다.

"그런데 그 방법이란 게 성공 가능성이 너무 희박해 그다지 권장해 주고 싶지 않군."

"말해 주시오. 그 방법이 무엇이든 도전할 가치는 충분하오."

"그 전에 내가 무얼 얻게 되는지 말해 주는 게 순서일 것 같은데."

"전쟁이 벌어지면 우리는 당신들 쪽에 가담해 싸우겠소."

듣고 있던 휘륜이 참견했다.

"당신들 대마령은 천신과 마왕의 말살 명단에 올라 있는 처지. 거래 조건이라 하기엔 너무 약소하지 않소?"

휘륜의 말은 정곡을 찌르고 있었기에 반박할 여지가 없었다.

"하나가 더 있네. 우연찮게 나는 마계의 괴수들이 이 땅에 이식되어 있는 걸 보았지."

확실히 그 말은 휘륜과 호륵을 놀라게 하기에 충분했다.

"어디서 보았소?"

"괴수들을 다른 곳으로 옮겼더군. 현재의 위치는 나도 모르네. 하지만 괴수들의 이식이 성공했다는 건 사실이고…… 요왕의 감지 능력이면 찾아낼 수 있지 않을까?"

휘륜이 요왕을 보며 물었다.

"어때? 할 수 있을 것 같아?"

호륵은 애매모호한 답변으로 대신했다.

"모르겠는걸. 봉인석에서 탈출한 후 한 번도 그런 기운을 감지 못 한 걸 보면 어딘가 꼭꼭 숨겨놓았다는 건데…… 혹 결계로 막아 놓았다면 감지가 안 된다고 봐야지."

"그렇다면 결국 사람을 풀어 조사하는 방법밖에 없겠군."

"괴수들을 이식할 줄이야. 그게 또 성공하다니 믿기 힘들군."

"저들도 이전의 실패를 통해 학습한 게 있었겠지. 마왕이 괴수에게 깃들면 위력이 배가 되겠어."

"그야…… 그렇겠지. 이번에는 정말 힘든 싸움이 될 거야. 저들도 전력을 다 하는 눈치니깐."

요왕과 휘륜의 대화를 듣고 있던 증지산은 뭔가 이상한 점을 발견했다.

휘륜이 단순히 요왕의 계약자라고 하기엔 석연치 않은 점이 보였다. 요괴와 계약자는 수평이 아닌 수직관계다. 요괴가 명령하면 계약자는 지시를 따라야 한다. 물론 거절할 순 있지만 계약자는 기본적으로 충성심을 지니고 있기 때문에 그런 사례는 드물었다.

'뭐지 이 알 수 없는 관계는? 둘이 대등하게 보이는 건 착각인가?'

휘륜이 증지산을 치하했다.

"태사가 가져온 정보는 매우 유용한 것이오. 괴수를 미리 찾아내 처단한다면 역사에 길이 남을 업적이 될 것이오."

"만족스럽다니 다행이로군. 요왕, 이제 그 방법을 말해 보시오. 우리가 어떻게 하면 요괴가 되어 영생을 누릴 수 있소?"

요왕은 증지산의 마음속에 도사리고 있는 욕망의 크기가 엄청나다는 걸 알아보았다.

"요괴의 내장기관은 인간보다 단순하고 수도 적지. 요괴의 내장에는 인간을 즉사시킬 수 있는 강력한 독이 있다. 과거 계약을 통해 인간을 중독 시켜 일부러 죽이는 경우도 있었다. 그런데 간혹 중독되었다 중화되는 경우가 생기는데 그 경우 계약자는 요괴의 내장을 아무리 많이 먹어도 중독되지 않는다. 그런 상태에서 일정한 양의 요괴의 내장과 피를 꾸준하게 흡수하면 어느 순간 변화가 생기고 조직 전체가 요괴와 같은 것으로 바뀌게 된다. 이렇게 요괴로 변한 사람을 직접 본 것만 세 번인데 그 모두가 요괴와 부부인 경우였다. 헤어지지 않으려고 목숨을 걸었고 성공한 사례지. 하지만 명심해야 할 것이…… 그보다 훨씬 많은 수의 실패 사례가 있다는 사실이다. 먹자마자 죽는 경우가 대부분이고 한 달 정도 시름시름 앓다가 발끝과 손끝에서부터 괴사가 진행돼 결국 심장까지 멈쳐 죽는 경우도 봤다. 선택은 자유지만 신중하게 결정하는 편이 좋다. 그리고 이왕이면 일반 요괴가 아니라 요왕의 계약자가 되고 직접 관리를 받는 편이 성공률을 높일수 있겠지."

"당신의 계약자 중 요괴가 된 사람이 있었소?"

"아니. 단 한 번도 없었다. 원하는 사람이 없었다고 하는 게 맞겠지."

일단 방법은 알았다. 길이 있다는 걸 확인한 것만 해도 큰 수확이었다. 이제 증지산과 악초림의 결심만 남은 셈이었다. 악초림이 물었다.

"우리가 원하면 당신이 도와줄 수 있소?"

"후후후. 대마령이 요괴가 되려고 한다면 전쟁을 하는 마당에 우리로서도 반길 만한 일이지. 성공한다면 전력 상승도 기대할 수 있고 두 사람도 영생할 수 있을 테고. 물론 전쟁에서 살아남아야 한다는 문제가 생기겠지만. 요왕은 원래 일곱이었지. 공석이 된 두 자리를 채울 수도 있겠군."

"냉정하게 말하면 성공률은 얼마나 됩니까?"

"열에 하나 정도 될 거야. 그렇지만 당신들은 특수한 경우고 보통의 사람이 아니니 좀 더 높은 확률을 기대해볼 수 있겠지. 그렇다고 해도 지금 즉시 그 방법을 쓰는건 어리석은 일이지. 후에 생명이 경각에 달렸다거나 치명적인 부상을 입었을 때, 그럴 때 쓴다면 생명을 한 번 더 얻는 것 같은 효과를 볼 수 있지."

증지산도, 악초림도 새로운 사실에 흥분을 감추지 못했다.

"오 그렇게 되는 것입니까?"

"놀라운 일이군요."

요왕은 두 사람에게 있는 그대로 알려 주었다. 그 외에 더 궁금한 것이 있으면 질문을 받았고 성심성의껏 대답해 주었다.

넷은 최종적으로 연합에 동의했다. 증지산과 악초림이 정식으로 검황군에 가담하기로 했다. 이는 휘륜으로서도 매우 만족스러운 성과였다. 그들 둘이 부담스러운 건 아니었다. 큰 적과 맞서기 전에 주변의 자잘한 적을 미리 정리하는 것과 그렇지 않은 것의 차이는 심리적 안정감에 영향을 미친다. 더군다나 증지산과 악초림은 전력 상승에도 큰 도움이 되니 쌍수를 들어 환영할 일이었다.

휘륜이 정도련 총단으로 와서 가장 공을 들인 부분은 측근 인사들을 설득하는 일이었다. 요왕의 계약자가 되는 건 한계에 봉착한 능력을 단숨에 끌어올릴 수 있는 지름길이다. 세상에는 다양한 사람들이 있고 모두가 마다하지 않을 길도 어떤 사람에게는 거들떠보지 않을, 편법으로 여겨지기도 한다.

평생 자신의 노력만으로 무공을 갈고 닦아온 사람들, 특히 제 일생에 대한 자부심이 대단한 사람들은 거부감을 가지기 마련이었다. 평생 간직해 온 소신을 바꾸거나 버리는 일에 거부감을 가지는 건 당연했다.

휘륜의 주변에는 유독 그런 고집스러운 사람들이 많았다. 휘륜은 한 사람씩 만나 마음을 다치지 않도록 배려했으며 성심을 다해 설득했다. 번거로움을 무릅쓰고 정성을 다할 만큼 휘륜에게 소중한 사람들이었다. 처음에는 다들 난색을 표했다.

그렇지만 휘륜이 먼저 모든 걸 버리고 요왕과 계약을 체결해 능력을 끌어올렸다는 사실을 고백하는 순간 한결같았던 고집스러움이 누그러졌다.

옥불은 휘륜을 빤히 바라봤다.

"그렇게까지 해서라도 이 전쟁을 이겨야 할까?"

휘륜은 확고했다.

"전쟁의 참상은 굳이 설명할 필요 없겠지. 저들은 인간과 다른 사고 구조를 가지고 있다. 감정 역시 많이 다르다. 냉혹하고 잔인하지만 그건 우리들의 기준일 뿐이지. 이겨야 한다. 무조건 이겨야 한다. 이번 전쟁에서 이기기 위해서라면 난 무엇이든, 이보다 더한 일도 할 수 있다."

옥불은 휘륜이 자랑스러웠다. 그리고 친구지만 한편

으로는 존경하는 마음도 품고 있었다. 그의 결단력이 부러웠고 용기에 감탄하곤 했다. 여태 보아온 휘륜보다 열 배, 아니 백 배나 더 뜨거운 열정이 휘륜에게서 느껴졌다.

옥불은 고개를 젖히고 잠시 고민을 했다. 다시 휘륜과 시선을 맞추고 옥불은 마지막으로 확인했다.

"요왕과 계약한다고 해서 내게 달라지는 점은 없겠지? 성격이 변한다거나 몸에 이상하고 징그러운 것이 달리거나…… 아니면 밤에 자다가 깨서 산지사방을 미친놈처럼 돌아다닌다거나…… 뭐 그런 부작용은…….."

휘륜은 옥불이 지금 진심으로 묻고 있는지 궁금해하는 표정이었다. 그걸 본 옥불은 한숨을 푹 내쉬었다.

"까짓 죽기밖에 더하겠어. 그래, 하자. 너도 했다는데 내가 못할까보냐."

이렇게 또 한 사람을 설득하는데 성공했다. 휘륜은 품 안에서 서책을 펼쳐 명단에 옥불의 이름 위에 동그라미를 그렸다.

"그거 뭐냐?"

"설득할 사람의 명단이다."

"이리 줘 봐."

휘륜에게서 서책을 뺏어든 옥불은 책장을 넘기며 고개를 가로저었다.

"이분들은 허락 안 할 것 같은데."

책을 덮은 옥불은 휘륜을 안쓰러운 눈길로 바라봤다.

"네가 고생이 많다. 한 자리에 불러서 한꺼번에 처리하지 왜 굳이 일일이 한 사람씩 찾아다니며 설득하는 거지?"

휘륜은 빙긋 웃었다.

"이분들을 존경하고 존중하기 때문이다. 혹시라도 성과에만 급급해 그분들의 마음을 상하게 할까 걱정되어서. 만에 하나라도 그런 일은 벌어지면 안 되니깐."

휘륜의 진심이 느껴지는 말에 옥불도 마음 한쪽이 뭉클해졌다.

스승과 제자 사이는 어렵지만 또한 가장 가까운 사이기도 했다. 휘륜과 단목철의 관계는 부모 자식 간이나 다름없이 친밀했다.

휘륜은 머리를 숙이며 말했다.

"사부님 정말 죄송합니다. 이런 말씀을 드릴 수밖에 없는 상황이 원망스러울 따름입니다."

휘륜은 사부에게 이런 얘기를 꺼내야 하는 지금 상황이 진심으로 안타까웠다.

전대의 검황으로 평생 헌신하다가 인생을 마감하는 시점에 검황총으로 걸어 들어간 사람을 다시 세상 밖으로 나오게 한 것도 죄송스러운 일인데 이제는 요왕의 계약자가 되어 달라고 청하고 있으니 왜 안 그렇겠는가.

휘륜은 사부가 모르는 자신의 과거를 얘기했다. 제 얘기를 담담하게 풀어나가는 모습을 보며 단목철은 때로 감탄하고 함께 절망하며 탄식을 이어갔다. 여러 번의 생을 살든 단 한 번의 생으로 끝나든 중요한 것은 기억의 유무였다. 기억이 곧 삶이었다.

단목철은 속속들이 잘 알고 있다고 믿은 제자에게서 새로운 삶의 향기를 맡았다. 그것은 절제된 비감(悲感)이었다.

단목철은 계약 자체를 흥미로워했다.

"그걸 하면 정말로 그토록 강해지느냐?"

"그렇습니다."

"흐음. 아예 사람의 체질을 바꿔놓는 것 같은데 요괴들의 피와 살에는 인간이 가지지 못한 초월적인 능력이 깃들어 있는가 보군."

"단순히 요괴의 피와 살을 구해다 먹는다고 계약자가 되는 건 아닙니다. 계약 체결의 핵심은 요력의 해방입니다."

"요력의 해방?"

"그렇습니다. 요괴의 피와 살을 섭취하는 순간 인간의 몸에도 요기가 깃들 토양이 마련됩니다. 문을 개방하는 의식에 해당됩니다. 그다음 인간의 몸속에 자리 잡기 시작한 요기를 진동시켜 요력을 발생시키고 원래 인간이 가지고 있던 잠재력과 결합시킵니다. 이걸 스스로 할 수 있는 사람이 없습니다. 오직 요괴만이 할 수 있는 일입니다. 처음부터 요력을 가지고 태어나는 요괴와 달리 인간은 요력을 가지지 못했습니다. 대신 다른 종류의 잠재력을 가지고 있는데 그 힘을 요력으로 바꿔놓는 것이지요."

"지금까지 몇 사람이나 허락했느냐?"

"이제 두 분만 남았습니다. 사부님과 사조님……."

"허허. 네가 우리 두 사람을 제일 마지막에 둔 것은 이유가 있느냐?"

"마지막 순간까지 갈등했습니다. 두 분만은 제외하는 게 맞지 않나…… 그런 고민을 거듭했습니다."

"왜 우리는 제외해야 한다고 여겼더냐?"

"검황의 명예는, 검황의 신분은 그만큼 특별하기 때문입니다."

"네가 과거 일차 전쟁 때 계약자들의 왕으로 인간들을 이끌었다고 하지 않았더냐? 그런 네가 당대의 검황이란 사실을 경시하지 않고 새로 개편된 연합군을 검황군으로 칭했다는 것만으로도 이 사부는 무척 대견하고 자랑스럽다. 내가 마다할 이유가 없지. 먼저 본을 보여야 할 사부가 제자에게 짐을 지워서야 되겠어. 걱정 마라. 설

사 내게 불구덩이 속으로 들어가라 해도 널 위한 길이라
면…… 나는 마다하지 않을 것이니라."

휘륜은 울컥했다. 코끝이 찡했다.

사부의 사랑은 끝이 없었다. 저만큼인가 싶으면 더 먼
곳까지, 더 높은 곳까지 닿아 있다.

휘륜의 사조인 구상화를 설득하는 자리에는 특별히 단
목철이 함께했다. 제자와 사손이 애원하는 일을 끝까지
마다할 만큼 구상화는 모질지 못했다. 결국 마지막 한 사
람까지 설득에 성공한 휘륜은 그제야 한고비를 넘겼다며
안도했다.

*　　　*　　　*

천명회의 두 회주와 매초향이 이곳 정도련의 총단에 와
서 볼일을 끝내고도 돌아가지 못하고 있는 건 혁관월이
실종됐기 때문이다. 무엇보다 매초향의 증언이 심상치 않
다는 사실이 두 회주를 아연케 했다. 어쨌든 동행해 온
동료가 실종되었으니 그 사실을 정도련 측에 알렸다.

혁관월의 실종 사건은 분명 그냥 지나칠 수 없는 중대
한 사건이었지만 근래의 정도련은 그런 사소한 일에 집중
할 수 없을 정도로 혼란스러웠다.

천명회의 두 회주와 매초향은 한 방에 모여 앞으로의

일을 의논하던 중이었다.

매초향이 불만을 토로하기 시작했다.

"협조 요청한 지가 언제인데 이토록 무심해도 되는 건가요? 정말 실망스럽네요. 그래도 우리는 이곳을 같은 식구라 여겨 찾아 왔는데 이와 같은 처사는 용납이 안 됩니다."

매초향이 분노 서린 말을 뱉어내자 단무기가 나무랐다.

"거 무슨 경솔한 언행이냐. 근래 이곳에 여러 문제들이 동시에 일어나 신경 쓸 여유가 없을 뿐인데 그걸 알면서 어찌 그런 말을 하느냐."

매초향은 자신을 나무라는 사형의 매정함이 원망스러웠다.

"그래도 이건 아니죠. 백주에 사람이 실종되었는데 어찌 찾아볼 생각도 하지 않는지…… 이래도 참고 있어야 한단 말이에요?"

듣고 있던 화난영이 흥분해서 언성이 높아진 매초향을 다독였다.

"향아, 네가 관월의 일이라 흥분한 건 알겠다만 격분할 일은 아닌 것 같구나. 좀 더 기다려 보자꾸나. 정도련이 검황군으로 재편되고 아직 체계가 안 잡혀 어수선한가 보더라. 그 정도는 이해해 줘야지."

매초향의 발개진 눈에 결국 눈물이 맺히고 말았다.

"시간을 다투는 일일지 모르잖아요. 그러다 관월에게 무슨 안 좋은 일이라도 벌어지면…….."

혁관월이 자신을 차갑게 바라보던 그 눈빛을 잊을 수 없었다.

"사람의 눈이 아니었어요. 괴물 같았어요. 속히 찾아야 해요."

상식 밖의 사건에 머릿속이 정리가 안 되는 건 화난영도 마찬가지였다.

"여기 있어라. 아무래도 휘륜 대협이나 옥불 대협을 만나 도움을 청해 봐야겠다."

따라나서려는 매초향의 한 팔을 단무기가 힘주어 잡았다. 화난영이 내실을 빠져나가는 걸 본 뒤에야 단무기가 엄격하게 말했다.

"혁관월이 네게 어떤 의미인지는 내 모르는 바 아니다만…… 이성을 잃지 마라. 사사로운 연정을 앞세워 흥분하는 네 모습이 좋아보이지가 않는다. 천명회의 일원으로서, 공적인 위치를 먼저 생각했으면 좋겠다."

대사형의 그 말은 매초향을 차분하게 가라앉혀주는 힘이 있었다. 의자에 맥없이 주저앉은 매초향은 여전히 넋이 빠진 얼굴로 허공을 바라보고 있었다.

화난영에게 혁관월의 애기를 들은 옥불은 실종되기 전

혁관월의 상태가 이상했다는 사실을 재차 확인했다.

"구체적으로 어떠했는지 다시 한 번 말씀해 주시지요."

"초향의 말로는 눈이 흰자위는 하나도 없고 검은 구슬을 박아 놓은 것처럼 까맸다더군요. 팔을 잡았는데 그 순간 벼락을 맞은 것 같은 충격을 받고 혼절했다고 합니다."

"흐음. 저도 이 소식을 처음 듣습니다. 죄송합니다. 지금 보고 체계가 원활한 상황이 아닙니다. 제가 직접 나서서 처리하겠습니다. 아직 총단 내에 있다면 찾을 순 있겠지만 어떤 상황인지 모르기에 장담할 순 없습니다."

"혹시 총단 내에서 관월을 보았다는 사람이 없었나요? 아니면 시체가 발견되었다든가……."

"아직 그런 보고는 들어온 게 없습니다. 검영단주를 속히 불러 와라."

검영단은 구적룡과 호굉이 만든 비선조직으로 정도련의 련주였던 옥불의 밀명을 주로 처리해 왔었다. 현재 정도련과 기타 여러 조직들이 기존의 체계를 해체하고 대기 중인 상태였다. 검황군으로 재편성하면서 조직을 정비하는 중이었는데 그 바람에 지휘 체계에 잠시 공백이 있는 실정이었다.

옥불 앞으로 불려온 구적룡과 그를 따라온 호굉에게 상

황을 알리고 조사해 보라고 명령했다. 구적룡은 듣자마자 심상치 않다는 걸 직감했다.

밖으로 나온 구적룡과 호굉은 곧바로 휘륜에게로 먼저 갔다. 아무래도 좀 불길한 생각이 들었기 때문이다.

마침 구적룡이 갔을 때는 휘륜이 증지산과 요왕, 악초림과 함께 있을 때였다.

"적룡, 무슨 일인데 안색이 그리 어둡지?"

"저 아무래도 마계 쪽에서 침투한 것 같습니다."

구적룡의 보고에 다들 관심을 기울였다.

"자세히 얘기해 봐라."

구적룡이 혁관월이 사라지던 당시의 상황을 소상히 알렸다. 구적룡의 얘기가 끝나자마자 증지산이 단언했다.

"마왕이로군."

휘륜이 물었다.

"마왕이 확실합니까?"

"아마 나와 악초림에게 왔던 그놈일 거야."

휘륜은 요왕을 바라봤다.

"놈이 어디 있는지 찾아봐줘."

요왕에게 이런 일은 너무도 간단했다. 휘륜이 알기에 이 땅에서 특별한 기운을 구분하고 감지하는 능력이 가장 탁월한 존재가 바로 호륵이었다.

요기는 원래 땅에 기반을 둔 기운이다. 그래서 요괴들은 요력을 통해 특정한 기운을 찾아내는데 매우 특별한 능력을 발휘했다. 과거부터 요왕들 중에서 호륵의 감지능력이 최고였다. 휘륜의 말이 떨어지자마자 요왕은 눈을 감았고 손바닥을 펼쳐 탁자에 밀착했다. 감지력을 극대화시키기도 전에 요왕은 눈을 떴다.

"골치 아픈 상황이로군."

"그놈은 어디 있지?"

"설리의 방에 있다."

휘륜이 의자를 박차고 일어섰다.

"뭐라고!"

"소혜군주와 설리, 그리고 시체 두 구, 그리고 그놈이 함께 있어."

구적룡은 보면서도 믿겨지지 않았다. 그건 두 대마령도 마찬가지였다. 대단한 존재인건 알았지만 막상 이정도 능력까지 발휘할 줄 몰랐기 때문이다.

휘륜의 눈에서 살기가 쭉 뻗어 나왔다.

"마음 같아선 이참에 죽여서 마왕들에게 경고하면 좋겠지만…… 본체가 문제로군."

요왕은 그게 문제 될 게 무어냐고 되물었다.

"장차 마왕들이고 마군들이고 같은 방식으로 우리 앞에 나타날 텐데 그때마다 본체 안위를 신경 쓸래?"

"물론 후엔 그럴 경황도 없겠지. 하지만 지금 그를 죽여 버리면 문제가 발생한다. 대다수의 사람들은 아직 상황인식이 부족하다. 받아들일 준비가 되었을 때와 다르다. 우선 마왕을 쫓아내는 편이 좋겠어. 그 몸에서 나오면 또 다른 누군가에게 들어갈지 아니면 마계로 돌아갈지는 모르지만 시도는 해 봐야지. 자, 이렇게 하자고. 내가 그놈을 맡지. 형은 설리와 소혜의 안전을 책임져."

"그러지."

둘은 자리에서 일어나 잠시 서로를 바라봤다. 바로 다음 순간, 휘륜과 호륵이 거짓말처럼 눈앞에서 사라져 버리자 장내에 있던 사람들의 눈이 휘둥그레졌다. 중지산과 악초림은 서로의 눈길을 찾으며 놀라워했다.

"저들은 마음먹은 대로 자유롭게 공간을 이동하는 것이 가능한 수준에 도달해 있군. 마치 저승에서 최상위 영체들이나 하는 능력을 이곳에서 보게 될 줄은 몰랐군."

중지산의 말에 악초림도 동감을 표했다.

"기가 차서 말문이 다 막히는군. 요왕은 그렇다 쳐도 인간인 휘륜마저 저 정도라니. 저런 녀석과 싸움을 했으면 결과는…… 끔찍했겠군."

구적룡은 두 대마령이 감탄하는 소리를 듣고 제 일인 것처럼 가슴이 벅차올랐다.

제10장
삼라(森羅)의 도전

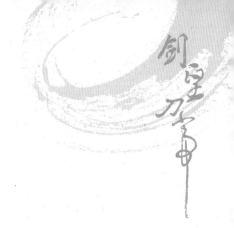

　휘륜과 호륵이 미리 약속한 것처럼 한 치의 착오도 없이 원하는 곳에, 원하는 방위를 점한 채 등장했다. 호륵은 설리와 소혜군주 앞을 막으며 나타났고 휘륜은 마왕이 앉아 있는 바로 한 자 앞에 자리를 잡았다. 화들짝 놀란 혁관월이 미처 상황을 파악하기도 전에 휘륜의 손이 그의 목을 움켜잡았다.

　"케켁. 누, 누구."

　휘륜은 거침없이 혁관월을 들어 올려 제 눈앞에 바짝 끌어왔다. 사색이 된 혁관월은 버둥거리긴 했지만 반격을 전혀 못하고 있었다. 그는 상대의 손에 잡힌 순간 몸에서 힘이 모조리 빠져나가는 무력감을 느꼈다. 그것은 요력이 작용한 탓이었다. 마력과 마찬가지로 요력 역시 인간의 신체를 억압하고 제어하는 효력을 발휘했다. 워낙에 강력한 힘이어서 미처 준비하고 있었다 해도 현재의 마왕이라면 휘륜을 감당하는 건 불가능했다. 워낙에 둘 사이에 현격한 차이가 있어 상대가 안됐다.

"요 녀석 잘도 쥐새끼처럼 이곳에 숨어들었구나."

마왕은 자신의 목을 움켜쥔 상대가 누군지 본능적으로 깨달았다. 그걸 알아차린 마왕은 좌절했다. 이내 허탈한 웃음을 흘리기 시작했다.

"큿큿큿. 삼라…… 휘륜 네가 정말 본래의 자신을 되찾은 것인가. 천지의 조화가 참으로 기가 막히는구나. 삼라가 환생하여 다시 요왕의 계약자가 되고…… 본신의 비밀을 모조리 되찾는 날이 오다니. 이렇게 될 줄 모르고 우리는 네게 마왕의 심장까지 안겨주었구나. 너는 참으로 대단하구나. 절대 불가능하리라 여겼던 일을 아무렇지 않게 해내고 있으니 크크크크."

"나도 다시는 너희에게 맞서지 못하리라 여겼다. 이런 기회를 다시 열어준 하늘에 감사할 따름이다."

"삼라여. 그대는 정의와 자비로움을 아는 왕. 너는 이런 식으로 나를 해칠 사람은 못된다. 그건 확실하지. 내 말이 틀렸으면 속히 죽여라. 그러지 않을 거면 이 이상 더 나를 모욕하지 마라."

휘륜은 호탕하게 웃었다.

"하하하하."

그 웃음소리는 마왕을 더 초라하게 만들었다.

휘륜은 마왕을 놓아주며 말했다.

"마계로 돌아가라. 요괴들이 세상 밖으로 나오거든 그때 다시 보자. 만약 근처에서 얼쩡거리다 다시 내 손에 붙잡힌다면 그땐 죽이겠다. 네가 누구의 모습으로 있든 상관없이."

"대단하구나, 삼라. 우리 모두를 감쪽같이 속였구나. 혹 너를 도와준 천신이 누구인지 알고 있느냐?"

"모른다. 나도 궁금하다. 네가 직접 찾아봐라."

"그도 과연 네가 본신의 기억을 되찾을 줄 짐작했을까? 그가 바로 호륵을 가두고 있던 봉인석을 깨트린 자겠지. 그가 누구든, 무슨 의도로 이런 짓을 했든 반드시 밝혀내 대가를 치르게 할 것이다."

"그건 너희 사정이고. 길게 얘기 하지 않는다. 속히 떠나라. 만약 이 얘기가 끝나도록 떠나지 않는다면……."

휘륜의 얘기가 다 끝나기 전에 혁관월은 눈을 까뒤집고 쓰러졌다. 마왕이 그의 몸을 떠난 것이다.

호륵은 마음이 놓이지 않았다.

"과연 너를 온전히 보여 준 것이 잘한 일인지 모르겠

군. 네가 휘륜이 아닌 삼라로 돌아왔다는 사실을 마왕이 안 사실이 께름칙하구나."

"어차피 다 알게 될 일이야. 시기가 앞당겨졌다고 해서 달라질건 없어. 우리도 준비를 서둘러야겠어."

"그러자. 서두르자."

호륵이 떠나고 나자 휘륜은 침상에 걸터앉아 있는 두 사람을 바라봤다. 눈이 마주친 설리는 휘륜의 품 안으로 뛰어들었다. 그녀가 얼마나 무서웠을지 능히 짐작이 가고도 남았다. 휘륜의 손이 설리의 등을 다독여 준 순간 설리는 억눌러두었던 설움이 갑자기 폭발해 버렸다.

*　　　*　　　*

휘륜의 제안은 소혜군주를 당혹케 만들었다. 혁관월의 일을 겪고 난 후 소혜군주는 완전체를 가지지 못했다는 사실을 뼈저리게 실감해야 했다. 만약 자신이 완전체를 이뤘다면 불완전한 마왕 정도는 얼마든지 상대하는 게 가능했다. 그랬다면 그와 같은 굴욕을 당하진 않았을 것이다.

"다시 한 번 말해 줘. 뭘 어떻게 하라고?"

"봉인석이 파괴되고 요괴가 지상으로 나오면 그중 하나를 숙주로 삼으라고."

"나더러 요괴에게 들어가란 소리야?"

"이번에 느꼈을 텐데. 현재 그 몸으로는 한계가 있어. 네 능력을 극대화하려면 그 길이 최선이야."

"하지만 그렇게 되면……."

"그렇게 되면 뭐?"

"지금의 이 행복은 포기해야 하잖아."

휘륜은 진심으로 물었다.

"정말 자신이 행복하다고 느껴?"

"그럼. 나는 요즘 같이 행복했던 때가 없었는걸."

"이대로 약한 채로, 다른 대마령보다 부족한 채로 있어도 상관없어? 계속 치이고 굴욕을 당하고 목숨의 위협을 받고…… 그래도 좋아?"

확실하게 구미가 당길 만한 부분을 휘륜이 제대로 짚었다.

"물론 그건 아니지만……."

소혜군주는 갈등하고 있었다. 더 강해지고 싶다는 열망은 당연했다. 대마령의 본성을 거스를 수 없는 한 그건 포기 안 되는 부분이기도 했다.

"다른 두 대마령은 완전체를 이룬 상태라서 요괴가 되고 싶어도 될 수 없어서 실망하던데 어째 반응이 신통찮네."

"두 사람이 요괴가 되고 싶어 했다고? 왜? 그들은 충분히 강력한 힘을 가졌잖아. 그런데 왜?"

"요괴가 되면 영생을 누릴 수 있으니깐."

소혜군주의 눈에서 확실히 이전과 다른 생기가 감돌았다.

"그렇구나. 그걸 생각 못했네."

"이젠 좀 생각이 바뀌려고 하나보지?"

"흠 그렇다면 고민할 것도 없겠네. 언제쯤 요괴들이 나오는데?"

"준비가 끝나는 대로. 그때까진 설리 곁에서 보호해 줬으면 좋겠어."

"걱정 마. 그건 내가 책임지고 할 수 있으니깐. 그리고 이 몸을 떠날 때가 되면 한 가지 선물을 주고 갈게."

"선물?"

"응, 묻지 마. 지금은 아직 밝히기 곤란하니깐. 선물은 미리 알면 기대감이 떨어지잖아."

휘륜은 별로 대수롭지 않게 여겼지만 소혜군주가 염두에 둔 건 휘륜의 예상을 훨씬 상회하는 아주 값진 선물이었다.

* * *

검황군의 개편이 완료되었다. 그간의 문파 단위의 틀을

과감하게 부수고 하나로 통합했다. 새롭게 합류한 밀종이나 검계도 포함한 개편이었다.

각 지역의 패자로 등극한 계약자들, 즉 구왕의 세력은 그대로 유지하는 쪽으로 가닥을 잡았다. 그들을 한 곳에 불러들이는 건 치안의 공백이 발생할까 우려해 관뒀다. 대신 천신과 마왕의 군대가 등장하면 그때 합류시키기로 했다.

요왕 호륵은 휘륜이 건넨 명단에 적힌 사람들과 계약을 체결하는 의식을 집행하는데 주력했다. 아무리 그가 요왕이라도 한꺼번에 이 많은 사람을 연거푸 계약하자면 무리가 따랐다. 워낙 회복력이 빠르긴 했지만 적당한 휴식을 취하면서 계약을 체결하느라 꽤 긴 시간이 소요되었다.

휘륜이 구상하고 있는 전력 구성이 서서히 제 모습을 갖춰가기 시작했다. 바로 그때 문제가 발생했다.

구왕 중 하나면서 마교의 대교주기도 한 태사문이 바로 문제를 일으킨 주인공이었다. 태사문이 혈영왕 귀진악을 임의로 복속시켰던 것이다. 두 사람의 승부는 치열했고 대결에서 패한 귀진악은 태사문의 수하가 되었다. 구왕에서 팔왕으로 줄어든 순간이기도 했다. 거기서 끝난 게 아니었다.

태사문은 곧장 전 병력을 이끌고 마교 총단으로 진격했다. 태사문은 기존의 수하들에 혈영왕을 따라 합류한 전력, 그리고 구마존을 추종하는 전력들까지 합해진 거대 세력을 이끌고 있었다. 거기에 마교 총단의 세력까지 끌어안으면 천하에 대해 다시금 욕심을 부려볼 만했다.

그걸 본 증지산이 계약에 문제가 생긴 게 아니냐고 의혹의 눈초리를 보냈지만 그건 충분히 예상할 수 있는 결과였다. 과거에도 요왕의 계약자들 간 다툼은 흔한 일이었고 심지어 사생결단을 한 경우도 숱했다. 거기다 요괴에게 반기를 든 사례도 흔치는 않았지만 있었던 일이었다.

그 모든 분란을 수습하고 통제했던 사람이 휘륜, 즉 당시의 삼라였다. 계약자들에겐 요괴보다 더 무서운 존재가 삼라였다.

삼라의 통제를 거부하는 순간 멸망을 각오해야 했다. 그를 넘어서고자, 극복하고자 야심을 품었던 자들 중 살아남은 자가 하나도 없었다.

그처럼 무서운 철혈의 통치자였던 삼라가 또다시 그때와 같은 공포정치를 단행할지는 두고 볼일이었다.

"십이 군도 많아. 좀 더 줄여보자고."

무극검왕과 옥불은 머리를 싸맸다. 옥불이 불만 어린 어조로 말했다.

"십이 군이 많다고 하면 어쩌잔 거야. 구왕, 아니지 이

제 팔왕이든가. 외부 전력까지 합하면 총 오십만의 대군이다. 그리고 막상 검황군의 실체가 천하인들에게 모두 드러나게 되면 차후에 합류하겠다고 몰려오는 사람들까지 감안해야지. 그럼 최대 백만 이상도 가능할 거야. 그 많은 병력을 몇 개의 군단으로 편성하자고?"

휘륜은 웃었다.

"요괴의 군단은 총 오 군으로 구성돼 있고 수는 우리의 열배쯤 된다."

"자, 잠깐만. 열배라면 설마…… 천만이란 얘기는 아니겠지?"

"그것도 최소로 잡은 게 그 정도다. 전력 손실 없이 늘어났을 테니 그보다 훨씬 많아졌겠지."

"엄청나군요. 그런데 왜 십이 군이 많다는 건지 잘 모르겠습니다. 나눌수록 전술 활용도가 높아지지 않을까요?"

"그건 꼭 그렇지만 않아. 우리는 과거처럼 선봉에 서거나 별동대로 활약하거나 전황이 불리한 곳에 지원 병력으로 투입되는 등, 전술적 효과를 극대화시킬 수 있는 다양한 방법으로 전투에 투입되겠지. 그러자면 전력이 막상해야 한다. 적의 수장을 마왕이나 천신이라 봤을 때 상대가 가능한 지휘관이 우리 쪽에서도 준비돼 있어야 한다. 십이 군으로 나눌 만큼 우리에게 강자가 많은 건 아니다.

하나의 단위부대로 단독전투를 치를 수 있게 편성해야 해. 그것이 우선이다."

무극검왕은 고개를 끄덕였다.

옥불은 요괴의 전력이 예상 범위를 넘어서자 다소 이해가 안 갔다.

"요괴가 그토록 엄청난 전력이라면 인간들 없이도 전쟁을 수행할 수 있겠는데. 왜 우리가 필요한 거지?"

"두 가지 측면에서 생각해 볼 수 있어. 하나는 실질적인 전력 증강이고 나머지 하나는 적에 포섭되거나 가담할 숫자를 줄이는 효과다. 적의 수는 정해져 있는데서 더 늘어나지 않는다. 그에 반해 우리의 전력은 하기에 따라 얼마든지 늘어날 수 있고 극대화시킬 수 있지. 현재는 소수만 계약자이지만 후엔 참전하는 자들 전부가 계약자가 될 거야."

"전부가?"

"그 어마어마한 수의 계약자라해도 요괴들 수에 비하면 십분의 일도 안 되겠지만 전력은 절반에 이를 수도 있다. 그것이 계약자가 갖는 무서운 점이지. 또 하나, 계약자가 된다는 건 마왕이나 천신의 숙주에서 제외된다는 안전장치가 되기도 해."

"아 그건 몰랐던 사실이군."

"요괴의 피를 저들은 꺼려하고 두려워하지. 그 때문에

이처럼 기를 쓰고 요괴를 견제하고 억압하고 멸종시키려 하는 것이다."

"계약자가 요괴보다 더 강해질 수도 있다고 하던데. 그게 사실이야?"

"요왕이나 상위 요괴들보다 계약자들이 강한 경우는 매우 드문 경우지만 일반 요괴보다 강한 예는 흔하지. 나머지 요괴들의 편차는 매우 극심한 편이야. 요괴들은 전원이 싸울 수 있고 도움이 되지만 모두가 강한 건 아니야. 최소 절반 이상은 계약자들보다 더 약하지. 그런 요괴라도 자신보다 더 강한 계약자를 만들어 낼 수 있다는 것이 천신과 마왕이 두려워하는 핵심이지. 어쨌든 오 군으로 구성해 봐."

"아 이거 쉽지 않겠는데."

옥불이 군 편성에 골몰하는 걸 본 무극검왕이 질문했다.

"요괴들 사이에도 그처럼 능력차가 클 줄 몰랐습니다. 그럼 그들도 우리처럼 능력에 따라 계급이 나뉩니까? 아니면 태어나면서 갖게 되는 신분제도 같은 게 있나요?"

"지금 지하에 갇혀 있는 요왕 중에 요력의 등급을 매기는 자가 있어."

휘륜의 얘기가 흥미로운지 옥불도 하던 일을 중단하고 귀를 쫑긋 세우고 진지한 표정으로 집중했다.

"그는 자신이 직접 고안한 방식으로 요력을 측정하는데 이견이 없을 정도로 정확한 편이야. 전쟁이 벌어지고 나서 요괴들은 요력 측정을 통해 계급이 매겨졌어. 원래 요괴에겐 왕 말고는 딱히 다른 직위가 없었거든. 모두 평등했는데 그때부터 계급이 정착된 거지. 인간들의 군대를 보고 적용한 것이지."

"인간을 보고 배웠다는 게 흥미롭습니다. 그 요력 측정이란 걸 저도 해 보고 싶군요. 얼마나 나올지 궁금해집니다."

"그런데 이상한 일이 벌어졌어. 그때 어떤 일이 있었냐 하면 내 수하에 있던 참모와 장군들을 요괴들과 마찬가지로 요력 측정을 해 봤었지. 그중 일부가 비정상적으로 높은 수치가 나온 거야. 요괴들은 그 점을 이상하게 생각했어. 지니고 있는 요력에 비해 사용할 수 있는 능력이 지나치게 적은 게 이상했던 거지. 요왕들은 그 원인을 찾아내려고 고심했고 결국 찾아내고 말았지."

"무엇 때문에 그리된 것입니까?"

"인간에 대해 요괴들이 너무 무지했던 거야. 인간이 원래 가지고 있는 잠재력, 즉 생명의 기운은 요력으로 변환되긴 했지만 상당 부분이 쓸데없이 낭비되고 있었어. 다섯의 힘이면 충분한 일을 하면서 열이나 그 이상을 쓰는 것과 같았지."

"요력을 사용하는데 익숙지 않아서 생긴 일이겠군요."

"아니 그런 문제가 아니었어. 몸의 문제였어."

"몸이요?"

"인간의 신체와 요괴의 몸은 구조자체가 달라. 내장 기관도 요괴는 인간보다 훨씬 더 단순해. 상처가 생겨도 요괴는 금세 회복하지. 요괴는 자신이 지닌 요력의 전부를 다 사용할 수 있고 낭비가 없어. 그리고 그 요력은 언제나 균형을 갖춘 채 유지되고 있어. 그런데 인간은 그렇지가 않아. 평상시에 요력은 전혀 사용하지 않다가 갑자기 쓰려고 하니 무리가 오고 과하게 쓰거나 부족하거나, 그런 문제들이 항시 따르는 거야. 거기다 결정적으로 제가 가진 요력을 전부 쓰게 되면 몸이 견디질 못해. 그 때문에 인간은 제 몸이 견딜 수 있을 정도의 요력만 쓰게끔 본능적으로 조절되고 있었던 거야."

"만약 그 힘을 무리해서 뽑아내게 되면 어찌 됩니까?"

"몸이 산산조각 나 버리겠지."

옥불은 몸이 파괴된다는 얘기에 흠칫했다. 무극검왕은 아쉬워했다.

"결론은 인간의 신체가 요괴보다 열등해서 생긴 일이군요."

"그런 셈이지. 그런데 현재 과거와 다른 변수가 발생했어."

"변수라니요?"

"증지산이 아주 엄청난 일을 해냈어. 그 자신도 이게 그처럼 대단한 일인지 모르고 했겠지만 어쨌든 그 덕분에 나와 호륵은 무척 기대가 커."

"혹시 마령의 기운을 두고 하시는 말씀이십니까?"

"맞아. 바로 그거야. 이 마령의 기운이 인간의 신체를 매우 강력하게 만들었어. 그 상태로 꽤 시간이 흘렀지. 호륵의 말에 의하면 이전보다 월등하게 강한 계약자들이 많이 나온다는 것 같더군. 게다가 어쩌면 그중 일부는 장차 요괴들처럼 제가 가진 요력의 전부를 사용할 자가 출현할지도 모르고."

"정말 그렇다면 희소식이군요."

휘륜은 두 사람에게 군 편성을 새로 하라 지시해 두고 자신은 다른 곳으로 향했다. 한창 계약이 진행되고 있는 호륵의 거처였다. 마침 휘륜의 사조인 구상화의 계약을 앞두고 있었다. 침상에 누워 천장을 바라보고 있던 구상화가 휘륜의 얼굴이 보이자 반색했다.

"왔느냐?"

"사조님 지금 기분이 어떠십니까?"

"나쁘지도, 좋지도 않은 게 그저 그렇다."

"설레지 않으십니까?"

"으음. 글쎄다. 이걸 설렌다고 하기는 좀 그렇고……

궁금하긴 하구나. 과연 계약자가 되면 내가 어찌 변할
지…… 궁금할 뿐이지."

"좋은 결과를 기대하겠습니다."

호륵이 제 몸에서 파낸 살덩이를 구상화의 입 앞에 내
밀자 조금 전까지 담담했던 구상화도 긴장하며 침을 꿀꺽
삼켰다. 이걸 어떻게 삼키지, 그런 걱정이 가득한 눈빛이
었다.

휘륜은 그걸 보고 슬며시 웃음이 흘러나왔다.

다시 한 번 크게 심호흡을 한 뒤에야 구상화는 입을 쩍
벌렸다. 구상화의 입 속으로 호륵의 살덩이가 사라졌다.
그리고 잠시 뒤, 구상화는 잠들어 버렸다. 호륵이 할 일
은 그때부터 본격적으로 시작된다 할 수 있었다. 호륵의
두 손은 구상화의 몸 안과 밖을 바쁘게 오갔다. 요력의
정화는 구상화의 전신을 달구고 다듬고 깨트려 새로운 존
재로 탈바꿈시키고 있었다.

계약 체결의 의식이 끝난 호륵은 다소 피곤한 기색이었
다.

"형 좀 쉬어가면서 해."

"충분히 쉬면서 하고 있어."

"결과는 어때?"

"일부러 모은다 해도 이 정도로 뛰어난 사람들이 한자

리에 있을까 의심이 갈 정도로 성과가 좋다. 네 주변엔 하나같이 괴물들만 있는 것 같구나. 이런 걸 운명이라고 하는 거겠지.”

“형이 그 정도로 말할 정도면 최상이란 거네.”

“다들 너무 훌륭하다. 흡족할 정도로. 과거에도 그랬지만 이번엔 그때보다 더 인간들의 힘이 큰 변수가 될 것 같다.”

“거기다 마령 덕분에 인간의 체질까지 바뀌어 있는 마당이니 기대해 봐도 될 것 같아.”

“이번에야말로 전쟁을 끝내야겠어. 다시는 이 땅을 넘보지 못하도록 놈들을 괴멸시켜야 한다.”

두 형제의 눈에서 불굴의 투지가 피어오르고 있었다.

마교 총단으로 몰려간 태사문의 처리를 두고 설전을 벌이고 있는 사람들을 휘륜은 말리지 않았다. 각자 다른 의견을 표명하고 공유하고 수렴하는 건 긍정적인 일이었다. 그렇지만 마지막 순간에는 자신의 뜻대로 관철시켰다.

“그들이 서로 싸워 어떤 결과가 생기든 우리는 관여하지 않겠습니다. 어느 한쪽이 완전히 멸망한다 해도 마찬가지입니다. 남은 하나의 세력을 수습하는 일은 차후에 논의해 보도록 하죠.”

설마 이런 식으로 매듭을 지을 줄은 생각 못 했는지 다들 어안이 벙벙해져 있었다. 일부는 불만 어린 표정으로 앉아 있었다. 그걸 본 휘륜의 표정이 싸늘하게 바뀌었다.

"검황군의 총사령관으로서 명령을 하달하겠다. 마교의 내분에는 관여하지 않는다. 여기에 대해 왈가왈부하지 말도록. 더 할 말 있나? 없으면 모두 나가 보도록."

휘륜이 이런 식으로 사람들을 대한 적은 한 번도 없었다. 다소 낯선 모습이긴 했지만 진작 이랬어야 한다고 생각하는 사람들도 많았다.

검황군은 전쟁을 수행하는 군대였다. 문파의 결합체였던 정도련을 생각하면 안 된다. 검황군의 목적은 이권 수호가 아닌 오직 하나, 승리뿐이었다.

회의실에 덩그러니 혼자 남게 된 휘륜은 곰곰이 생각에 잠겼다.

'핵심 인물들에 대한 계약이 끝나고 군 편성이 완료되면 봉인석을 파괴한다. 요괴들이 지상으로 나온 후 나머지 요왕들과 상의해 군편성을 재차 점검한다. 그런 뒤 검황군 전원에 대한 계약을 단행한다. 그때까지 천군과 마군이 출현하지 않는다면 그제야 한고비를 넘겼다 말할 수 있다. 그리고 마왕들이 이 땅 어딘가에 숨겨둔 이식된 괴수, 그걸 찾아야 한다. 가용 가능한 인원과 수단을 모조리 동원해 반드시 찾아야 한다. 괴수의 몸에 마왕들이 깃들면 훨씬 어려운 싸움을 각오해야 한다.'

지도를 쭉 펼쳐 놓고 살펴보던 휘륜은 자신이라면 과연 어디에 괴수들을 숨겼을까를 짐작해 봤다. 몇 군데의 후보지로 압축해 가고 있는데 한 사람이 들어왔다.

　옥불이었다. 그의 손에는 완성된 군편성표가 들려 있었다.

　"검황께 보고 드립니다. 명령하신 군편성이 완료되었습니다."

　옥불이 친구인 휘륜을 대하는 태도가 달라졌다. 사적인 자리가 아닌 곳에서 검황군의 총사령관인 휘륜을 예전처럼 대하면 안 된다는 생각을 했고 그 생각을 실행에 옮긴 것이다. 휘륜도 옥불의 의도를 짐작하고 있기에 모른 척 넘어가줬다.

　휘륜은 제 앞에 펼쳐진 도표를 보며 하나씩 짚어갔다.

　"다섯 개의 군단, 다섯 명의 대장군, 대장군을 보좌하는 각각 네 명의 좌, 우, 전, 후 장군. 총 스물다섯 명의 장군을 임명해야 하는 건가?"

　"맞습니다."

　"후보군을 잘 간추려 두었군. 장군 아래에는 몇 단계의 직위가 있지?"

　"대승총(大勝總), 대명정(大命正), 대정감(大正監), 대도관(大道官), 총관(總官), 명정(命正), 정감(正監), 현사(賢士), 충사(忠士), 위사(衛士)의 열 단계입니다."

휘륜은 머리를 갸웃거렸다.

"어디선가 들어본 것 같은데?"

옥불은 얼굴을 붉혔다.

"사실은 마교의 직제를…… 살짝 참조했습니다."

휘륜은 대수롭지 않게 여기고 넘겼다.

"그다지 중요한 건 아니니 넘어가지. 중요한 건 모두가 수긍할 수 있는 합당한 직위를 부여하는 문제가 남았군."

"네 맞습니다. 아무래도 장군은 검황께서 직접 임명하는 편이 후에 잡음이 안 생길 것 같습니다."

"책임을 지고 싶지 않다는 뜻으로 들리는군."

"그런 점도 무시할 순 없습니다. 제 임의로 결정했다가 불만을 감당할 수 없게 될까 두렵습니다."

"좋아. 이건 내가 알아서 결정하도록 하지. 대장군 다섯 명을 선임하는 게 가장 중요하고 시급할 것 같은데 혹 생각해 둔 사람이라도 있나?"

"능력 순으로 하자면 두 명의 대마령과 검황 두 분, 그리고 마검 태공악, 이렇게 다섯 분이 적임자겠지요."

"그건 그렇지 않을걸."

"네?"

"계약이 끝나봐야 알지. 변동이 많을 거야. 며칠 내로 주요 인물들의 계약이 끝날 것 같으니 이건 그때 가서 결정하도록 하지."

휘륜의 말대로 주요 인물들의 계약이 순조롭게 마무리되었다. 누가 가장 강한가를 가려내기 위해 굳이 싸움을 붙여볼 필요가 없었다. 호륵에게 물어보는 게 빨랐다. 호륵은 별 고민 없이 망설이지 않고 말했다.

"계약자에 한정해 다섯을 고르라면 쉽지. 단목철, 고신철한, 태공악, 한태성, 우문설리가 단연 으뜸이다."

휘륜은 제 귀를 의심했다. 분명 자신이 잘못 들었거나 호륵이 착각했으리라 생각했다.

"잠깐…… 누구라고? 다시 말해 봐."

"단목철, 고신철한, 태공악, 한태성, 우문설리. 왜 뭐가 이상해?"

"설리가 왜 거기 껴 있지?"

"설리도 계약을 했어."

휘륜은 어리둥절해졌다.

"난 설리를 명단에 넣은 적이 없는 것 같은데."

"후후. 그랬던가. 하여간 설리가 직접 찾아와서 자신도 계약을 하고 싶다고 하기에 해 줬어. 내가 실수한 건 아니겠지?"

"그런데…… 상위 다섯 번째 안에 들어간다고?"

"나도 놀랐다. 단순히 요력의 크기만으로 따지면 단목철, 고신철한 다음이다. 그 세 사람이 월등하게 강력하다.”

호륵이 언급한 다섯 명은 휘륜의 최측근이라 할 수 있는 사람들이었다. 전대 검황인 휘륜의 사부 단목철과 무극검왕 고신철한, 마검 태공악, 천위왕 한태성, 그리고 우문설리가 호륵이 지목한 가장 강력한 사람들 순이었다.

“대마령인 증지산, 악초림과 비교한다면?”

“상위의 세 사람은 대마령에 그다지 밀리지 않으리라 본다.”

“놀랍군.”

휘륜은 의외라고 생각했다. 두 대마령은 마왕들과 직접 맞상대할 수 있을 만큼 강하다. 그런 둘과 대결해도 손색이 없을 사람이 무려 셋이나 더 등장했다는 사실은 휘륜으로서 무척 반길 만한 소식이었다. 그런데 거기에 설리가 포함되었다는 사실을 휘륜은 믿기 힘들었다. 한편으로 설리가 오죽했으면 계약하겠다고 호륵을 직접 찾아갔겠는가 싶어 마음 한구석이 뭉클했다. 얼마 전, 마왕의 일을 겪고 용기를 낸 것 같았다. 휘륜은 이내 설리에 대한 생각을 뇌리에서 지워야했다. 휘륜이 관심 가져야 할 사안들은 그것 말고도 많았다.

“형 생각은 어때? 두 대마령이 검황군에 들어오길 자원했지만 과연 지휘관으로 세우는 것이 마땅할까?”

“그들이 비록 지금은 공동의 적을 앞두고, 또 원하는

게 있기 때문에 힘을 합하지만 나는 기본적으로 그들에 대한 신뢰가 없다. 언제든 배신할 수 있는 자들이고 그럴 가능성이 다분하다. 경계하고 견제하는 편이 현명하다고 본다."

휘륜도 비슷한 생각이었다. 그렇다고 고의적으로 차별할 생각은 없었다. 그런 인상을 받게 된다면 그들이 모처럼 내린 결단에 금이 갈 수도 있었다.

"대장군에 임명해도 잡음이 없을 사람은 고작 두 명뿐이로군. 사부님과 무극검왕은 별 문제가 없겠지만 나머지 세 사람은 아무래도 결격사유가 있어 보이는군."

"검황군은 너의 군대다. 다른 사람들 눈을 의식하지 마라. 네가 원래하던 대로 해. 네 방식대로, 원하는 길을 가. 과거의 너는 주변 사람들 눈치를 보고 다른 사람들 말에 귀 기울이던 사람은 아니었잖아."

"그래서 실패했잖아."

호륵은 웃었다.

"하긴 그렇긴 하군. 그래서 이번에는 방식을 바꿔보려고?"

"그렇다기보다는 나라는 사람이 달라진 거겠지. 다른 환경에서 달리 성장한 덕분이겠지만."

"너는 강해. 그리고 나 또한 강하고. 우리 둘이 힘을 합하면 절대 지지 않으리라 확신한다. 적어도 이 세계의 주인이 누군지 저들에게 확실하게 보여줄 필요가 있어."

"형의 말이 맞아. 이기려면 강한 군대도 중요하지만 그 것보다 더 중요한 게 있다고 봐. 확신이야. 나는 다른 사 람들이 미처 보지 못하는 미래를 보아야하고 준비해야 하 며 우리가 가고 있는 길에 대한 확신을 주변 사람들에게 심어줄 수 있어야 해. 그리고 절대 흔들려선 안 돼. 내가 흔들리는 순간 날 따르는 군대가 함께 흔들리고, 그런 작 은 불안감이 전력을 약화시키고 병들게 만들지. 그런 패 배감은 순식간에 전염되고, 한 번 퍼지고 나면 손 쓸 수 없게 돼. 나는 형 말처럼 승리에 대해 확신해. 절대 패배 하지 않을 거라 믿어. 단지 내 신중함은 최종 승리까지 도달하는 길을 평탄하게, 희생을 최소화하고자 함일 뿐이 야."

휘륜은 누구를 대장군으로 삼을지 최종적으로 생각을 굳혔다. 그런 뒤에 사람들을 모아 공표하고 정식으로 임 명했다.

오직 다섯 명뿐인 대장군, 그 직위를 탐내는 사람은 많 았다. 비록 속마음에 품고만 있긴 했지만 은연중에 표정 에서 드러나는 것까지 막을 길은 없었다.

휘륜에 의해 최종적으로 선택된 다섯 사람의 면면은 화 려했다. 의외성도 있었다.

전대의 검황이자 휘륜의 스승이기도 한 단목철이 호명

된 순간 대다수 사람들은 될 만한 사람이 된다는 반응을 보였다. 그렇지만 당사자인 단목철은 자신의 이름이 호명된 것을 무척 부담스러워했다. 무엇보다 사부인 구상화의 표정이 편안한지를 저도 모르게 먼저 살피게 되었다. 어쨌든 거절할 순 없었다. 이미 제 남은 생애를 제자를 도와 이번 전쟁에 헌신하겠다고 맹세한 이후였기 때문이다. 그 결단은 사사로운 감정에 좌지우지될 정도로 가벼운 게 아니었다.

두 번째 호명된 사람은 무극검왕이었다. 그의 인품이나 지도력에 문제를 제기할 사람은 많지 않았다. 그렇지만 무공만 따지자면 약간 부족한 것도 사실이었다. 그런 그가 계약을 통해 가장 강력한 다섯 명 중 하나가 되었다는 사실은 모두의 부러움을 샀다. 휘륜은 쓸데없는 오해를 불식시키고자 호륵의 판정을 함께 곁들였다.

세 번째 대장군에 임명된 사람은 마검 태공악이었다. 마교 사상 불세출의 고수로 추앙받았고 대마령의 핍박과 위협을 수십 년 동안 이겨낸 의지의 사나이였다. 휘륜이 생각하는 대장군은 전투력만으로 충분한 자리가 아니었다. 수만에서 수십만의 부하를 거느리고 통솔하는 자리인 만큼 지도력과 친화력도 그에 못지않게 중요했다. 불화가 일어나고 분란이 일어나도 지혜롭게 수습할 능력이 요구되었다. 그런 이유로 과연 태공악이 합당한가를 두고 상당히 고민을 거듭한 결과 그는 자격이 있다는 쪽으로 결론을 내렸다.

네 번째 대장군은 옥불을 임명했다. 강한 걸로만 따져 다섯 번째 안에 들어가는 한태성과 설리는 우선 제외시켰다. 두 사람은 아무리 생각해도 결격사유가 좀 있었다.

태성은 우선 자신의 독자적인 세력을 거느린 채 감단에 주둔하고 있었다. 휘륜과 한태성이 의형제이고, 대장군을 맡으면 누구보다 원만하고 훌륭하게 해낼 사람이긴 했지만 그는 현재의 자리에서 더 빛날 사람이었다. 그가 지금껏 이루고, 또한 앞으로 이뤄나갈 역사들을 오히려 제한시키는 것이 아닌가, 그런 생각마저 들었다. 게다가 그는 다른 팔왕 간의 교류와 소통을 책임질 핵심적인 위치를 점하고 있었다. 그런 그가 총단으로 들어와 버린다면 휘륜으로서는 오히려 손해를 보는 일이기도 했다.

옥불은 구태여 다른 설명이 필요 없는, 대장군에 가장 어울리는 사람이었다. 단지 계약의 성과가 기대보다 못나온 점이 아쉬운 인물이었다. 천선부의 장령인데다 정도련의 련주 역할을 훌륭하게 완수했기 때문에 많은 사람들의 신임을 받고 있다는 점에서 한결 유리했다.

마지막으로 대장군이 된 사람은 막부였다. 칠기 중 하나이고 무림에서 원로 대접을 받지만 무공 면에서도 배분에서도 조금씩 늘 부족했던 사람이었다. 그런 그를 휘륜이 최종적으로 대장군으로 선택한 이유는 그가 갖고 있는 장점을 고려했기 때문이다. 막부는 정파에 속하지만 육대문파에도 세가 동맹 출신도 아니다. 그런데 또 그는 칠기의 일원이기도 하다. 그런가하면 밀종이나 검계, 천선부 등 두루두루 친하다. 그는 정파의 여러 계파의 계열을 연결시키고 이어줄 수 있는 사람이었다.

최상위 다섯 명 중에 포함되지 않으면서 대장군이 된 사람은 옥불과 막부였다. 그렇지만 그 두 사람은 모두 열 번째 안에는 포함된 상위에 자리 잡고 있기에 그다지 하자가 있다고 보긴 어려웠다.

대장군이 모두 결정되자 한 가닥 기대를 품었던 사람들은 실망했다. 그렇지만 결코 밖으로 내색하진 않았다. 순순히 수긍하고 받아들이는 모습들이었다. 곧 이어 대장군을 보필해 군대를 직접 통솔할 스무 명의 장군을 호명했다.

장군이 결정되고 군단별로 하급 지휘관을 편성하는 일까지 일사천리로 진행되었다. 자기 자리를 알고 찾아가는 데만 꼬박 하루가 소요되었고 제대로 자리를 잡기까지는 얼마나 더 걸릴지 모를 일이었다. 상위자가 누구고 동료가 누군지, 자신이 오 군 중 어디 소속인지 정도만 안 채 사람들은 각각의 군영으로 흩어졌다. 이제 검황군 내에서 배분을 따지는 일도 출신문파로 차별하는 경우도 사라질 것이다. 만약 그것에 익숙해지지 않고 적응하기 힘들다면 언제든 떠나면 되었다. 전쟁이 시작되기 전이었기 때문에 탈퇴를 막진 않았다. 전쟁이 시작되고 지휘 체계가 확고해지면 그땐 탈퇴하고 싶어도 할 수 없었다.

＊　　　＊　　　＊

화산의 분화구 아래 거대한 단을 쌓고 일 년에 한 번씩 큰 제사를 드린다. 처녀와 어린아이를 백 명씩 선별하여 제물로 바치는데 그때마다 일대에 난리가 난 것처럼 많은 사람들이 모여들었다.

이곳은 중원의 사람들이 동영 또는 왜국이라고 부르는 섬나라였다. 각 지역마다 고래로부터 전해오는 악습이, 전통이라는 이름으로 혁파되지 않은 채 민간에서 거행되어도 지역의 권력자들은 이를 막을 생각도 하지 않았고 오히려 사원과 손잡고 민심을 얻고자 이용하는 경우가 많았다.

마왕은 미개한 인간들을 벌레 보듯 내려다봤다. 이식한 마계의 괴수를 옮긴 곳은 동영의 화산, 분화구 안이었다. 중원과 워낙 멀리 떨어져 있는데다 결계까지 쳐 놓은지라 들킬 걱정은 없었다.

가수면 상태에 있던 괴수들을 일 년에 한 번씩 깨워 먹이를 주는데 그때마다 사람들은 괴수에게 바칠 처녀와 아이들을 준비해 제단에 바친다. 하루 종일 북치고 춤추며 술을 마시고 밤이 되면 횃불을 밝혀 불이 꺼지지 않도록 하며 밤새도록 축제가 계속된다. 그리고 마침내 동이 터오기 직전, 횃불이 꺼지는 순간 거대한 괴수들이 분화구에서 기어 나와 제단에 묶어놓은 아이와 처녀들을 물고 사라지거나 아니면 그 자리에서 씹어 먹는 참상을 연출하기도 한다.

'미개한 놈들.'

마왕이 사람들을 비웃는 것도 무리는 아니었다. 사람들은 괴수를 신으로 숭배하며 자신들에게 복을 줄 신성한 존재로 여겼다. 제단 근처에는 사원이 하나 건축돼 있었는데 이 일대에서 가장 훌륭한 혈통을 지닌 무사들이 자원하여 섬겼다.

일정 기간 동안 의무적으로 봉직하는 것을 가문의 영예로 여길 정도였다. 그 때문에 마왕은 괴수를 관리하느라 따로 병력을 편성할 필요가 없었다. 만약 마군을 괴수 근처에 배치했다면 오히려 들킬 가능성이 커졌을 것이다. 더군다나 최근에는 요왕이 등장한 마당에 더욱 조심을 해야 할 형편이었다.

축제는 절정에 도달하고 드디어 분화구에서 괴수가 기어 나와 제단 위의 제물들로 배를 채운다. 그 장면을 물끄러미 바라보고 있던 마왕은 더 이상 괴수들을 가수면 상태로 관리할 필요가 없다고 판단했다.

'현재 괴수의 수는 아홉 마리 뿐이다. 수가 좀 부족한 감이 있지만 어쩔 도리가 없지. 봉인석이 곧 깨질 것이다. 이 땅이 다시 피에 잠길 때가 왔다. 옛 것은 종말을 고하고 새것으로 이 세상을 채우리라. 마를 숭상하고 섬길 사람들만 남기고 모두 죽임을 당하는 편이 낫다.'

결판을 내지 못한 요괴와의 승패가 이번에야말로 결판 나리라 여겼다.

마왕은 갑자기 흥에 겨워 괴수들을 제단 밖으로 몰았다. 괴수들이 사람들 속으로 뛰어들었고 미친 듯이 날뛰며 사람들을 집어삼켰다. 정말 오랜만에 마음껏 포식하게 된 괴수는 인간들의 피와 살점에 취한 듯 하늘을 올려다보며 포효했다.

"푸하하하하. 삼라여. 이번에야말로 마왕의 무서움을 보여 주마. 네 힘이 비록 우리에게 버금간다지만 그건 어디까지나 우리가 부족한 인간의 몸에 깃들었기 때문이었음을 확실하게 보여 주지. 네 피가 땅에 뿌려지는 날, 네 살점이 우리 뱃속으로 사라지는 날, 이 세계는 마왕의 영광 앞에 무너지고 영원토록 숭배하게 되리라."

마왕의 광기와 마기가 분화구 일대를 뒤덮었다. 사람들의 비명과 우는 소리에 섞여 이곳이 지옥이 아닌가 여겨질 정도로 참혹했다.

*　　　*　　　*

검황군의 편성이 완료되고 처음으로 내린 검황의 명령은 마교를 굴복시키고 생존한 수뇌부들을 전원 검황군 사령부로 압송하라는 것이었다. 다섯 명의 대장군 중 마검 태공악에게 그 일을 일임했다. 태공악에게는 기다려 왔던 의미 있는 출정이었다.

제 손으로 마교를 끝장내겠다고 결심한지 오래지만 지금까지 결실을 맺지 못했다. 그 결심을 굳히고 마교로 향하다가 검황총으로 붙들려 들어갔기 때문이었다. 이제야 옛 맹세를 지킬 때가 온 것이다. 휘륜이 자신에게 기회를 준 것을 그리고 모를 리가 없었다. 휘하 장수들과 전력을 정비하고 악양으로 출발할 채비를 서둘렀다. 그러고 있는 와중에 증지산이 찾아왔다. 상황이 바뀌면서 두 사람이 한솥밥을 먹는 처지가 되었지만 불편한 관계인건 여전했다.

태공악은 증지산이 대마령의 완전체란 이유가 아니라 그가 지금껏 마교에 침투해 희롱하고 더 악랄하고 지저분하게 변질시킨 장본인이라서 싫어했다.

바라보는 눈초리만 보아도 태공악이 자신을 얼마나 끔

찍하게 싫어하는지를 알 수 있었다. 증지산은 어렵게 입을 떼었다.

"검황께 허락을 얻었소. 대장군과 동행해도 좋다고 하셨소."

예상 못했던 말이었다. 그리고 그다지 반갑지 않은 상황이었다.

"함께 가서 뭘 하겠다는 건지 모르겠구려."

"본인의 영향력은 여전하오. 막무가내로 힘으로 제압하려 들면 저들은 굴복하지 않고 항쟁을 택할지도 모르오. 최악의 상황이라면 전멸을 각오하고 옥쇄를 택할 것이오. 한 사람도 아쉬운 마당에 마교 전체의 전력을 잃는다면 손실이 크다고 할 수 있소."

"단지 그 이유 때문에 가려는 것이오?"

"대장군은 진심으로 마교의 적통이 이대로 끊기는 걸 바라시오? 과연 마교에 보존해야 할 가치가 전무하다고 여기시오? 저들에게도 기회는 공평하게 주어져야 한다고 믿소."

"결국 나를 견제하려고 함께 가겠다는 말이 아니고 무엇이오."

"불필요한 희생을 줄이고자 함이오. 다른 뜻은 없소."

"마음대로 하시오. 단, 방해는 하지 마시오. 검황군은 이 땅의 유일무이한 집법세요. 항거한다면 자비는 없소."

증지산은 대꾸하지 않았다. 바쁘다며 밖으로 나가는 태공악의 앞을 또 한 사람이 막았다.

"아 태 대장군님, 여기 계셨군요."

"당신은?"

이번엔 악초림이었다. 태공악은 어이없어 했다.

"설마 당신도 함께 갈 생각이오?"

"하하하. 그렇게 되었습니다. 전 딱히 요구 사항이 없으니 그냥 데리고만 가주시면 감사할 따름이지요."

못마땅한 기색이 역력한 태공악은 대답 없이 휘장을 걷고 밖으로 나갔다. 무시당한 것 같아 기분이 언짢아진 악초림이 증지산을 바라보며 저 사람 왜 저러냐고 물었다.

검황군에서 첫 공식 출정을 마중하러 나온 사람들이 생각보다 많았다. 우렁찬 북소리와 함께 활짝 열린 성문을 통해 줄지어 나가는 병력을 멀리서 바라보는 두 사람이 있었다.

"주군, 왜 저 두 사람을 따라가도록 허락했는지 소장은 정녕 모르겠습니다."

무극검왕의 의문 가득한 얼굴이 휘륜의 뒷모습에 고정돼 있었다. 휘륜은 화창한 하늘을 올려다보며 고신철한의 궁금증을 풀어 주었다.

"태공악과 증지산 중에 누가 더 마교에 대한 애정이 크다고 보느냐?"

"그야 증지산이 아니겠습니까?"

"정말 그리 생각하느냐?"

"네. 태 대장군의 마교에 대한 증오는 유명하지 않습니까?"

"난 반대로 보았다. 태공악은 마교에서 태어나고 자라난 사람이다. 그가 가진 모든 것은 마교가 준 것이고 그의 기억 중 태반이 마교와 관련되어 있지. 그의 인생에 마교를 빼고 나면 과연 무엇이 남겠느냐. 태공악은 실상 마교가 바뀌기를 바란다. 마교가 변화하는 건 불가능하다고 보았기에 없애려고 했었고 지금은 그 가능성이 보이기에 보존하려 할 것이다. 그는 마교를 멸망시키려고 가는 게 아니라 제 눈으로 확인하러 가는 것뿐이다. 그에 반해 증지산은 그 반대일 가능성이 크다."

"증지산이 설마…… 자신을 신처럼 숭배했던 자들을 죽이기라도 한다는 뜻입니까?"

"그는 완벽을 추구하는 사람이다. 제 손에서 시작된 것은 제 손에서 끝나야 한다고 믿지. 그가 마교를 검계 사람들에게 맡겨두고 떠나던 순간부터 그의 심중에서 마교는 지워졌고 버려졌다. 그런데 그 마교가 다른 사람 손에 의해 조사 받고 판단 받고 종내에는 괴멸을 당할지 모른다. 그건 마치 자신이 심판대에 오르는 기분일 거야. 차

라리 마교가 이대로 사라져 주길 원할지도. 그리고 마교
가 파헤쳐지면 질수록 증지산의 숨겨진 본성 역시 세상
밖으로 드러날 것이다. 그의 비밀스러운 행적을 알게 되
면 그의 본심이 드러날지도 모르지."

"증지산이 딴생각이라도 품고 있다고 생각하십니까?"

"그걸 지금부터 알아볼 생각이다. 난 지금 이 순간까지
도 증지산이 검황군에 자신을 의탁했다는 것을 믿기 힘
들다. 악초림은 그럴 수 있는 사람이다. 하지만…… 내가
파악하고 있는 증지산은 그럴 수 없는 사람이다. 그의 원
대한 야심은 새장 속에 갇혀 있는 자신을 용납하지 못할
게야."

"주군, 그럼 악초림도 함께 보내신 이유가 무엇입니
까?"

"악초림은 유일하게 증지산에 대해 나와 비슷한 생각
을 하고 있는 사람이지. 그는 증지산에 대한 의심을 끝까
지 지우지 않을 터. 그가 함께 간다면 최악의 경우라도
태 대장군의 안전이 보장된다. 악초림은 증지산과 달리
생존에 더 관심이 많다. 그리고 무엇보다 버려야 할 것에
대한 미련이 적다. 자신이 가질 수 없는 것이라면 포기도
빠르다. 그는 현재 자신이 어찌 처신해야 하는지를 누구
보다 잘 알고 있는 사람이지."

휘륜은 거기서 끝내지 않았다. 아무도 모르게 한 명을

더 보냈다. 세상이 무너진다 해도 생존할 수 있는 존재였다.

요왕 호륵. 그가 휘륜의 부탁을 받고 검황군의 오 군 중 하나인 북로군의 첫 출정을 지원하기 위해 몰래 뒤따르고 있었다. 호륵이라면 어떠한 변수가 발생해도 단독으로 처리할 수 있었다. 뿐만 아니라 즉각 휘륜에게 정보를 전달할 수 있었다. 호륵을 보낸 건 최악의 사태를 미연에 방지하고자 함이었다. 증지산이나 악초림 등은 호륵이 자신들을 몰래 미행하고 있는 건 꿈에서도 몰랐다.

*   *   *

좌, 우에 한태성과 무극검왕을 거느리고 휘륜은 태산을 올랐다. 산 정상에 가부좌를 틀고 눈을 감고 묵상에 잠겼다.

'승리하기 위한 가장 확실한 조건은 내 안에 있다. 완전해져야 한다.'

원영신인 휘륜은 역사상 가장 완벽하고 위대한 신체를 가진 것만은 확실했다. 금강신이라 불릴 정도로 그 몸은 흠 없이 강하고 상처를 입거나 병들지 않으며 중독되지 않고 무한하게 샘솟는 기력과, 보통 인간들의 몇 배나 예민한 오감을 지녔다. 장점을 열거하자면 끝이 없었다. 확실히 휘륜은 그 덕을 톡톡히 보고 있었다.

거기에 요왕인 형 호륵과 계약하며 요력을 극한까지 해방시켰다. 호랑이가 날개를 얻고 용이 여의주를 문 형국이었다. 그런데 한 가지가 더 있었다. 마왕의 불타는 심장이었다. 그것은 휘륜의 몸 안에 아직 어떤 형태로 존재하는지 알 길이 없었다. 확인도 되지 않았다. 하지만 분명한 사실 하나가 있었다.

'마력은 분명히 느껴진다. 그것은 내 안 깊숙한 곳에 웅크리고 있다. 그렇지만 언제든 솟아나오기 위해, 끓어오르는 용암처럼 진동을 일으키고 있다.'

휘륜은 계약을 완성하며 마력이 방해하는 느낌을 더 강력하게, 자주 느끼곤 했다.

'요력과 마력, 그리고 원래 가지고 있던 내력까지 어떻게 합하고 일치시키느냐에 따라 나는 다른 존재가 된다. 누구도 닿지 못했던 미지의 경지, 무한의 경지에 도달하느냐 못하느냐의 도전이다.'

하지만 휘륜은 그것이 얼마나 위험한 시도인지를 직감적으로 깨닫고 있었다. 목숨을 걸어야 할지도 모르며 그간 이룬 모든 것을 한꺼번에 잃어버릴 지도 모른다. 자기 몸에 어떤 일이 발생할지는 아무도 모르는 것이다. 누구도 해 보지 않았던 시도이며 이런 조건 자체를 가진 사람이 지금껏 없었다. 그럼에도 하려는 이유는 명백했다.

'설사 전쟁을 유리하게 이끈다 해도 최종적으로 맞서야 할 강적을 넘어서지 못하면 물거품이 되고 만다. 마왕의 불타는 심장은 아직 짐작일 뿐이지만 나를 전혀 다른 차원으로 끌어올려줄 열쇠다. 세 가지 각기 다른 성질의 힘을 하나로 합쳐야 한다. 그리고 더 높은 단계로 도약해야 한다. 신을 넘고 마를 넘어 세계의 근원에 도달해야 한다. 나는 믿는다. 어딘가에 이 우주의 근원이 되고 길잡이가 된 완전무결한 힘의 원형이 존재한다는 것을. 그것에서 나뉘고 찢기고 조각나 천신이 되고 마왕이 되었으며 사람의 형상을 이루었다는 것을. 거슬러 올라가면 저들과 사람의 출발점은 같을 것이다. 천신과 마왕은 자신들이 사람으로 태어난 적이 없다고 했다. 자신들은 천신과 마왕으로 태어나고 만들어졌다고 믿고 있었다. 과연 그럴까? 아니다. 단지 저들은 기억 못할 뿐이다. 근원까지 거슬러 올라가 확인할 능력이 없는 것뿐이다. 인간이 가질 수 있는 힘과 마왕의 생명이 되었던 힘, 그리고 지상 최강의 생명체 요괴의 능력, 이 세 가지가 합쳐지면 근원에 당도하는 길이 열릴 것이다. 반드시 그리될 것이라 확신한다.'

휘륜은 지금 위험한 도전을 시도하기 위해 대자연의 품에 몸을 맡겼다. 휘륜이 마음 놓고 원하는 걸 할 수 있도록 고신철한과 한태성은 주변을 지켰다.

휘륜은 요력을 먼저 일으켰다. 전신을 터트릴 듯 팽창한 요력이 몸 안 가득 느껴졌다. 손만 뻗어도 산을 주저앉힐 것 같은 자신감이 생겨났다. 거기에 휘륜은 조심스럽게 내력을 합쳤다. 검황으로 훈련받고 수련하고 마침내 도달한 경지는 결코 만만한 게 아니었다. 마지막으로 억눌러 두었던 마력을 풀어 버렸다. 요력을 해방시킬 때는 호륵이 도와주었다. 지금은 세상천지에 아무도 휘륜을 도와줄 수 있는 존재가 없었다.

'나는 원영신을 가졌다. 최악의 상황에 처한다하더라도 제어하고 중단할 수 있으리라 믿는다. 자, 해보자.'

마왕의 불타는 심장에서 용해된 마력은 휘륜의 혈맥과 경맥에 녹아들어 있었는데 그것들은 마치 껍질로 쌓여 있는 알갱이처럼 본신의 힘과 섞이지 못하고 겉돌고 있었다. 요력이 섞이면서 이질감은 더 심해졌고 가끔 심장에 통증을 느낄 정도로 거북해졌다. 그때부터 휘륜은 이 순간을 예감하고 준비했었다. 휘륜은 몸에서 일어나는 미세한 변화에도 주의를 기울였다. 집중했다. 잡념이 생기지 않도록 차단시켰다.

체온이 급격하게 떨어지고 전신에 열이 펄펄 끓어오르며 생애 한 번도 느껴 보지 못한 극심한 한기를 느꼈다. 저절로 이빨이 부딪힐 정도로 휘륜은 몸을 떨고 있었다. 머리는 깨질 것처럼 아프고 윗부분이 통째로 날아간 것처럼 감각이 느껴지지 않았다.

고통은 줄어들지 않고 오히려 더 심해졌으며 시간이 지날수록 정신을 잃고 차라리 혼절해 버렸으면 좋겠다고 원할 만큼 참기 어려워졌다.

"으으으으으."

앙 다문 이빨 사이로 절로 신음성이 흘러나왔다.

'불가능한…… 일인가.'

한 시진이 지났을 때였다. 휘륜은 최초로 내심의 확신이 흔들리는 걸 느꼈다.

'아냐. 할 수 있다. 잘리고 끊어진 길은 내 스스로 한계를 지었기 때문에 그리된 것일 뿐. 원래는 이어져 있던 길이다. 그 길을 다시 회복하면 된다.'

용기를 잃어가는 자신을 북돋우며 휘륜은 다시 한 번 힘을 냈다.

여전히 마력과 요력은 섞이지 않았다. 물과 기름처럼 두 힘은 상반된 성질을 가졌는지 절대로 섞일 수 없다는 듯 겉돌았다. 요력과 마력이 강해질수록 반발력 역시 강해졌고 그로 인한 부작용이 휘륜의 전신 곳곳에서 즉각 일어났다.

"우웩."

휘륜은 끝내 피까지 토했다. 눈을 떠도 앞이 보이지 않았고 귀가 멀었으며 하반신이 마비되었다. 휘륜은 서서히 의식마저 흐려지는 걸 느꼈다.

'성급한…… 시도였나. 내 욕심이 지나쳤구나. 아 점점…… 감각이…… 사라지고…… 있어.'

위험한 순간이었다. 아무리 원영신을 이룬 휘륜이라도 정신을 잃어버린다면 희망은 없었다. 의식이 그나마 남아있기에 기운을 제어하고 최악의 상황까지 갑자기 치닫지 않도록 통제하는 것이었다. 그런데 통제력이 사라지면 제멋대로 충돌을 일으키는 마력과 요력을 다스릴 수 없게 된다. 그 순간 휘륜의 운명은 결정되는 것이다.

현기증이 나며 끝 모를 깊은 구덩이 속으로 빠져드는 느낌이 들었다. 정신이 아득해지는 순간이었다.

"주인님. 주인님. 주인님. 정신 차리세요."

익숙한 음성이 먼저 휘륜의 마음속에서 울렸다. 그리고 전신을 감싸는 따뜻한 기운이 미약하게나마 느껴졌다. 지령신녀였다. 지령신녀 린이 휘륜이 위기에 빠진 것을 알아보고 그를 꼭 안은 것이었다. 거기서 끝난 게 아니었다. 태산 전체에 상서로운 기운이 짙어지더니 땅속에서부터 운무가 피어올랐다. 지령신녀의 부름에 응답한 태산의 신령마저 휘륜을 돕기 위해 힘을 보태기 시작한 것이다. 휘륜은 잠시나마 정신이 맑아지는 느낌을 받았고 그 순간 주변의 변화를 분명히 인식했다. 그리고 자신이 현재 어떤 상황인지를 냉정하게 판단할 수 있었다.

"고맙다, 린아. 내가 잠시라도 너를 의심한 것이 미안하구나."

그 순간 휘륜은 모든 걸 내려놓았다. 인간이면 어쩔 수 없이 가지게 되는 두려움, 염려, 의심, 불안, 불신을 모조리 다 털어 내고 전신을 활짝 개방했다. 통제하지도 않고 제어하려고 하지도 않았다.

〈다음 권에 계속〉